D1933405

Edgar Allan Poe, geboren am 19. Januar 1809 in Boston, ist am 7. Oktober 1849 in Baltimore gestorben.

»Er wird es mit seiner Art ›Talenten‹ nimmermehr zu etwas bringen«, so prophezeite ihm der Pflegevater, der ihm zwar eine gute Ausbildung angedeihen ließ, ihn im Testament aber von seinem ansehnlichen Erbteil ausschloß. Die Rede ist von Edgar Allan Poe, und tatsächlich haben ihn sein Leben lang Höhen und Tiefen herb gebeutelt. So erfuhr sein Werk auch erst posthum die uneingeschränkte literarische Anerkennung. Denn erst das 20. Jahrhundert hat so recht die Visionen dieses großen amerikanischen Erzählers wahr-und ernst genommen. Dabei wollte er mit seinen unheimlichen Erzählungen, den Nachtstücken, dem Grauen, den Alpträumen, den Nervenkrisen, der Flucht ins Jenseits des Grabes, mit dem Überwirklichen und Kriminellen, nicht nur die zynische Grausamkeit, das Verbrechen messerscharf analysieren, sondern auch seiner inhumanen Mitwelt einen düsteren Groteskspiegel vorhalten.

Der von Poe im Interesse der Glaubwürdigkeit mit wissenschaftlichen Fakten angereicherte phantastische Bericht einer Fahrt in antarktische Gewässer ist ein außergewöhnliches Dokument der Science-fiction-Literatur. Der Hauptfigur geht es in diesem Bericht in erster Linie nicht so sehr um die Erforschung neuer Regionen, sondern um einen Vorstoß in bislang unbekannte, auch Grauen und Schrecken einschließende Regionen der Imagination.

insel taschenbuch 1449

Edgar Allan Poe

Der Bericht
des Arthur Gordon Pym

Edgar Allan Poe
Der Bericht des Arthur Gordon Pym

Aus dem Amerikanischen
von Ruprecht Willnow
Insel Verlag

insel taschenbuch 1449
Erste Auflage 1992
Insel Verlag Frankfurt am Main und Leipzig
© 1989 Insel-Verlag Anton Kippenberg, Leipzig
Alle Rechte vorbehalten
durch den Insel Verlag Frankfurt am Main und Leipzig
Hinweise zu dieser Ausgabe am Schluß des Bandes
Vertrieb durch den Suhrkamp Taschenbuch Verlag
Umschlag nach Entwürfen von Willy Fleckhaus
Satz: LibroSatz, Kriftel
Druck: Nomos Verlagsgesellschaft, Baden-Baden
Printed in Germany

1 2 3 4 5 6 - 97 96 95 94 93 92

Der Bericht des Arthur Gordon Pym

Vorwort

Bei meiner Rückkehr in die Vereinigten Staaten vor einigen Monaten, nach jener Reihe außergewöhnlicher Abenteuer in der Südsee und anderswo, über die auf den folgenden Seiten berichtet wird, führte mich der Zufall in die Gesellschaft mehrerer Gentlemen in Richmond, Virginia, die tiefes Interesse für alle Dinge bekundeten, welche die von mir besuchten Gegenden betrafen, und mir ständig als meine Pflicht vorhielten, der Öffentlichkeit einen Bericht zu liefern. Ich hatte jedoch mehrere Gründe, dies abzulehnen, von denen einige völlig privaten Charakters waren und niemanden anders denn mich selbst angingen, während es bei anderen nicht ganz so war. Eine Erwägung, die mich davon abhielt, war, daß ich über einen längeren Zeitraum meiner Abwesenheit kein Tagebuch geführt hatte und fürchtete, allein auf das Gedächtnis gestützt, keine so sorgfältige und zusammenhängende Darstellung liefern zu können, die auch nur den *Anschein* jener Wahrhaftigkeit hätte, wie sie sie wirklich besitzen würde, schlösse man nur die natürliche und unvermeidliche Übertreibung aus, der wir alle bei der Schilderung von Ereignissen erliegen, welche in hohem Maße geeignet sind, die schöpferische Einbildungskraft zu erregen. Ein anderer Grund bestand darin, daß die Geschehnisse, über die zu berichten war, von so ausnehmend unglaublicher Natur waren, daß die Öffentlichkeit insgesamt das von mir Vorgebrachte höchstwahrscheinlich als schamlose und geschickte Erfindung ansehen würde, da meine Behauptungen notwendigerweise nicht bestätigt werden können (sieht man von der Aussage eines einzelnen, noch dazu eines indianischen Halbbluts ab), so daß ich nur bei meiner Familie und denjenigen meiner Freunde auf Glauben rechnen konnte, denen die Lebenserfahrung Grund gegeben hatte, meine Wahrhaftigkeit nicht in Zweifel zu ziehen. Mißtrauen in meine Fähigkeiten als Schriftsteller war indes einer der Hauptgründe, die mich hinderten, den Anregungen meiner Ratgeber zu folgen.

Unter jenen Gentlemen in Virginia, die größtes Interesse an meinem Bericht bekundeten, insbesondere jenen Teil betreffend, der sich mit dem Antarktischen Ozean befaßte, war Mr. Poe, seit kurzem Herausgeber des ›Southern Literary Messenger‹, einer von Mr. Thomas W. White in Richmond veröffentlichten Monatszeitschrift. Wie auch andere riet er mir dringend, sofort einen vollständigen Bericht über alles Erlebte und Gesehene vorzubereiten und dem Scharfblick und gesunden Menschenverstand der Öffentlichkeit zu vertrauen – wobei er höchst überzeugend darlegte, daß mein Buch, wie streng man in bezug auf den Verfasser auch sein werde, gerade durch die Ungeschliffenheit – falls eine solche vorhanden sein sollte – nur um so gewisser darauf rechnen könne, als wahrheitsgetreu zu gelten.

Trotz dieser Beweisführung konnte ich mich nicht entschließen, seiner Anregung zu folgen. Später schlug er mir vor (nachdem er meine Unbeugsamkeit in dieser Angelegenheit erkannt hatte), daß ich ihm erlauben solle, gestützt auf die Fakten, die ich ihm lieferte, mit seinen eigenen Worten eine Darstellung des ersten Teils meiner Abenteuer aufzuzeichnen und, als Roman gewandet, im ›Southern Messenger‹ zu veröffentlichen. Dagegen etwas einzuwenden sah ich keinen Grund, so daß ich einwilligte und mir nur ausbedang, daß mein Name ungenannt bleiben sollte. Zwei Folgen des angeblichen Romans erschienen in der Januar- und Februarausgabe des ›Messenger‹ (1837), und damit sie auch ganz gewiß als Fiktion angesehen wurden, war den Artikeln im Inhaltsverzeichnis der Zeitschrift der Name von Mr. Poe angefügt.

Die Art und Weise, wie dieses listige Vorhaben aufgenommen wurde, veranlaßte mich letztendlich, eine systematische Kompilation und Publikation der in Frage stehenden Abenteuer zu betreiben; denn ich fand, daß trotz des phantastischen Schleiers, der um den im ›Messenger‹ erschienenen Teil meines Berichts so geschickt gehüllt worden war (ohne auch nur eine einzige Tatsache zu verändern oder zu entstellen), die Öffentlichkeit dennoch keineswegs geneigt war, ihn als Phantasiegebilde aufzufassen, und einige an Mr. P.s Adresse gerichtete Briefe bekundeten eindeutig die Überzeugung vom Gegenteil. Ich schloß daraus, daß die Tatsachen meines Berichts hinlängliche Beweise ihrer eigenen Glaubwürdigkeit lieferten und ich deshalb wenig fürchten mußte, in der Öffentlichkeit als unglaubhaft zu gelten.

Nach diesem Exposé wird man sofort gewahr werden, wieviel von dem nun Folgenden ich als mein eigenes Schriftwerk zu bezeichnen beanspruche; auch wird leicht ersichtlich, daß keine Tatsache auf den ersten wenigen von Mr. Poe geschriebenen Seiten falsch wiedergegeben wurde. Selbst jene Leser, die den ›Messenger‹ nicht gesehen haben, wird man kaum darauf hinweisen müssen, wo Mr. Poes Teil endet und meiner beginnt; der Unterschied in der Ausdrucksweise ist unschwer zu erkennen.

New York, Juli 1838

A. G. Pym

Kapitel I

Mein Name ist Arthur Gordon Pym. Mein Vater war ein angesehener Kaufmann für Schiffsbedarf in Nantucket, wo ich geboren wurde. Mein Großvater mütterlicherseits war Anwalt mit einer gutgehenden Praxis. Er hatte in allen Dingen eine glückliche Hand und spekulierte sehr erfolgreich mit Effekten der Edgarton New Bank, wie sie früher hieß. Auf diese und ähnliche Art gelang es ihm, eine erkleckliche Summe Geldes beiseite zu legen. Er war mir, glaube ich, mehr gewogen als jeder anderen Person in der Welt, und ich rechnete, bei seinem Tode den größten Teil seines Vermögens zu erben. Mit sechs Jahren schickte er mich in die Schule des alten Mr. Ricketts, eines Gentleman mit nur einem Arm und exzentrischen Manieren – fast jedermann kennt ihn, der New Bedford besucht hat. Ich blieb auf seiner Schule, bis ich sechzehn war, und wechselte dann an Mr. Ronalds Schule auf dem Berg. Hier wurde ich sehr vertraut mit dem Sohn von Mr. Barnard, einem Schiffskapitän, der allgemein im Auftrag von Lloyd und Vredenburgh segelte – auch ist er in New Bedford wohlbekannt und hat viele Verwandte in Edgarton, dessen bin ich sicher. Sein Sohn hieß Augustus und war fast zwei Jahre älter als ich. Einmal hatte sein Vater ihn zu einer Walfangfahrt auf der ›John Donaldson‹ mitgenommen, deshalb erzählte er mir immer von seinen Abenteuern im Südpazifik. Ich begleitete ihn häufig nach Hause und blieb dort den ganzen Tag und manchmal auch die Nacht. Wir teilten dasselbe Bett, und es verstand sich von selbst, daß er mich fast bis Tagesanbruch wach hielt mit Geschichten über die Eingeborenen auf der Insel Tinian und über andere Gegenden, die er bei seinen Reisen aufgesucht hatte. Schließlich begann ich, mich für seine Erzählungen zu interessieren, und allmählich spürte ich das größte Verlangen, zur See zu fahren. Ich besaß ein Segelboot, das auf den Namen ›Ariel‹ getauft und etwa fünfundsiebzig Dollar wert war. Es hatte ein Halbdeck beziehungsweise eine Kajüte und war als Schaluppe getakelt – die Tonnage habe ich vergessen, aber zehn Personen fanden bequem darauf Platz. Mit diesem Boot unternahmen wir öfters die verrücktesten Fahrten, die die Welt gesehen hat, und wenn ich jetzt daran denke, erscheint es mir als ein tausendfaches Wunder, heute noch am Leben zu sein.

Ich werde eines dieser Abenteuer erzählen, um so einen längeren und folgenschwereren Bericht einzuleiten. Eines Abends hatte bei Mr. Barnard eine Gesellschaft stattgefunden, und Augustus und ich waren am Ende ziemlich betrunken. Wie stets in solchen Fällen teilte ich das Lager mit ihm, statt heimzugehen. Er schlief, wie ich glaubte, sehr ruhig ein (es ging auf eins, als die Gesellschaft aufbrach) und ohne ein einziges Wort über sein Lieblingsthema zu verlieren. Es mochte eine halbe Stunde nach unserem Zubettgehen gewesen sein, und ich war im Begriff einzunicken, als er plötzlich auffuhr und mit einem schrecklichen Eid schwor, daß er selbst um eines Arthur Pym in der Christenheit willen nicht gedenke einzuschlafen, wenn eine so herrliche Brise aus Südwest wehe. Nie zuvor im Leben war ich so erstaunt, da ich nicht wußte, was er beabsichtigte, und glaubte, der viele Wein und Likör, den er getrunken hatte, hätten ihn um den Verstand gebracht. Er redete jedoch sehr besonnen weiter und erklärte, wohl zu wissen, daß ich ihn für betrunken hielte, während er in seinem Leben nie nüchterner gewesen sei. Er sei es nur leid, in so schöner Nacht sich wie ein Hund auf dem Lager zu rekeln, fügte er hinzu, und daher entschlossen aufzustehen, sich anzukleiden und zu einer lustigen Bootsfahrt aufzubrechen. Ich kann schwerlich sagen, was über mich kam, aber kaum hatte er diese Worte von sich gegeben, spürte ich einen Schauer größter Erregung und Begeisterung und hielt diese verrückte Idee für eines der herrlichsten und vernünftigsten Dinge von der Welt. Der Wind wehte fast stürmisch, und es war sehr kalt – der Oktober ging zur Neige. Dennoch sprang ich in einer Art Ekstase aus dem Bett und sagte ihm, ich sei ebenso tapfer wie er und es nicht minder leid, mich wie ein Hund auf dem Lager zu rekeln, und ebenso zu jedem Spaß oder einer lustigen Fahrt aufgelegt wie nur ein Augustus Barnard in Nantucket.

Wir verloren keine Zeit, in unsere Kleider zu schlüpfen und zum Boot zu eilen. Es lag an der alten, verfallenen Werft beim Holzlager von Pankey & Co. und stieß sich an den unbehauenen Balken fast die Bordwand ein. Augustus sprang hinein und schöpfte es aus, denn es war fast halb voll Wasser. Als dies getan war, hißten wir Klüver und Hauptsegel, gingen unter den Wind und steuerten kühn hinaus auf See.

Wie ich vorhin sagte, wehte eine frische Brise von Südwest. Die Nacht war sehr klar und kalt. Augustus hatte das Ruder übernommen, und ich postierte mich am Mast beim Kajütendeck. Mit großer Geschwindigkeit schossen wir dahin – seit wir abgelegt hatten, hatte keiner von uns ein Wort gesagt. Ich fragte meinen Begleiter jetzt, welchen Kurs er zu steuern gedenke und zu welcher Zeit wir seiner

Meinung nach zurück sein würden. Er pfiff ein paar Minuten vor sich hin und sagte dann verdrossen: »*Ich* fahre auf die See hinaus, *du* kannst nach Hause fahren, wenn du es für richtig hältst.« Als ich ihn anblickte, bemerkte ich sofort, daß er trotz seiner vorgetäuschten *nonchalance* äußerst erregt war. Im Mondschein konnte ich ihn deutlich sehen – sein Gesicht war weißer als Marmor, und seine Hand zitterte so heftig, daß er kaum die Ruderpinne halten konnte. Ich hatte das Empfinden, daß etwas nicht in Ordnung war, und machte mir ernste Sorgen. Zur damaligen Zeit verstand ich noch wenig vom Steuern eines Bootes, so war ich völlig dem seemännischen Geschick meines Freundes ausgeliefert. Auch hatte der Wind plötzlich zugenommen, da wir schnell den Schutz der Küste verließen – aber noch scheute ich mich, irgendwelche Furcht zu zeigen, und bewahrte für nahezu eine halbe Stunde völliges Stillschweigen. Dann hielt ich es jedoch nicht länger aus und fragte Augustus, ob es nicht besser sei, umzukehren. Wie zuvor dauerte es fast eine Minute, ehe er antwortete oder irgendwelche Notiz von meinem Vorschlag nahm. »Nachher«, sagte er schließlich. »Ist noch Zeit genug – nachher nach Hause.« Wohl hatte ich eine solche Antwort erwartet, aber etwas in seinem Ton flößte mir ein unbeschreibliches Gefühl des Schreckens ein. Ich betrachtete den Sprecher wieder aufmerksam. Seine Lippen waren bleigrau, und seine Knie schlugen so heftig gegeneinander, daß er sich kaum aufrecht halten konnte. »Um Gottes Willen, Augustus«, rief ich, nun tief erschrokken. »Was fehlt dir? Was ist los mit dir? Was tust du denn?« – »Los mit mir!« stammelte er anscheinend höchst überrascht, ließ im gleichen Moment die Pinne los und fiel nach vorn auf den Boden des Bootes. »Ist los – warum, nichts ist – los – fahren heim – s-s-siehst du nicht?« Nun dämmerte mir mit einem Mal die ganze Wahrheit. Ich stürzte zu ihm und hob ihn hoch. Er war betrunken – sinnlos betrunken –, er konnte weder länger stehen noch sprechen noch sehen. Seine Augen waren vollkommen starr, und als ich ihn in heftigster Verzweiflung losließ, rollte er wie ein Holzklotz in das Bilgenwasser, aus dem ich ihn gezogen hatte. Nun war offenkundig, daß er während des Abends weit mehr getrunken hatte, als ich vermutete, und daß sein Verhalten im Bett Folge eines Zustands hochgradiger Trunkenheit gewesen war – eines Zustands, der ähnlich dem Wahnsinn sein Opfer häufig befähigt, das äußerliche Verhalten eines Menschen zu imitieren, der völlig im Besitz seiner Sinne ist. Die kühle Nachtluft hatte jedoch das Ihre getan – die geistige Energie begann unter ihrem Einfluß zu schwinden, und die ihm jetzt zweifellos gegenwärtige, wenn auch verworrene Einsicht, daß er sich in einer höchst gefährlichen Lage befand, hatte das Hereinbrechen der Katastrophe noch beschleunigt. Er war jetzt völlig bewußtlos, und es war sicher damit zu rechnen, daß der Zustand noch viele Stunden anhalten würde.

Man wird sich das Übermaß meines Entsetzens schwerlich vorstellen können. Der Dunst des kürzlich genossenen Weines war verflogen und hatte mich doppelt furchtsam und unentschlossen zurückgelassen. Ich wußte, daß ich gänzlich außerstande war, das Boot zu steuern, und daß ein grimmiger Wind und eine starke Ebbe uns der Vernichtung zutrieben. Hinter uns braute sich ein Sturm zusammen. Wir besaßen weder einen Kompaß noch Lebensmittelvorräte, und mir war klar, daß wir vor Tagesanbruch kein Land mehr in Sicht hätten, wenn wir unseren gegenwärtigen Kurs beibehielten. Diese Gedanken gingen mir nebst einer Menge anderer gleich beängstigender mit verwirrender Schnelligkeit durch den Kopf und nahmen mir für eine Weile jede Möglichkeit, irgend etwas zu tun. Das Boot schoß mit beängstigender Geschwindigkeit dahin – voll unter dem Wind – ohne ein Reff in Klüver oder Hauptsegel, sein Bug völlig von Gischt überspült. Es war ein unbegreifliches Wunder, daß es nicht hart aufluvte – nachdem Augustus die Pinne hatte fahrenlassen, wie ich bereits bemerkt habe, und ich viel zu aufgeregt war, als daß ich daran gedacht hätte, sie selbst zu packen. Glücklicherweise schlingerte das Boot jedoch nicht, und allmählich gewann ich meine Geistesgegenwart zu einem gewissen Grad wieder. Noch nahm der Wind erschreckend zu, und wann immer wir aus einem Wellental tauchten, fegte die See achtern über unsere Gillung und überschüttete uns mit Wasser. Auch war ich derart gelähmt, daß ich fast kein Gefühl mehr in den Gliedern hatte. Schließlich rief ich die Entschlossenheit der Verzweiflung zu Hilfe, stürzte zum Hauptsegel und machte es rasch los. Wie zu erwarten, flog es über den Bug, saugte sich voll Wasser und zog den Mast knapp an der Bordwand vorbei mit sich. Dieser Umstand allein rettete mich vor dem sofortigen Untergang. Nur unter dem Klüver brauste ich nun vor dem Wind dahin, nahm gelegentlich wohl eine schwere See über die Gillung, brauchte jedoch nicht mehr unmittelbar um mein Leben zu bangen. Ich ergriff das Ruder und atmete freier, da ich sah, daß uns nunmehr eine Chance allerletzter Rettung geblieben war. Augustus lag noch bewußtlos auf dem Boden des Bootes, und da er in Gefahr war zu ertrinken (das Wasser stand etwa einen Fuß hoch, wo er lag), brachte ich es zuwege, ihn teilweise aufzurichten und in einer sitzenden Position zu halten, indem ich ein Tau um seine Hüfte schlang und es an einem Ringbolzen im Kajütendeck befestigte. Nachdem ich dergestalt alles eingerichtet hatte, so gut ich es, durchfroren und aufgeregt, wie ich war, vermochte, empfahl ich mich Gott und rüstete mich, mit aller mir zur Verfügung stehenden Kraft zu ertragen, was immer geschehen mochte.

Kaum war ich zu diesem Entschluß gelangt, als plötzlich ein lautes, langgezogenes Schreien oder Gellen wie aus den Kehlen von tausend Dämonen die ganze Atmosphäre um das Boot zu durchdringen schien. Mein Lebtag werde ich das furchtbare Entsetzen nicht vergessen, das mich in diesem Moment packte. Die Haare standen mir zu Berge – ich spürte, wie mir das Blut in den Adern erstarrte und mein Herzschlag stockte, und noch ehe ich aufblicken konnte, um die Ursache meines Schreckens zu ergründen, stürzte ich plötzlich kopfüber auf meinen halb aufgerichtet liegenden Begleiter und verlor das Bewußtsein.

Als ich wieder zu mir kam, befand ich mich in der Kajüte eines großen Walfangschiffes (der ›Pinguin‹) mit Kurs auf Nantucket. Einige Personen standen über mich gebeugt, und Augustus war, bleicher als der Tod, emsig damit beschäftigt, mir die Hände warm zu reiben. Als er sah, daß ich die Augen aufschlug, riefen seine Bekundungen der Dankbarkeit und Freude bei den rauhen Gestalten, die zugegen waren, abwechselnd Lachen und Tränen hervor. Das Geheimnis, warum wir noch am Leben waren, war bald erklärt. Wir waren von dem Walfänger überrannt worden, der dicht am Wind mit jedem Segel, das zu setzen er wagen konnte, Nantucket ansteuerte und unseren Kurs folglich fast im rechten Winkel kreuzte. Einige Leute befanden sich am vorderen Ausguck, entdeckten unser Boot jedoch erst, als ein Zusammenstoß nicht mehr zu vermeiden war – und was mich so schrecklich beunruhigt hatte, waren ihre Warnrufe gewesen, als sie uns erblickten. Das große Schiff glitt – so sagte man mir – ebenso leicht über uns hinweg, wie unser kleines Boot über eine Feder gefahren wäre, und ohne die geringste erkennbare Behinderung seiner Fahrt. Kein Schrei ertönte vom Deck des Opfers, nur ein leichtes Knarren war zu hören, vermischt mit dem Tosen von Wind und Wasser, als das gebrechliche Fahrzeug, dergestalt unter Wasser gedrückt, einen kurzen Moment am Kiel seines Vernichters entlangglitt – aber das war alles. Der Kapitän (Kapitän E. T. V. Block aus New London) hielt unser Boot (welches, wie man sich erinnern wird, keinen Mast mehr hatte) für eine Nußschale von Ruderboot, das als nutzlos den Wellen überlassen worden war, und gedachte seine Fahrt fortzusetzen, ohne sich weiter um diese Angelegenheit zu kümmern. Glücklicherweise schworen zwei Leute vom Ausguck Stein und Bein, eine Gestalt an unserem Ruder gesehen zu haben, und hielten ihm die Möglichkeit vor Augen, diese noch zu retten. Eine Diskussion hub an, bei der Block ärgerlich wurde und nach einer Weile sagte, es sei seine Sache nicht, ständig nach Nußschalen Ausschau zu halten; das Schiff könne eines solchen Unsinns wegen nicht wenden; und wenn wirklich jemand in den Grund gesegelt worden sei, so sei er selbst daran schuld – möge er ruhig ertrinken und verdammt sein. So oder ähnlich drückte er sich aus. Da griff Henderson, der Erste Maat, die Sache auf, der, wie die ganze Mannschaft, rechtschaffen empört war ob einer Rede, welche ein so hohes Maß abscheulicher Herzlosigkeit bewies. Der Unterstützung der Mannschaft gewiß, redete er ganz ruhig und sagte dem Kapitän, er betrachte ihn als geeignetes Objekt für den

Galgen, so daß er seinen Befehlen nicht gehorchen werde, und würde man ihn dafür hängen, kaum daß er den Fuß an Land gesetzt habe. Er ging nach achtern, wobei er Block anrempelte (der kreideweiß wurde und keine Antwort gab), ergriff das Ruder und befahl mit fester Stimme: »Hart leewärts!« Die Männer rannten auf ihre Posten, und das Schiff wendete behend. All dies hatte fast fünf Minuten in Anspruch genommen, und es lag wohl kaum noch im Bereich des Möglichen, daß jemand gerettet werden konnte – vorausgesetzt, daß überhaupt jemand an Bord des Bootes gewesen war. Jedoch wurden sowohl Augustus als auch ich dem Tode entrissen, wie der Leser gesehen hat, und unsere Erlösung schien von jener fast unbegreiflichen Portion guten Glücks zuwege gebracht worden zu sein, welche weise und fromme Menschen dem besonderen Einschreiten der Vorsehung zuschreiben.

Während das Schiff noch gegen den Wind lag, ließ der Maat das Beiboot zu Wasser und sprang, wie ich glaube, mit denselben zwei Leuten hinein, die erklärt hatten, mich am Heck gesehen zu haben. Sie hatten gerade die Leeseite des Schiffes verlassen (der Mond schien noch hell), als dieses lange und schwerfällig nach Luv rollte und Henderson im gleichen Moment von seinem Sitz auffuhr und seiner Mannschaft zurief: »Zurückrudern!« Mehr konnte er nicht sagen – nur immer ungeduldig rufen: »Zurückrudern! Zurückrudern!« Die Männer gehorchten so schnell wie möglich, aber inzwischen hatte das Schiff gewendet und volle Fahrt aufgenommen, obwohl alle Mann an Bord große Anstrengungen machten, die Segel einzuholen. Der Maat packte, die Gefahr dieses Versuchs nicht beachtend, die Hauptketten, sobald sie in seine Reichweite kamen. Ein weiteres Überholen des Schiffes brachte jetzt die

Steuerbordseite fast bis zum Kiel aus dem Wasser und ließ die Ursache seiner Besorgnis allen sichtbar genug werden. Ein menschlicher Körper haftete auf höchst eigenartige Weise an dem glatten und glänzenden Schiffsboden (die ›Pinguin‹ war gekupfert und mit Kupfer verbolzt) und schlug bei jeder Bewegung des Rumpfes heftig dagegen. Nach mehreren vergeblichen Anstrengungen, unternommen, wann immer das Schiff überholte, und bei ständiger Gefahr, daß das Boot zum Sinken gebracht wurde, befreite man mich schließlich aus meiner gefährlichen Lage und nahm mich an Bord – denn dieser menschliche Körper erwies sich als mein eigener. Einer der Holzbolzen schien in Bewegung geraten zu sein, einen Weg durch das Kupfer gefunden und so verhindert zu haben, daß ich unter dem Schiff durchglitt; er befestigte mich auf so außergewöhnliche Weise am Schiffsboden. Der Bolzenkopf war durch den Kragen der grünen Flanelljacke gedrungen, die ich trug, und in meinen Nacken, um schließlich kurz unter dem rechten Ohr zwischen zwei Sehnen herauszukommen. Ich wurde unverzüglich zu Bett gebracht – obwohl mein Leben völlig ausgelöscht zu sein schien. Es gab keinen Arzt an Bord. Der Kapitän ließ mir jedoch jede Aufmerksamkeit zuteil werden – um in den Augen seiner Mannschaft das abscheuliche Verhalten im früheren Teil des Abenteuers wiedergutzumachen, wie ich annehme.

In der Zwischenzeit hatte Henderson wieder vom Schiff abgelegt, obwohl der Wind fast mit Orkanstärke blies. Nach wenigen Minuten stieß er auf einige Bruchstücke unseres Bootes, und kurz danach versicherte einer der Männer, die bei ihm waren, im Tosen des Sturmes in Abständen deutlich einen Hilferuf vernommen zu haben. Dies veranlaßte die mutigen Seeleute, ihre Suche über eine halbe Stunde fortzusetzen, obwohl Kapitän Block wiederholt signalisierte, sie sollten zurückkehren, und ihnen in dem zerbrechlichen Boot auf dem Wasser jeden Augenblick tödliche Gefahr drohte. In der Tat, es ist schwer zu begreifen, wie das kleine Beiboot, in dem sie hockten, auch nur einen Moment lang der Zerstörung entrinnen konnte. Es war jedoch für den Walfang gebaut und, wie ich seither Grund habe anzunehmen, mit Luftkästen ausgestattet von der Art, wie sie bei einigen Rettungsbooten an der walisischen Küste verwendet werden.

Nachdem sie etwa die soeben erwähnte Zeit vergebens gesucht hatten, wurde entschieden, zum Schiff zurückzukehren. Kaum waren sie zu diesem Entschluß gelangt, als ein schwacher Ruf herüberhallte von einem dunklen Gegenstand, der schnell an ihnen vorbeitrieb. Sie folgten ihm und hatten ihn bald überholt. Es war das Kajütendeck der ›Ariel‹. Augustus kämpfte dicht dabei offenbar in einer letzten Anstrengung um sein Leben. Als sie ihn gepackt hatten, entdeckten sie, daß er mit einem Tau an dem Treibholz befestigt war. Wie man sich erinnern wird, hatte ich es selbst um seine Hüfte geschlungen und an einem Ringbolzen festgemacht, um ihn in einer aufrechten Position zu halten, und dieses Vorgehen hatte sich letztendlich wohl als der Faktor erwiesen, der ihm das Leben rettete. Die ›Ariel‹ war nur leicht zusammengezimmert und beim Untergehen natürlich in Stücke zerbrochen; es ist anzunehmen, daß das Kajütendeck durch das eindringende Wasser vom Hauptrippenwerk abgehoben und (zweifellos mit anderen Bruchstücken) zur Oberfläche getragen wurde – Augustus wurde mit emporgezogen und entrann so einem schrecklichen Tod.

Nachdem er an Bord der ›Pinguin‹ genommen worden

war, dauerte es über eine Stunde, ehe er einen eigenen Bericht geben oder dazu gebracht werden konnte, zu erfassen, welche Art Unglück unser Boot getroffen hatte. Schließlich kam er endgültig zu sich und schilderte ausführlich, wie es ihm im Wasser ergangen war. Als er das erste Mal wieder einigermaßen zu Bewußtsein gekommen war, befand er sich unter Wasser und wurde mit unbegreiflicher Geschwindigkeit herumgewirbelt, wobei ein Tau sich drei- oder viermal fest um seinen Hals schlang. Einen Augenblick danach fühlte er, wie er schnell nach oben gerissen wurde und sein Kopf heftig gegen einen harten Gegenstand schlug, so daß er wieder bewußtlos wurde. Abermals zum Leben erwacht, sah er sich in vollerem Besitz seines Verstands – dieser war jedoch in höchstem Maße getrübt und verwirrt. Er erkannte jetzt, daß ein Unglück über uns hereingebrochen und er im Wasser war, wenn sich auch sein Mund über der Oberfläche befand und er einigermaßen ungehindert atmen konnte. Wahrscheinlich trieb das Kajütendeck zu dieser Zeit schnell vor dem Wind und schleppte den auf dem Rücken Liegenden mit. Natürlich wäre es fast unmöglich gewesen zu ertrinken, solange er diese Stellung hätte beibehalten können. Nun warf ihn eine Sturzwelle direkt auf das Deck, und er bemühte sich aus Leibeskräften, diese Position zu behaupten, während er in Abständen um Hilfe rief. Kurz bevor Mr. Henderson ihn entdeckte, zwang ihn jedoch äußerste Erschöpfung, seinen Griff zu lösen, er glitt in die See und hielt sich für verloren. Während der ganzen Zeit, die er um sein Leben kämpfte, hatte er nicht die geringste Erinnerung an die ›Ariel‹ oder Dinge, die mit der Ursache des Unglücks in Verbindung standen. Ein unklares Empfinden von Angst und Verzweiflung hielt seine Sinne völlig gefangen. Als er schließlich aufgefischt wurde, hatte er jedes Denkvermögen verloren, und wie schon gesagt, dauerte es fast eine Stunde, nachdem er an Bord der ›Pinguin‹ gelangt war, ehe er sich seines Zustands völlig bewußt wurde. Was mich betrifft – so wurde ich aus einem todesähnlichen Zustand aufgeweckt (und nachdem dreieinhalb Stunden lang jedes andere Mittel vergebens angewendet worden war) durch heftiges Abreiben mit Flanelltüchern, die zuvor in heißes Öl getaucht worden waren – ein von Augustus angeregtes Verfahren. Die Wunde in meinem Nacken sah zwar häßlich aus, hatte gleichwohl geringe Folgen, und ich erholte mich bald von ihren Auswirkungen.

Die ›Pinguin‹ erreichte gegen neun Uhr morgens den Hafen, nachdem sie einer der heftigsten Sturmböen getrotzt hatte, die man in Nantucket je erlebte. Augustus und ich brachten es zuwege, rechtzeitig zum Frühstück bei Mr. Barnard zu erscheinen – welches diesmal glücklicherweise wegen der Gesellschaft am Abend zuvor etwas später eingenommen wurde. Ich glaube, bei Tisch waren alle selbst zu müde, um von unserem zerschundenen Äußeren Notiz zu nehmen – natürlich hätte dies einem sehr strengen Scharfblick nicht standgehalten. Schuljungen können jedoch Wunder vollbringen, die Umwelt zu täuschen, und ich bin überzeugt, daß keiner unserer Freunde in Nantucket im geringsten argwöhnte, die von einigen Seeleuten in der Stadt zum besten gegebene Schauergeschichte, sie hätten auf See ein Schiff in den Grund gesegelt und etwa dreißig oder vierzig arme Teufel ertränkt, hätte irgend etwas mit der ›Ariel‹, meinem Gefährten und mir zu tun. Wir beide haben seither häufig die Angelegenheit erörtert – und niemals ohne einen Schauder. Bei einem unserer Gespräche gestand Augustus mir freiheraus, sein ganzes Leben nie ein so qualvolles Entsetzen verspürt zu haben wie an Bord unseres kleinen Bootes, als er zum ersten Mal des Ausmaßes seiner Trunkenheit gewahr wurde und fühlte, wie sie ihn übermannte.

Kapitel II

Nie ziehen wir bei Angelegenheiten, wo wir in hohem Maße voreingenommen sind, ob pro oder contra, mit völliger Gewißheit Schlußfolgerungen, nicht einmal aus einfachsten Tatsachen. Man sollte meinen, daß eine Katastrophe, wie ich sie soeben geschildert habe, meine beginnende Leidenschaft für die See wirksam abgekühlt hätte. Im Gegenteil, nie spürte ich ein dringenderes Verlangen nach wilden Abenteuern, die ein Seefahrerleben mit sich bringt, als binnen einer Woche nach unserer wundersamen Errettung. Diese kurze Zeitspanne erwies sich als ausreichend, um die Schatten aus meiner Erinnerung zu tilgen und die angenehm aufregenden, buntschillernden Seiten, das Malerische des hinter uns liegenden gefährlichen Ereignisses in hellem Licht erscheinen zu lassen. Die Gespräche mit Augustus übten immer größeren Reiz auf mich aus, und wir unterhielten uns täglich immer häufiger. Er verstand es, seine Seegeschichten (von denen über die Hälfte reine Erfindungen waren, wie ich jetzt vermute) in einer Weise vorzutragen, die jemanden mit meinem enthusiastischen Temperament und meiner etwas düsteren, jedoch glühenden Vorstellungskraft besonders beeindrucken mußte. Auch ist es seltsam, daß er meine Sehnsucht nach dem Seemannsleben stets dann in besonders starkem Maße erregte, wenn er seine schrecklichen Momente, die des Leidens und der Verzweiflung, schilderte. Für die lichten Seiten seines Gemäldes brachte ich weniger Sympathie auf. Meine Visionen betrafen Schiffbruch und Hunger, Tod oder Gefangenschaft bei barbarischen Horden, ein in Trostlosigkeit und Tränen verbrachtes Leben auf irgendeinem grauen, einsamen Felsen inmitten eines unbezwingbaren und unbekannten Ozeans. Solche Visionen oder Wünsche – denn darauf liefen sie hinaus – sind, wie mir seither oft versichert wurde, der zahlreichen Gattung von Melancholikern unter den Menschen allgemein eigen – doch zu der Zeit, von der ich spreche, betrachtete ich sie nur als flüchtige, prophetische Einblicke in eine Bestimmung, die zu erfüllen ich mich in gewissem Maße verpflichtet fühlte. Augustus wurde ganz und gar Teil dieses Geisteszustands. Es ist in der Tat wahrscheinlich, daß unser vertrauter Umgang miteinander einen teilweisen Austausch der Charaktere zur Folge hatte.

Etwa achtzehn Monate nach der Katastrophe mit der ›Ariel‹ war die Firma Lloyd und Vredenburgh (ein in gewisser Weise mit dem Unternehmen Enderby in Liverpool verbundenes Haus, wie ich glaube) damit befaßt, die Brigg ›Grampus‹ für eine Walfangreise herzurichten und auszustatten. Sie war ein alter Hulk und mit knapper Not seetüchtig, nachdem alles mit ihr getan worden war, was getan werden konnte. Ich kann schwerlich sagen, warum gerade ihr vor anderen guten Schiffen derselben Eigentümer der Vorrang gegeben wurde – aber so war es. Mr. Barnard wurde ausersehen, sie zu befehligen, und Augustus sollte mit ihm fahren. Während die Brigg zum Auslaufen bereitgemacht wurde, hielt er mir des öfteren die außergewöhnliche Gelegenheit vor Augen, die sich nun bot, mir den Wunsch einer Schiffsreise zu erfüllen. Er fand in mir einen keineswegs abgeneigten Zuhörer – jedoch konnte die Angelegenheit nicht so ohne weiteres bewerkstelligt werden. Mein Vater erhob keine direkten Einwände, meine Mutter aber erlitt bei bloßer Erwähnung des Vorhabens jedesmal einen hysterischen Anfall. Vor allen anderen jedoch schwor mein Großvater, von dem ich viel erwartete, mich mit einem Shilling abzuspeisen, sollte ich ihm gegenüber noch einmal auf diese Sache zu sprechen kommen. Diese Schwierigkeiten vermochten mein Verlangen jedoch in keiner Weise zu dämpfen, im Gegenteil, sie gossen noch Öl in die Flamme. Ich war entschlossen, unter allen Umständen zu fahren, und als ich Augustus meine Absicht kundgetan hatte, entwarfen wir flugs einen Plan, mit dessen Hilfe sie in die Tat umgesetzt werden könnte. In der Zwischenzeit unterließ ich wohl, irgendeinem meiner Angehörigen von dieser Reise zu erzählen, und da ich mich scheinbar meinen üblichen Studien widmete, wurde allgemein angenommen, ich hätte das Vorhaben aufgegeben. Seither habe ich häufig mein Verhalten in dieser Sache mit einem Gefühl des Mißfallens wie auch der Überraschung betrachtet. Die hochgradige Heuchelei, derer ich mich zur Förderung meines Projekts bediente – eine Heuchelei, die über eine so lange Zeitspanne jedes Wort und jede Handlung in meinem Leben durchdrang –, war für mich eigentlich nur zu ertragen gewesen durch die wilde und brennende Erwartung, mit welcher ich der Verwirklichung meiner langgehegten Reiseträume entgegensah.

In Verfolgung meines Täuschungsmanövers war ich notwendigerweise gezwungen, viel der Tatkraft von Augustus zu überlassen, der den größten Teil des Tages an

Bord der ›Grampus‹ verbrachte und in Kajüte und Kajütenraum einige Anordnungen seines Vaters zu überwachen hatte. Abends jedoch konnten wir ungestört zusammenkommen und von unseren Hoffnungen reden. Nachdem etwa ein Monat auf diese Weise vergangen war, ohne daß wir einen Plan gefunden hätten, der uns einigen Erfolg versprach, teilte er mir schließlich mit, er habe alles Notwendige entschieden. In New Bedford lebte ein Verwandter von mir, ein Mr. Ross, in dessen Haus ich gelegentlich zwei oder drei Wochen verbrachte. Die Brigg sollte etwa Mitte Juni in See stechen (Juni 1827), und wir kamen überein, daß mein Vater ein oder zwei Tage vor ihrem Auslaufen wie gewöhnlich Nachricht von Mr. Ross erhalten sollte, der mich einlud, zu ihm zu kommen und vierzehn Tage mit Robert und Emmet (seinen Söhnen) zu verbringen. Augustus übernahm es, diesen Brief abzufassen und auf den Weg zu schicken. Scheinbar nach New Bedford aufgebrochen, sollte ich mich alsbald bei meinem Gefährten melden, der indes auf der ›Grampus‹ ein Versteck für mich eingerichtet haben würde. Dieses Versteck würde, so versicherte er mir, für einen längeren Aufenthalt bequem genug sein, während dessen ich nicht in Erscheinung treten sollte. Hatte die Brigg dann ein so großes Stück ihres Weges zurückgelegt, daß eine Umkehr außer Frage stand, sollte ich nach seinen Worten formell aller Bequemlichkeiten der Kajüte teilhaftig werden; was seinen Vater betraf, so würde dieser über den Scherz nur herzlich lachen. Genug Schiffe würden uns begegnen, durch die ein Brief nach Hause gesandt werden könne, um meine Eltern von dem Abenteuer in Kenntnis zu setzen.

Schließlich war es Mitte Juni und alles soweit gediehen.

Der Brief wurde geschrieben und aufgegeben, und eines Montagmorgens verließ ich das Haus, angeblich um das Postschiff nach New Bedford zu nehmen. Ich ging jedoch geradeswegs zu Augustus, der an einer Straßenecke auf mich wartete. Unser ursprünglicher Plan sah vor, daß ich mich bis Einbruch der Dunkelheit nicht blicken lassen und sodann an Bord der Brigg schlüpfen sollte. Da jedoch jetzt ein dichter Nebel unser Vorhaben begünstigte, entschieden wir, keine Zeit zu verlieren und mich zu verstekken. Augustus führte mich zur Werft, ich folgte in kurzer Entfernung, eingehüllt in einen dicken Seemannsmantel, den er mitgebracht hatte, so daß meine Person so leicht nicht zu erkennen wäre. Wir bogen gerade um die zweite Ecke, nachdem wir glücklich an Mr. Edmunds Haus vorbeigekommen waren – wer stand da plötzlich vor mir und blickte mir direkt ins Gesicht, wenn nicht der alte Mr. Peterson, mein Großvater? »Ja, du meine Güte, wessen schmutzigen Mantel hast du da an, Gordon«, sagte er nach einer langen Pause. »Nein doch, nein!«

»Sir!« erwiderte ich, setzte, da der Augenblick es dringend erforderte, eine Miene gekränkter Überraschung auf und fuhr im gröbsten Ton, wie man ihn sich nur vorstellen kann, fort: »Sir! Sie mach'n da wohl 'n Fehler – erstmal is mein Name gar nich wie Goddin, un ich wünsche, Ihnen würde was Bessres einfallen, Sie Lümmel, als meinen neuen Mantel schmutzig zu nennen.« Um mein Leben konnte ich mich kaum zurückhalten, in schallendes Gelächter auszubrechen ob der seltsamen Manier, in der der alte Gentleman diese elegante Zurückweisung entgegennahm. Er fuhr zwei oder drei Schritte zurück, wurde erst blaß, dann überaus rot, riß seine Brille hoch, schob sie wieder herunter und kam sodann mit erhobenem Schirm auf mich zugestürzt. Er hielt jedoch in seinem Lauf jäh inne, als besinne er sich plötzlich, machte auf der Stelle kehrt, humpelte die Straße entlang, die ganze Zeit bebend vor Wut, und stieß zwischen zusammengebissenen Zähnen hervor: »Taugt nicht – die neue Brille. Dachte, es wäre Gordon. – Diese nichtsnutzige, verdammte Kartätschenschnauze!«

Mit knapper Not davongekommen, setzten wir unseren Weg jetzt mit größerer Vorsicht fort und erreichten wohlbehalten unser Ziel. An Bord waren ein oder zwei Leute der Mannschaft, die auf dem Vorderdeck zu tun hatten. Kapitän Barnard war, wie wir sehr wohl wußten, bei Lloyd und Vredenburgh beschäftigt und würde bis zum späten Abend dort bleiben, so hatten wir von seiner Seite wenig zu befürchten. Augustus schwang sich zuerst über die Reling, und ich folgte kurz danach, ohne von den arbeitenden Männern bemerkt zu werden. Wir begaben uns sofort in die Kajüte und fanden auch dort niemanden. Sie war höchst behaglich eingerichtet – eine etwas ungewöhnliche Sache bei einem Walfangschiff. Es gab vier sehr elegante Passagierkabinen mit breiten, bequemen Kojen. Es gab ferner einen großen Ofen – er fiel mir sofort auf – und einen erstaunlich dicken, kostbaren Teppich, der den Fußboden sowohl der Kajüte als auch der Passagierkabinen bedeckte. Die Decke war volle sieben Fuß hoch, kurz gesagt, alles schien geräumiger und angenehmer, als ich vermutet hatte. Augustus ließ mir jedoch wenig Zeit, mich umzusehen, sondern hielt mir die Notwendigkeit vor Augen, mich so schnell wie möglich zu verbergen, und führte mich in seine Kabine auf der Steuerbordseite der Brigg, den Schotten am nächsten. Nach unserem Eintreten schloß er die Tür und verriegelte sie. Ich glaubte nie ein hübscheres kleines Zimmer gesehen zu haben als das, in dem ich mich jetzt befand. Es war etwa zehn Fuß lang und hatte nur eine Koje, die, wie ich vordem gesagt habe, breit und bequem war. In dem sich an die Schotten anschließenden Teil war ein Raum von vier Fuß im Quadrat, groß genug für einen Tisch, einen Stuhl und eine Reihe Hängeregale voller Bücher, meistens über Reisen und Seefahrten. Es gab noch viele andere kleine Annehmlichkeiten in diesem Raum, von denen ich eine Art Speise- oder Eisschrank nicht vergessen sollte, in welchem mir Augustus in den jeweiligen Abteilungen für Essen und Getränke eine Unmenge köstlicher Leckerbissen zeigte.

Nun drückte er mit den Fingerknöcheln auf eine bestimmte Stelle des Teppichs in einer Ecke des soeben erwähnten Raums und ließ mich wissen, daß ein Teil des Fußbodens, etwa sechzehn Zoll im Quadrat, sauber herausgesägt und wieder eingepaßt worden war. Als er drückte, hob sich dieser Teil an einem Ende so weit hoch, daß er seinen Finger darunterschieben konnte. Auf diese Weise klappte er die Falltür (an der der mit Nägeln befestigte Teppich haften blieb) auf, und ich sah, daß sie in den Achterraum führte. Als nächstes entzündete er mittels eines Phosphorhölzchens eine kleine Kerze, steckte sie in eine Blendlaterne, stieg damit durch die Öffnung und hieß mich ihm folgen. Ich tat es, sodann schloß er den Deckel über dem Loch mittels eines in die Unterseite getriebenen Nagels – der Teppich befand sich nun natürlich wieder in seiner ursprünglichen Lage auf dem Fußboden der Passagierkammer, und alle Spuren der Öffnung waren verborgen.

Die Kerze spendete einen so trüben Schein, daß ich mich nur unter größten Schwierigkeiten durch das Gewirr von Gegenständen tasten konnte, inmitten dessen ich mich jetzt befand. Allmählich gewöhnten sich meine Augen jedoch an die Dunkelheit, und ich kam mit weniger Mühe voran, wobei ich mich an meines Freundes Rockschoß festhielt. Nachdem wir uns durch unzählige enge Durchschlüpfe gewunden hatten, brachte er mich schließlich zu einer eisenbeschlagenen Kiste, wie sie zuweilen zur Verpackung von Töpferwaren verwendet wird. Sie war nahezu vier Fuß hoch und volle sechs lang, aber sehr eng. Zwei große, leere Ölfässer lagen oben drauf, und auf diesen wiederum bis hoch unter die Decke eine gewaltige Menge Strohmatten. Jeder andere Winkel ringsum war sogar bis zur Decke hinauf in völlig chaotischer Weise von jeglicher Art Schiffsausrüstung restlos ausgefüllt, zusammen mit einem heterogenen Durcheinander von Lattenkisten, Körben, Fässern und Ballen, so daß es an ein Wunder grenzte, daß wir überhaupt einen Durchschlupf zur Kiste gefunden hatten. Später stellte ich fest, daß Augustus all diese Sachen mit Absicht im Achterraum so verstaut hatte, um mir ein sicheres Versteck zu schaffen, wobei ihm nur ein Mann zur Hand gegangen war, und der nahm an der Reise der Brigg nicht teil.

Mein Gefährte erklärte mir nun, daß eine Seite der Kiste nach Belieben entfernt werden konnte. Er schob sie beiseite und zeigte mir das Innere, welches mir außerordentliches Vergnügen bereitete. Eine Matratze aus einer der Kojen bedeckte den ganzen Boden der Kiste, und sie enthielt fast jeglichen Gegenstand einfacher Behaglichkeit, der in solch einem kleinen Behältnis untergebracht werden konnte, wobei gleichzeitig genügend Raum für meine Bequemlichkeit vorhanden war, um entweder zu sitzen oder ausgestreckt zu liegen. Unter anderen Dingen gab es einige Bücher, Tinte, Feder und Papier, drei Dekken, einen großen Krug Wasser, ein Fäßchen Schiffszwieback, drei oder vier riesige Bologneser Würste, einen mächtigen Schinken, eine gebratene Hammelkeule und ein halbes Dutzend Flaschen mit Likör und anderer Herzensstärkung. Unverzüglich nahm ich von meinem kleinen Gemach Besitz, und zwar mit größerer Befriedigung, als je ein Monarch beim Betreten seines neuen Palastes empfand, dessen bin ich gewiß. Augustus erläuterte mir nun, wie die offene Seite der Kiste zu befestigen sei, hob die Kerze näher an die Oberseite und zeigte mir ein Stück dunkle Peitschenschnur, die dort entlanggelegt war. Diese ziehe sich, so erklärte er mir, von meinem Versteck durch alle erforderlichen Gänge zwischen dem Gerümpel zu einem Nagel, der unmittelbar unter der Falltür, die in seine Kabine führte, in die Decke des Achterraums getrieben war. Mittels dieser Schnur wäre ich jederzeit in der Lage, auch ohne seine Führung meinen Weg ins Freie zu finden, gesetzt den Fall, ein unvorhergesehenes Ereignis mache einen solchen Schritt erforderlich. Er entfernte sich nun unter Hinterlassung der Laterne und eines reichlichen Vorrats an Kerzen und Phosphorhölzchen und versprach, mich so oft zu besuchen, wie er dies, ohne Aufmerksamkeit zu erregen, tun könne. Dies war am siebzehnten Juni.

Ich blieb (so genau ich es vermuten kann) drei Tage und Nächte in meinem Versteck und verließ es nur zweimal, um meine Glieder zu strecken, indem ich mich aufrecht zwischen zwei Lattenkisten gegenüber der Öffnung stellte. Während dieser ganzen Zeit bekam ich Augustus kein einziges Mal zu Gesicht, aber das bereitete mir wenig Sorgen, da ich wußte, daß die Brigg jede Stunde in See stechen sollte, und in der allgemeinen Geschäftigkeit würde er schwerlich eine Gelegenheit finden, zu mir zu kommen. Schließlich hörte ich, wie die Falltür geöffnet und wieder geschlossen wurde, und gleich danach rief er mit gedämpfter Stimme, fragte, ob alles in Ordnung sei und ob ich irgendwelche Wünsche hätte. »Keine«, erwiderte ich. »Ich fühle mich so wohl wie nur möglich. Wann wird die Brigg auslaufen?« – »Sie wird in weniger als einer halben Stunde den Anker lichten«, antwortete er. »Dir dies mitzuteilen bin ich hier. Auch befürchtete ich, du könntest dir Sorgen machen, weil ich mich nicht blicken lasse. Ich werde jetzt eine Zeitlang nicht herunterkommen können – vielleicht drei oder vier Tage. An Bord ist alles in Ordnung. Wenn ich hinaufgestiegen bin und die Falltür geschlossen habe, mußt du die Schnur entlangkriechen bis zu der Stelle, wo der Nagel eingeschlagen ist. Dort wirst du meine Uhr finden – sie kann dir von Nutzen sein, da du die Zeit nicht nach dem Tageslicht bestimmen kannst. Ich glaube, du bist gar nicht in der Lage zu sagen, wie lange du schon begraben bist – erst drei Tage – heute ist der Zwanzigste. Ich würde dir die Uhr zu deiner Kiste bringen, fürchte jedoch, daß man mich vermissen könnte.« Damit stieg er wieder nach oben.

Etwa eine Stunde, nachdem er mich verlassen hatte, spürte ich deutlich, wie die Brigg Fahrt machte, und beglückwünschte mich, daß meine Reise endlich einen guten Anfang genommen hatte. Befriedigt von diesem Gedanken, beschloß ich, mein Gemüt in keiner Weise zu belasten und den Ablauf der Ereignisse abzuwarten, bis mir gestattet sein würde, meine Kiste gegen die geräumigere, obwohl kaum mehr Annehmlichkeiten bietende Passagierkabine zu tauschen. Meine erste Sorge war, in Besitz der Uhr zu gelangen. Ich ließ die Kerze brennen und tastete mich, der Schnur folgend, im Dunkeln durch die unzähligen Windungen, wobei ich entdeckte, daß ich zuweilen nach Zurücklegen einer langen Strecke nur ein oder zwei Fuß von einer Stelle entfernt war, die ich bereits passiert hatte. Schließlich erreichte ich den Nagel, nahm den Gegenstand meines Streifzuges in Besitz und kehrte damit in die Sicherheit zurück. Nun sah ich mir die Bücher an, die so vorsorglich herbeigeschafft worden waren, und wählte die Expedition von Lewis und Clark zur Mündung des Columbiaflusses. Damit beschäftigte ich mich eine Zeitlang, bis ich schläfrig wurde, sorgsam das Licht löschte und bald in einen gesunden Schlaf sank.

Beim Erwachen fühlte ich meinen Geist seltsam verwirrt, und es dauerte geraume Weile, bis ich mich all der verschiedenen Umstände meiner Lage entsann. Allmählich erinnerte ich mich jedoch an alles. Ich riß ein Zündholz an und blickte auf die Uhr. Sie war indes abgelaufen, und es gab folglich keine Möglichkeit festzustellen, wie lange ich geschlafen hatte. Meine Gliedmaßen waren arg verkrampft, und ich war gezwungen, sie zu lockern, indem ich mich zwischen die Lattenkisten stellte. Augenblicklich spürte ich einen wilden Appetit und erinnerte mich des kalten Hammelbratens, von dem ich vor meinem Einschlafen etwas gegessen und den ich für ausgezeichnet befunden hatte. Wie groß war mein Erstaunen, als ich ihn in einem Zustand völliger Zersetzung vorfand. Dieser Umstand beunruhigte mich außerordentlich, denn ich brachte ihn mit der Geistesverwirrung in Verbindung, die ich bei meinem Erwachen verspürt hatte, und mir dämmerte, daß ich ungewöhnlich lange geschlafen haben mußte. Die stickige Atmosphäre des Achterraums mochte etwas damit zu schaffen haben und letztendlich zu den bedenklichsten Folgen führen. Mein Kopf schmerzte unerträglich; ich bildete mir ein, daß jeder Atemzug mir Mühe bereitete, kurzum, eine Vielzahl düsterer Empfindungen überkam mich. Noch konnte ich nicht wagen, durch Öffnen der Falltür oder anderweitig irgendwelches Aufsehen zu erregen, und nachdem ich die Uhr aufgezogen hatte, gab ich mich soweit als möglich zufrieden.

Während der nächsten höchst eintönigen vierundzwanzig Stunden kam niemand, um mein Los zu erleichtern, und ich mußte Augustus der gröbsten Rücksichtslosigkeit zeihen. Am meisten beunruhigte mich, daß der Wasservorrat in meinem Krug auf etwa eine halbe Pinte zusammengeschmolzen war, und ich litt sehr unter Durst, da ich nach Verlust des Hammelfleisches den Bologneser Würsten ausgiebig zugesprochen hatte. Mir wurde unbehaglich zumute, und ich konnte für meine Bücher kein Interesse mehr aufbringen. Auch spürte ich ein unüberwindliches Verlangen nach Schlaf, gleichwohl erschauerte ich bei dem Gedanken, diesem Wunsch nachzugeben, da ich fürchtete, der begrenzte Luftvorrat des Achterraums könne eine ähnlich verderbliche Wirkung haben wie brennende Holzkohle. Inzwischen sagte mir das Schlingern der Brigg, daß wir weit auf offener See waren, und ein dumpfes Dröhnen, welches wie aus weiter Ferne an mein Ohr drang, war sicheres Zeichen, daß keine gewöhnliche Brise wehte. Ich konnte mir Augustus' Fernbleiben nicht erklären, waren wir doch gewiß lange genug unterwegs, daß ich mich an Deck blicken lassen durfte. Vielleicht war ihm ein Unglück widerfahren – indes konnte ich mir keines vorstellen, dem es zu schulden wäre, daß er mich so lange in meiner Gefangenschaft beließ, außer, daß er tatsächlich plötzlich gestorben oder über Bord gegangen wäre, und dieser Gedanke war nicht geeignet, meine Geduld zu mehren. Möglicherweise waren wir durch Gegenwinde aufgehalten worden und noch ganz in der Nähe von Nantucket. Diese Vorstellung mußte ich jedoch aufgeben, denn wäre dies der Fall gewesen, so hätte die Brigg häufig wenden müssen; die immerwährende Neigung nach Backbord zeigte mir indes zu meiner größten Befriedigung an, daß sie mit einem beständigen Wind von Steuerbord dahinsegelte. Außerdem: Gesetzt den Fall, wir waren noch in der Nähe der Insel, warum sollte Augustus mich dann nicht aufgesucht und über die Umstände informiert haben? So grübelte ich über die Mißhelligkeiten meines Alleinseins und die unerfreulichen Bedingungen und beschloß, noch weitere vierundzwanzig Stunden zu warten; sollte ich bis dahin nicht erlöst werden, so wollte ich mich zur Falltür begeben und trachten, entweder mit meinem Freund einige Worte zu wechseln oder wenigstens durch die Öffnung etwas frische Luft zu atmen und in der Passagierkabine meinen Wasservorrat zu erneuern. Mit diesen Gedanken beschäftigt, fiel ich trotz gegenteiliger Bemühungen in einen Zustand tiefen Schlafs oder vielmehr eine Art Betäubung. Meine Träume waren höchst beängstigender Natur. Unheil und Schrecken jeglicher Art brachen über mich herein. Unter anderem wurde ich von Dämonen entsetzlichster und wildester Gestalt mit großen Kissen erstickt. Riesige Schlangen hielten mich umschlungen und blickten mir mit ihren greulich schillernden Augen düster ins Gesicht. Dann breiteten sich Wüsten, grenzenlos und von verlorenster und ehrfurchtgebietendster Art, vor mir aus. Sich riesenhaft reckende Bäume ragten in endloser Folge, so weit das Auge reichte, grau und ohne

Laub. Ihre Wurzeln waren verborgen in Sümpfen unendlicher Ausdehnung, deren trübes Wasser kohlschwarz, still und ganz unheimlich darunter lauerte. Und diese seltsamen Bäume schienen von menschlichem Leben erfüllt zu sein, schwenkten ihre knöchrigen Arme hin und her und flehten das stumme Wasser in schrillen, durchdringenden Tönen von äußerster Qual und Verzweiflung um Gnade an. Der Schauplatz wechselte, und ich stand nackt und allein inmitten der glühenden Sandebenen der Sahara. Zu meinen Füßen duckte sich ein grimmiger Löwe. Plötzlich öffneten sich seine wilden Augen und blickten mich an. Mit einem blitzschnellen Satz stand er auf seinen Pranken und bleckte die schrecklichen Zähne. Einen Augenblick später stieß sein roter Schlund ein Gebrüll aus, ähnlich dem Donner am Himmelsgewölbe, und ich stürzte heftig zu Boden. Ein Krampf des Entsetzens würgte mich, so daß ich schließlich halb erwachte. Da war mein Traum nicht nur ein Traum. Jetzt war ich immerhin Herr meiner Sinne. Die Pranken eines gewaltigen und tatsächlich vorhandenen Ungeheuers lasteten schwer auf meiner Brust – sein heißer Atem drang in mein Ohr, und seine weißen, gräßlichen Zähne blinkten mich aus der Dunkelheit an.

Und hätten tausend Menschenleben von der Bewegung eines meiner Glieder oder der Äußerung eines Wortes abgehangen – ich konnte mich weder rühren noch sprechen. Die Bestie, was immer es war, behielt ihre Stellung bei, ohne mir sofort eine Verletzung zuzufügen, während ich äußerst hilflos dalag und, wie ich glaubte, im Begriff war, unter ihm mein Leben auszuhauchen. Ich spürte, wie mich meine Körper- und Geisteskräfte schnell verließen – mit einem Wort, daß ich verging, verging aus bloßer Furcht. Mein Gehirn war umnebelt – ich wurde todkrank

– mein Sehvermögen ließ nach, selbst die funkelnden Augäpfel über mir verschwammen. In einer letzten, großen Anstrengung konnte ich schließlich einen schwachen Ruf zu Gott ausstoßen und mich dem Tod überantworten. Der Klang meiner Stimme schien die ganze verhaltene Wut des Tieres zu wecken. Es stürzte sich in voller Länge auf mich, aber wie groß war mein Erstaunen, als es mit einem langgezogenen, tiefen Heulen begann, mir mit größter Begierde und Bekundungen höchster Zuneigung und Freude Gesicht und Hände zu lecken. Ich war verwirrt, im höchsten Grade überrascht – aber ich hatte das eigentümliche Winseln meines Neufundländers namens Tiger nicht vergessen und kannte die seltsame Art seiner Liebkosungen gut. Er war es. Ich spürte, wie mir plötzlich das Blut in die Schläfen schoß – es war ein schwindelerregendes und überwältigendes Gefühl der Erleichterung und Wiederbelebung. Schnell erhob ich mich von der Matratze, auf der ich lag, warf meine Arme um den Hals meines getreuen Freundes, der mich aufgespürt hatte, und befreite mich von dem langanhaltenden Druck in meinem Herzen durch eine Flut leidenschaftlichster Tränen.

Wie in einem früheren Fall befand sich mein Verstand, nachdem ich die Matratze verlassen hatte, in einem Zustand höchster Unklarheit und Wirrnis. Längere Zeit war es mir nahezu unmöglich, irgendwelche Gedanken zu verbinden; sehr langsam kehrte mein Denkvermögen jedoch zurück, und ich rief mir abermals die einzelnen Umstände meiner derzeitigen Situation in Erinnerung. Vergeblich suchte ich nach einer Erklärung für das Auftauchen von Tiger, und nachdem ich tausend verschiedene Mutmaßungen über ihn angestellt hatte, mußte ich mich damit begnügen, mich über seine Gegenwart zu freuen, da er nun meine trostlose Einsamkeit mit mir teilen und mir durch seine Liebkosungen Trost spenden konnte. Die meisten Menschen lieben ihre Hunde, doch für Tiger empfand ich eine weit leidenschaftlichere Zuneigung als gemeinhin üblich, und ganz gewiß hat keine Kreatur sie je mehr verdient. Sieben Jahre lang waren wir unzertrennliche Gefährten gewesen, und in einer Vielzahl von Fällen hatte er mir Beweise geliefert für all die edlen Eigenschaften, die wir an einem Tier schätzen. Ich hatte ihn als kleinen Welpen den Klauen eines kleinen, bösen Schurken in Nantucket entrissen, der ihn mit einem Strick um den Hals zum Wasser führte, und der erwachsene Hund hatte die Schuld etwa drei Jahre später getilgt, als er mich vor dem Knüppel eines Straßenräubers rettete.

Ich bekam die Uhr zu fassen, hielt sie an mein Ohr und erkannte, daß sie wieder abgelaufen war. Aber diesmal war ich keineswegs überrascht, vielmehr sagte mir mein eigentümlicher Gemütszustand, daß ich, wie schon einmal, sehr lange geschlafen hatte. Wie lange, konnte ich natürlich nicht sagen. Ich glühte vor Fieber, und mein Durst war fast unerträglich. Ich tastete in der Kiste nach dem restlichen Wasservorrat, denn ich besaß kein Licht mehr, die Kerze war bis zum Boden der Laterne niedergebrannt, und die Schachtel mit den Phosphorhölzchen ließ sich nicht finden. Als ich an den Krug stieß, entdeckte ich jedoch, daß er leer war – zweifellos war Tiger versucht gewesen zu trinken, wie er wohl auch den Rest der Hammelkeule verschlungen hatte, deren sauber abgenagter Knochen vor der Öffnung der Kiste lag. Das verdorbene Fleisch konnte ich gern entbehren, aber ich verlor jeden Mut, als ich an das Wasser dachte. Ich war äußerst geschwächt – so sehr, daß ich bei der geringsten Bewegung oder Anstrengung am ganzen Leib zitterte wie von einem Schüttelfrost. Zu allem Übel stampfte die Brigg jetzt wild und schlingerte mit großer Heftigkeit, und die auf meiner Kiste liegenden Ölfässer konnten jeden Augenblick herunterrollen und den einzigen Zugang oder Ausgang versperren. Außerdem litt ich schrecklich unter der Seekrankheit. Diese Überlegungen gaben mir den Anstoß, mich auf gut Glück zur Falltür und unverzüglich ins Freie zu begeben, bevor ich dazu völlig außerstande sein würde. Zu diesem Entschluß gelangt, tastete ich wieder nach der Zündholzschachtel und den Kerzen. Erstere fand ich nach einiger Mühe, allein, da ich die Lichter nicht so schnell entdecken konnte, wie ich erwartet hatte (ich entsann mich nur sehr ungenau der Stelle, wo ich sie hingelegt hatte), gab ich die Suche augenblicklich auf, befahl Tiger, ruhig liegenzubleiben, und machte mich sofort auf den Weg zur Falltür.

Bei diesem Unternehmen trat meine große Schwäche mehr denn je zutage. Mit äußerster Mühe nur konnte ich mich überhaupt vorwärts bewegen, und sehr oft knickten meine Beine unter mir weg; sooft ich mit dem Gesicht nach unten hinschlug, verharrte ich einige Minuten in einem Zustand, der fast an Bewußtlosigkeit grenzte. Doch schleppte ich mich ganz langsam vorwärts, wobei ich jeden Augenblick befürchtete, inmitten der engen und verschlungenen Windungen des Gerümpels in Ohnmacht zu sinken, in welchem Fall ich letztendlich nichts als den Tod zu erwarten gehabt hätte. Schließlich stieß ich, nachdem ich mich mit aller Energie, über die ich noch verfügte, vorgearbeitet hatte, mit der Stirn heftig gegen die Kante einer eisenbeschlagenen Kiste. Der Zusammenprall betäubte mich für einige Augenblicke, allein ich fand zu meinem unaussprechlichen Schmerz, daß das schnelle und heftige Schlingern des Schiffes die Kiste genau in meinen Weg geschoben hatte, so daß sie mein Weiterkommen sehr wirksam behinderte. Selbst unter größten Anstrengungen konnte ich sie keinen einzigen Zoll verrücken, da sie zwischen Behältern und Schiffsausrüstung festgekeilt war. Somit mußte ich – geschwächt wie ich war – entweder die wegweisende Schnur aufgeben und einen anderen Durchschlupf suchen oder über das Hindernis klettern und meinen Weg auf der anderen Seite fortsetzen. Erstgenannte Alternative bot zu viele Schwierigkeiten und Gefahren, als daß ich sie ohne einen Schauder erwägen konnte. Bei der gegenwärtigen schwachen Verfassung meines Geistes und Körpers würde ich die Richtung unfehlbar verlieren, falls ich es versuchte, und in diesem häßlichen und abstoßenden Labyrinth des Achterschiffes elendiglich umkommen. Ich sammelte deshalb ohne Zögern alle mir verbliebene Kraft und Stärke und versuchte, über die Kiste zu klettern, so gut ich es vermochte.

Aufrecht stehend und mit diesem Ziel im Auge erkannte ich, daß die Aufgabe schwieriger war, als selbst meine Befürchtung sie mir ausgemalt hatte. An jeder Seite der engen Passage erhob sich ein ganzer Wall verschiedener schwerer Gegenstände, welche der geringste Fehler meinerseits auf mich und mein Haupt herniedersenden konnte; sollte dieser Unglücksfall nicht eintreten, konnte der Weg indes wirksam blockiert werden, so daß meine Rückkehr durch die herabstürzende Masse ebenso vortrefflich versperrt sein würde wie mein Weiterkommen durch das Hindernis vor mir. Die Kiste selbst war ein langes und plumpes Behältnis, an dem mein Fuß keinen Halt finden konnte. Vergeblich trachtete ich durch Einsatz aller mir zur Verfügung stehenden Kräfte, die Oberkante zu erreichen, in der Hoffnung, mich dann hochziehen zu können. Wäre mein Versuch geglückt, so hätte sich meine Kraft gewiß als völlig unzulänglich erwiesen für die Aufgabe, mich hinüberzuschwingen, und so war es in jeder Hinsicht besser, daß es mißlang. Schließlich spürte ich bei einem weiteren verzweifelten Versuch, die Kiste zu verrücken, eine starke Vibration an der mir zugekehrten Seite. Ich griff begierig nach der Kante der Latten und fand, daß eine sehr locker war. Mit meinem Taschenmesser, das ich glücklicherweise bei mir hatte, gelang es mir unter großer Mühe, sie endgültig zu lösen. Als ich durch die Öffnung hineinkroch, entdeckte ich zu meiner übergroßen Freude, daß auf der gegenüberliegenden Seite keine Bretter waren – mit anderen Worten: daß das Oberteil fehlte und ich mich durch den Boden der Kiste gezwängt hatte. Nun gab es keine besondere Schwierigkeit mehr, der Schnur zu folgen, bis ich schließlich den Nagel erreichte. Mit klopfendem Herzen stellte ich mich aufrecht und drückte leicht gegen die Unterseite der Falltür. Sie öffnete sich nicht so schnell, wie ich erwartet hatte, und ich drückte nun etwas energischer, noch immer fürchtend, nicht Augustus, sondern jemand anders könne sich in seiner Kabine aufhalten. Die Tür bewegte sich zu meinem Erstaunen jedoch überhaupt nicht, und mir wurde unbehaglich, denn ich wußte, daß es früher keiner oder nur geringer Anstrengung bedurft hatte, sie zu öffnen. Ich drückte stark – sie blieb, wie sie war; ich drückte mit aller Macht – sie gab noch immer nicht nach; ich drückte mit Wut, mit Zorn, mit Verzweiflung – sie trotzte meinen äußersten Bemühungen. Aus der Unüberwindbarkeit des Widerstands war zu folgern, daß die Öffnung entweder entdeckt und fest zugenagelt oder daß eine beträchtliche Last daraufgestellt worden war, an deren Beseitigung ich nicht im geringsten denken konnte.

Ich war aufs höchste bestürzt und entsetzt. Vergeblich versuchte ich, die mögliche Ursache meines Eingeschlossenseins zu ergründen. Ich brachte jedoch keine zusammenhängende Gedankenkette zustande, sank auf den Fußboden und gab mich widerstandslos den düstersten Vorstellungen hin, unter denen die schrecklichen Todesarten des Verdurstens, Verhungerns, Erstickens und lebendig Begrabenwerdens mir als die Schicksalsschläge erschienen, mit denen ich am ehesten zu rechnen hatte. Schließlich gewann ich mein Denkvermögen zum Teil doch wieder und tastete nach den Rändern oder Ritzen der Öffnung. Als ich sie gefunden hatte, untersuchte ich sie genau, um mich zu vergewissern, ob nicht irgendein Lichtschein aus der Kabine hindurchdrang. Aber nichts war zu sehen. Nun zwängte ich die Klinge meines Federmessers durch, bis ich auf ein hartes Hindernis stieß. Als ich daran kratzte, entdeckte ich, daß es eine solide Masse Metall sein mußte, wobei mir das seltsame Auf und Ab beim Entlangziehen der Klinge auf ein Kettenkabel zu deuten schien. Die einzige mir verbliebene Möglichkeit war, mich wieder in meine Kiste zurückzuziehen und mich dort entweder meinem traurigen Schicksal zu überantworten oder mein Gemüt so weit zu beruhigen, daß es mir möglich wurde, einen Rettungsplan zu entwerfen. Ich machte mich unverzüglich auf den Weg und gelangte nach unzähligen Schwierigkeiten auch wieder zurück. Als ich bis zum äußersten erschöpft auf die Matratze sank, ließ sich Tiger in voller Länge an meiner Seite nieder und schien mich durch Liebkosungen über mein Unglück trösten zu wollen und mich zu drängen, es mannhaft zu ertragen.

Sein seltsames Verhalten erregte schließlich meine Aufmerksamkeit. Nachdem er mir einige Minuten lang Gesicht und Hände geleckt hatte, hörte er plötzlich damit auf und gab ein leises Winseln von sich. Wann immer ich die Hand ausstreckte, fand ich ihn jedesmal mit erhobenen Pfoten auf dem Rücken liegend. Dieses häufig wiederholte Verhalten erschien mir merkwürdig, und ich konnte es mir in keiner Weise erklären. Da der Hund sich zu quälen schien, schloß ich auf eine Verletzung. Ich nahm seine Pfoten in meine Hände, untersuchte sie eine nach der anderen, entdeckte jedoch keine Spur irgendeiner Wunde. Dann sagte ich mir, daß er Hunger habe, und gab ihm ein großes Stück Schinken, welches er begierig verschlang, danach jedoch wieder seine seltsamen Manöver aufnahm. Nun glaubte ich, daß er wie auch ich unter Durst litt, und war im Begriff, diese Schlußfolgerung als die einzig richtige anzusehen, als mir der Gedanke kam, daß ich bis jetzt nur seine Pfoten betrachtet und er womöglich an einem anderen Teil seines Körpers oder Kopfes eine Verletzung davongetragen hatte. Ich tastete letzteren sorgfältig ab, fand jedoch nichts. Als meine Hand indes über seinen Rücken glitt, spürte ich ein sich über den ganzen Rücken ziehendes Sträuben des Felles. Beim Abtasten dieser Spur entdeckte ich eine Schnur, folgte ihr und fand heraus, daß sie den ganzen Körper umgab. Bei genauerer Untersuchung stieß ich auf einen kleinen Streifen, der sich wie Briefpapier anfaßte; und die Schnur war so daran befestigt, daß er unmittelbar unter der linken Schulter des Tieres gehalten wurde.

Kapitel III

Augenblicklich kam mir der Gedanke, daß das Papier eine Nachricht von Augustus sei und er, da ein unerklärliches Ereignis ihn daran hinderte, mich aus meinem Verlies zu befreien, diese Methode ersonnen habe, um mich über den wahren Stand der Dinge zu unterrichten. Zitternd vor Ungeduld, nahm ich nun erneut die Suche nach meinen Phosphorhölzchen und Kerzen auf. Ich hatte eine verworrene Erinnerung, sie sorgfältig verwahrt zu haben, ehe ich in den Schlaf sank, und hatte mich in der Tat vor meiner letzten Expedition zur Falltür der Stelle genau entsinnen können, wo ich sie hingelegt hatte. Indes mühte ich mich jetzt vergebens, mir diesen Ort ins Gedächtnis zu rufen, und vergeudete so eine volle Stunde in fruchtloser und irritierender Suche nach den verschwundenen Gegenständen; ganz gewiß habe ich mich nie zuvor in einem qualvolleren Zustand der Furcht und Ungewißheit befunden. Während ich noch, den Kopf dicht am Ballast, die Umgebung der Kistenöffnung abtastete, bemerkte ich schließlich ein schwaches Leuchten aus der Richtung der Hangpflicht. Äußerst überrascht trachtete ich, mich darauf zuzubewegen, zumal es nur wenige Fuß von meinem Standort entfernt zu sein schien. Kaum hatte ich mich jedoch mit dieser Absicht in Bewegung gesetzt, schwand das Leuchten völlig aus meinem Blickfeld, und ehe ich seiner wieder ansichtig werden konnte, war ich gezwungen, mich die Kiste entlang zu tasten, bis ich exakt wieder an meinem Ausgangspunkt ankam. Indem ich nun meinen Kopf vorsichtig hin und her bewegte, erkannte ich, daß ich durch ein langsames und äußerst behutsames Vorrücken entgegengesetzt zu der Richtung, die ich zuerst eingeschlagen hatte, mich dem Licht weiter nähern konnte, wobei ich es ständig im Auge behielt. Alsbald stieß ich (nachdem ich mich durch unzählige enge Windungen gezwängt hatte) direkt darauf und entdeckte, daß es von einigen Bruchstücken meiner Zündhölzer herrührte, die in einem umgekippten leeren Faß lagen. Noch wunderte ich mich, wie sie an diese Stelle gekommen waren, als meine Hand zwei oder drei Stück Kerzenwachs berührte, die offensichtlich durch den Hund zermahlen worden waren. Daraus schloß ich sogleich, daß er meinen ganzen Kerzenvorrat verschlungen hatte, und verlor jede Hoffnung, Augustus' Nachricht jemals lesen zu können. Die kümmerlichen Reste des Wachses waren so mit anderem Schmutz im Faß vermengt, daß ich zweifelte, sie könnten mir je noch von Nutzen sein, und sie ließ, wie sie waren. Den Phosphor, von dem nur ein oder zwei Krümchen geblieben waren, klaubte ich auf, so gut ich es vermochte, und kehrte unter großer Beschwernis damit zu meiner Kiste zurück, wo Tiger die ganze Zeit geblieben war.

Was als nächstes zu tun war, konnte ich nicht sagen. Der Raum war so absolut dunkel, daß ich meine Hand nicht sehen konnte, wie dicht vor mein Gesicht ich sie auch immer hielt. Der weiße Streifen Papier war kaum zu erkennen, und das nicht einmal, wenn ich direkt darauf blickte, sondern nur, wenn ich den äußersten Saum der Netzhaut darauf richtete – das soll heißen, wenn ich ihn aus dem Augenwinkel betrachtete, entdeckte ich, daß er in gewissem Maße sichtbar wurde. So kann sich ein jeder die Finsternis meines Gefängnisses vorstellen, und die Nachricht meines Freundes, sofern es in der Tat eine Nachricht von ihm war, schien nur geeignet, mich in größere Besorgnis zu stürzen, da sie meine bereits geschwächten und übererregten Geisteskräfte ohne Grund beunruhigt hatte. Vergeblich erwog mein Gehirn eine Vielzahl absurder Hilfsmittel, um Licht zu erzeugen – genau solcher Hilfsmittel, wie sie ein Mensch aus gleichem Grund vielleicht in jenem verworrenen Schlaf ersinnen mag, den der Genuß von Opium erzeugt – und die dem Schläfer in ihrer Gesamtheit abwechselnd als höchst vernünftige und höchst widersinnige Konzeptionen erscheinen, je nachdem, ob das Denken oder das Vorstellungsvermögen jeweils die Oberhand übereinander gewinnen. Schließlich kam mir ein Gedanke, der vernünftig erschien und in mir die berechtigte Frage auslöste, warum ich nicht schon eher darauf verfallen war. Ich legte den Streifen Papier auf den Deckel eines Buches, nahm die Bruchstücke der Phosphorhölzchen, die ich von dem Faß mitgebracht hatte, und legte sie zusammen auf das Papier. Sodann rieb ich das Ganze sehr schnell, jedoch gleichmäßig mit dem Handballen. Sofort ergoß sich ein deutlicher Lichtschein über die ganze Oberfläche, und hätte irgend etwas Geschriebenes darauf gestanden, so hätte ich nicht die geringste Schwierigkeit gehabt, es zu lesen – dessen bin ich sicher. Indes stand nicht eine Silbe darauf – es war nur ein leeres, nichtssagendes Stück Papier. Der Lichtschein erstarb in wenigen Sekunden und mein Herz in mir, als er verging.

Mehrmals bereits habe ich darauf verwiesen, daß sich mein Verstand schon seit langem in einem Zustand befand, der fast an Idiotie grenzte. Gewiß gab es momentane Intervalle völliger geistiger Klarheit und dann und wann sogar von Energie, aber diese waren selten. Man möge sich vergegenwärtigen, daß ich gewiß seit vielen Tagen die fast pestilenzartige Atmosphäre eines engen Raumes auf einem Walfänger atmete und über einen langen Zeitraum mit nur wenig Wasser auskommen mußte. Während der letzten vierzehn oder fünfzehn Stunden hatte ich überhaupt keines gehabt – auch hatte ich in dieser Zeit nicht geschlafen. Eingesalzene Lebensmittel der pikantesten Art waren meine hauptsächliche, seit Verlust des Hammelfleisches in der Tat meine einzige Nahrung gewesen, die Schiffszwiebäcke ausgenommen, und letztere waren völlig nutzlos für mich, da sie zu trocken und hart waren, als daß ich sie mit meiner geschwollenen und wunden Speiseröhre hätte schlucken können. Ich hatte jetzt hohes Fieber und war in jeder Hinsicht schwerkrank. Dadurch wird wohl die Tatsache verständlich, daß nach meinem letzten Abenteuer mit dem Phosphor viele Stunden der Kümmernis und Mutlosigkeit vergingen, ehe mir dämmerte, daß ich nur eine Seite des Papiers studiert hatte. Ich werde nicht versuchen, meinen Ingrimm zu schildern (glaube ich doch, daß diese Empfindung alle anderen überwog), als mir plötzlich bewußt wurde, welche unerhörte Fahrlässigkeit ich begangen hatte. Das Versäumnis selbst wäre unbedeutend gewesen, hätten nicht eigene Torheit und Ungestüm es mir anders vergolten – tief enttäuscht, auf dem Papierstreifen keine Worte vorzufinden, hatte ich ihn in kindlichem Trotz zerfetzt und die Stücke weggeworfen – wohin, konnte ich nicht sagen.

Tigers Klugheit rettete mich vor den übelsten Folgen dieses Dilemmas. Als ich nach langem Suchen schließlich ein kleines Stück des Papiers gefunden hatte, hielt ich es an die Nase des Hundes, um ihm zu verstehen zu geben, er solle mir den Rest bringen. Zu meinem Erstaunen (denn ich hatte ihn keine der üblichen Kunstfertigkeiten gelehrt, die seine Gattung so berühmt machen) schien er meine Absicht sofort zu erkennen, stöberte einige Augenblicke herum und fand alsbald ein anderes ansehnliches Stück. Nachdem er es mir gebracht hatte, hielt er eine Weile inne, rieb seine Nase an meiner Hand und schien auf ein Zeichen der Anerkennung zu warten für das, was er geleistet hatte. Ich tätschelte seinen Kopf, wonach er sich unverzüglich wieder auf den Weg machte. Diesmal dauerte es einige Minuten, ehe er zurückkehrte – aber als er kam, brachte er ein großes Stück, das ganze restliche Papier, wie sich herausstellte – anscheinend war es nur in drei Stücke zerrissen worden. Zum Glück hatte ich keine Mühe, die wenigen übriggebliebenen Phosphorkrumen aufzusammeln – ich ließ mich durch das schwache Glimmen leiten, das ein oder zwei Teilchen noch ausstrahlten. Meine Schwierigkeiten hatten mich die Notwendigkeit größerer Vorsicht gelehrt, deshalb nahm ich mir nun die Zeit zu überdenken, wie ich am besten vorgehen sollte. So hielt ich es für sehr wahrscheinlich, daß einige Worte auf jene Seite des Papiers geschrieben worden waren, die ich nicht untersucht hatte – aber welche Seite war das gewesen? Das Zusammenfügen der Stücke half mir in dieser Hinsicht nicht weiter, obwohl ich nun sicher sein konnte, daß die Worte, sofern welche darauf standen, alle auf einer Seite und in der richtigen Reihenfolge zu finden sein würden. Diesen fraglichen Punkt über jeden Zweifel zu klären war unumgänglicher denn zuvor, da der verbliebene Phosphor für einen dritten Versuch, sollte jener fehlschlagen, den zu unternehmen ich im Begriff war, niemals ausreichen würde. Wie vorher legte ich das Papier auf ein Buch, saß einige Minuten nachdenklich und erwog die Angelegenheit reiflich. Schließlich schien mir eine geringe Möglichkeit zu bestehen, daß die beschriebene Seite gewisse Unebenheiten aufwies, die ein feines Tastgefühl mich vielleicht entdecken lassen könnte. Ich entschloß mich, den Versuch zu wagen, und ließ meinen Finger sehr behutsam über die Seite gleiten, die sich mir zuerst darbot. Indes war nichts zu erkennen, und so wendete ich das Papier und legte es wieder auf das Buch. Abermals strich ich mit dem Zeigefinger vorsichtig darüber, als ich ein ungemein schwaches, dennoch erkennbares Leuchten bemerkte, welches dem Finger zu folgen schien. Dies mußte, dessen war ich gewiß, von einigen noch verbliebenen winzigkleinen Phosphorteilchen herrühren, mit denen ich das Papier bei meinem ersten Versuch überzogen hatte. Die andere oder untere Seite war demzufolge die mit dem Geschriebenen, sofern letztlich etwas Geschriebenes darauf zu finden war. Abermals wendete ich das Papier und machte mich ans Werk, wie ich es schon einmal getan hatte. Als ich den Phosphor verrieben hatte, entstand das Leuchten wie ehedem – jedoch traten diesmal mehrere Zeilen des Manuskriptes in großer Handschrift und offensichtlich mit roter Tinte geschrieben deutlich hervor. Das Leuchten war hell genug, währte indes nur einen Moment. Gleichwohl wäre ausreichend Zeit gewesen, alle drei Sätze durchzulesen – denn ich sah, daß es drei waren –, wäre ich nicht allzu aufgeregt gewesen. In meinem Verlangen, alles auf einmal zu erfassen, gelang es mir jedoch nur, die letzten sieben Worte richtig zu entziffern, die wie folgt lauteten: ›*Blut – Dein Leben hängt vom Verborgenbleiben ab.*‹

Wäre es mir möglich gewesen, den ganzen Inhalt der Nachricht zu ermitteln, so hätte doch die volle Bedeutung der Warnung, die mein Freund dergestalt versucht hatte mir zukommen zu lassen – und hätte sie die Darstellung eines ganz unbeschreiblichen Unheils enthalten, davon bin ich fest überzeugt –, mein Gemüt nicht mit einem Zehntel jenes ungeheuerlichen und noch unbestimmbaren Entsetzens erfüllt, das die soeben erhaltene bruchstückhafte Warnung in mir wachrief. Dazu noch *Blut* – jenes Wort aller Worte, zu allen Zeiten begleitet von Assoziationen des Geheimnisvollen, des Leidens und Entsetzens – wie dreifach bedeutungsvoll erschien es nun mir – wie kalt und bedrückend fiel diese unbestimmte Silbe, losgelöst wie sie war von allen vorausgehenden Worten, die sie hätten näher bestimmen oder verdeutlichen können, tief im Dunkel meines Gefängnisses in die innersten Winkel meiner Seele!

Zweifellos hatte Augustus gute Gründe, wenn er wünschte, daß ich mich weiterhin verborgen hielt, und ich stellte tausend Vermutungen an, welcherart sie wohl sein könnten – allein, ich kam zu keiner befriedigenden Lösung des Rätsels. Gleich nach der Rückkehr von meiner letzten Expedition zur Falltür und noch ehe meine Aufmerksamkeit durch Tigers eigentümliches Verhalten in eine andere Richtung gelenkt worden war, hatte ich den Entschluß gefaßt, mich den an Bord befindlichen Leuten auf alle Fälle bemerkbar zu machen oder, sofern mir dies nicht direkt gelingen sollte, zu versuchen, mir einen Durchschlupf durch das Raumdeck zu sägen. Die nur halbe Gewißheit, daß es mir gelingen würde, eines dieser zwei Vorhaben in äußerster Not zu bewältigen, hatten mir Mut gemacht (dessen ich sonst entraten hätte), meine unglückliche Lage zu ertragen. Die wenigen Worte, die ich hatte lesen können, beraubten mich indes dieser letzten Möglichkeiten, und ich spürte nun zum ersten Mal das ganze Elend meines Geschicks. In einem Anfall von Verzweiflung ließ ich mich wieder auf die Matratze fallen, wo ich für den Zeitraum etwa eines Tages und einer Nacht liegenblieb. Eine Benommenheit hatte sich meiner bemächtigt, die nur durch kurzzeitige Intervalle der Einsicht und Erinnerung gemildert wurde.

Schließlich erhob ich mich abermals und begann, mir die Schrecknisse vor Augen zu führen, von denen ich umgeben war. Weitere vierundzwanzig Stunden – geschweige denn länger – ohne Wasser auszukommen war kaum möglich. Während der ersten Zeit meiner Einkerkerung hatte ich den Stärkungen tüchtig zugesprochen, mit denen mich Augustus ausgestattet hatte, jedoch waren sie nur geeignet gewesen, das Fieber ansteigen zu lassen, ohne meinen Durst im geringsten zu stillen. Ich hatte nur noch etwa eine Viertelpinte übrig, und dies war eine Art starker Pfirsichlikör, gegen den mein Magen revoltierte. Die Würste waren ganz aufgezehrt, von dem Schinken existierte nur noch ein kleines Stück Schwarte; die Zwiebäcke hatte Tiger bis auf einige Krumen aufgefressen. Zu allem Unglück bemerkte ich, daß mein Kopfschmerz mit jeder Minute zunahm und mit ihm jene Art Delirium, das mich mehr oder weniger gepeinigt hatte, seit ich das erste Mal in Schlaf gesunken war. Mehrere Stunden schon konnte ich nur unter großer Mühe Atem schöpfen, und jetzt wurde jeder Versuch, dies zu tun, von einer höchst beklemmenden, krampfartigen Reaktion der Brust begleitet. Gleichwohl gab es noch eine andere und sehr verschiedenartige Ursache der Besorgnis, in der Tat eine, deren zermürbende Ängste Hauptanlaß waren, mich aus der Benommenheit zu reißen und zur Tat zu zwingen. Sie rührte vom Verhalten des Hundes her.

Die Veränderung in seinem Verhalten fiel mir das erste

Mal auf, als ich während meines letzten Versuchs den Phosphor auf dem Papier zerrieb. Leise knurrend stieß er seine Nase gegen meine Hand, während ich rieb; zu dem Zeitpunkt war ich jedoch viel zu aufgeregt, um diesem Umstand viel Aufmerksamkeit zu widmen. Bald danach hatte ich mich auf die Matratze fallen lassen, wie man sich erinnern wird, und war in eine Art Lethargie gesunken. Alsbald vernahm ich einen eigenartigen zischenden Laut dicht an meinem Ohr und entdeckte, daß er von Tiger herrührte, der in einem Zustand offenbar höchster Erregung keuchte und röchelte, wobei mich seine Augen in der Dunkelheit wild anfunkelten. Ich redete auf ihn ein, worauf er mit einem langen Brummen antwortete und dann ruhig blieb. Kurz danach fiel ich wieder in meine Benommenheit, aus der ich bald auf ähnliche Weise erwachte. Dies wiederholte sich drei oder vier Mal, bis sein Verhalten mir schließlich ein so hohes Maß von Furcht einflößte, daß ich gänzlich aufwachte. Er lag nun dicht bei der Kistentür, knurrte furchterregend, jedoch in gedämpfter Weise, und knirschte mit den Zähnen, wie von einem starken Krampf gepackt. Ich zweifelte nicht, daß entweder der Wassermangel oder die abgeschlossene Atmosphäre des Raumes ihn zum Wahnsinn getrieben hatten, und war ratlos, wie ich mich verhalten sollte. Der Gedanke, ihn zu töten, war mir unerträglich, indes schien dies zu meiner eigenen Sicherheit absolut notwendig zu sein. Ich konnte deutlich seine Augen erkennen, die mit einem Ausdruck tödlicher Feindseligkeit an mir hafteten, und rechnete jeden Moment mit einem Angriff. Schließlich konnte ich die unheildrohende Situation nicht länger ertragen und entschloß mich, die Kiste auf alle Fälle zu verlassen und mich seiner zu entledigen, sofern seine feindliche Haltung dies notwendig machen würde. Um hinauszugelangen, mußte ich mich über ihn hinwegbewegen, und er schien meine Absicht bereits zu erraten – denn er erhob sich auf die Vorderbeine (wie ich aus der veränderten Position seiner Augen sehen konnte) und bleckte seine weißen Zähne, die leicht zu erkennen waren. Ich nahm den Rest der Schinkenschwarte mit dem Likör und verwahrte beides zusammen mit einem großen Schnitzmesser, das Augustus mir überlassen hatte, in meiner Kleidung – sodann schlang ich meinen Mantel so eng wie möglich um mich und machte eine Bewegung auf die Kistenöffnung zu. Kaum tat ich dies, sprang mir der Hund laut knurrend an die Kehle. Das volle Gewicht seines Körpers prallte gegen meine rechte Schulter, und ich fiel heftig nach links, während das ergrimmte Tier über mich hinwegstürmte. Ich war auf die Knie gestürzt und hatte meinen Kopf in den Decken vergraben, und dies schützte mich bei einem zweiten wütenden Angriff, bei dem ich spürte, wie die scharfen Zähne die meinen Hals schützende Wolle kräftig zusammenpreßten – indes waren sie glücklicherweise nicht imstande, die vielen Falten zu durchdringen. Nun befand ich mich unter dem Hund und einige Augenblicke völlig in seiner Gewalt. Verzweiflung verlieh mir Kraft, ich erhob mich beherzt, schüttelte ihn mit aller Macht ab und zog die Decken von der Matratze mit mir. Diese warf ich sodann über ihn, und ehe er sich daraus befreien konnte, hatte ich die Tür hinter mir geschlossen und seine Verfolgung dergestalt wirksam verhindert. Bei diesem Kampf hatte ich jedoch das Stück Schinkenschwarte fallen lassen müssen, und nun entdeckte ich, daß mein ganzer Vorrat an Lebensmitteln auf eine einzige Viertelpinte Likör zusammengeschrumpft war. Als mir diese Erkenntnis dämmerte, packte mich einer jener Anfälle von Eigensinn, der vermutlich auch ein verwöhntes Kind unter ähnlichen Umständen beeinflußt; ich setzte die Flasche an den Mund, leerte sie bis zur Neige und schleuderte sie ergrimmt auf den Fußboden.

Kaum war das Echo des Aufpralls verhallt, als ich aus der Richtung der Hangpflicht jemanden mit lebhafter, jedoch gedämpfter Stimme meinen Namen rufen hörte. Das war so unerwartet und die Erregung, die dieser Laut in mir wachrief, so groß, daß ich vergeblich versuchte zu antworten. Mein Sprechvermögen ließ mich völlig im Stich, und wie gelähmt von der entsetzlichen Angst, mein Freund könnte mich für tot halten und ohne einen Versuch, zu mir zu gelangen, umkehren, stand ich zwischen den Lattenkisten nahe der Tür zu meiner Kiste, zitterte am ganzen Leib, rang nach Luft und mühte mich unsäglich, einen Laut von mir zu geben. Und hätten tausend Worte von einer einzigen Silbe abgehangen – ich hätte sie nicht sprechen können. Irgendwo zwischen dem Gerümpel weiter vorn war nun eine leichte Bewegung zu hören. Das Geräusch wurde alsbald leiser, schwand immer mehr und erstarb. Werde ich je meine Empfindungen in diesem Augenblick vergessen? Er ging weg – mein Freund, mein Gefährte, von dem ich mit Recht so viel erhoffte – er ging – er wollte mich im Stich lassen – er war gegangen! Er wollte zulassen, daß ich elendiglich zugrunde ging, in dem schrecklichsten und abscheulichsten aller Verliese mein Leben beendete – und ein Wort, eine kleine Silbe würde mich retten – dennoch konnte ich diese einzige Silbe nicht herausstoßen. Ich spürte gewißlich mehr als zehntausendfache Todesqualen. Meine Sinne schwanden, und ich fiel sterbenselend gegen die eine Seite der Kiste.

Als ich fiel, glitt das Schnitzmesser aus dem Gurt meiner Beinkleider und fiel scheppernd auf den Fußboden. Keine Melodie, und sei es die allerlieblichste, klang je so süß in meinen Ohren! Ich lauschte mit äußerster Anspannung, um die Wirkung des Geräuschs auf Augustus zu erforschen – denn ich wußte, daß die Person, die meinen Namen gerufen hatte, kein anderer sein könnte als er. Für einige Augenblicke war alles still. Schließlich hörte ich ihn abermals in gedämpftem Ton und sehr unsicher »Arthur!« rufen. Wiederauflebende Hoffnung gab mir mit einemmal mein Sprechvermögen zurück, und ich schrie, so laut ich konnte: »Augustus! O Augustus!« – »Leise! Um Gottes willen, sei still!« erwiderte er mit vor Aufregung zitternder Stimme. »Ich bin gleich bei dir – sobald ich mich durch den Laderaum durchgearbeitet habe!« Lange Zeit hörte ich ihn sich durch das Gerümpel einen Weg bahnen, und jeder Augenblick erschien mir wie eine Ewigkeit. Endlich fühlte ich seine Hand auf meiner Schulter, und im gleichen Moment setzte er eine Flasche mit Wasser an meine Lippen. Nur diejenigen, die plötzlich dem Schlund des Grabes entrissen wurden oder die unerträgliche Durstqualen unter ebenso verschärften Umständen erleiden mußten gleich jenen, denen ich in meinem trostlosen Gefängnis ausgesetzt war, können sich eine Vorstellung machen von dem unaussprechlichen Entzücken, welches jener eine lange Zug von der köstlichsten aller physischen Kostbarkeiten mir bereitete.

Als ich meinen Durst bis zu einem gewissen Grad gestillt hatte, förderte Augustus drei oder vier gekochte Kartoffeln aus seiner Tasche, die ich mit größter Gier verschlang. Er hatte eine brennende Blendlaterne mitgebracht, und ihre wohltuenden Strahlen bereiteten mir kaum weniger Trost als Essen und Trinken. Indes brannte ich vor Begierde, die Ursache seiner langen Abwesenheit zu erfahren, und er hub an zu berichten, was sich während meiner Einkerkerung an Bord zugetragen hatte.

Kapitel IV

Die Brigg war, wie ich vermutet hatte, etwa eine Stunde, nachdem er mir die Uhr überlassen hatte, in See gestochen. Das war am zwanzigsten Juni gewesen. Man wird sich erinnern, daß ich damals bereits drei Tage im Laderaum verbracht hatte; und während dieses Zeitraums herrschte ständig eine derartige Geschäftigkeit an Bord, wurde so oft hin und her gelaufen, besonders in der Kajüte und den Passagierkabinen, daß er keine Möglichkeit gesehen hatte, mich aufzusuchen, ohne zu riskieren, daß das Geheimnis der Falltür offenbar wurde. Als er schließlich gekommen war, hatte ich ihm versichert, daß es mir so gut wie nur möglich gehe. Deshalb war er die nächsten zwei Tage nur wenig besorgt um mich – während er dennoch ständig nach einer Gelegenheit Ausschau hielt, unter Deck zu kommen. Diese bot sich erst am vierten Tag. Während der ganzen Zeit war er mehrfach versucht gewesen, seinen Vater das Abenteuer wissen zu lassen, damit ich sofort an Deck kommen konnte. Indes waren wir noch in Reichweite von Nantucket, und es war angesichts einiger Äußerungen seitens Kapitän Barnards zweifelhaft, ob er nicht auf der Stelle kehrtmachen würde, falls er mich an Bord entdeckte. Außerdem konnte Augustus, wenn er die Sache reiflich erwog, sich nicht vorstellen, wie er mir sagte, daß mir etwas unmittelbar mangelte oder daß ich in solchem Fall zögern würde, mich an der Falltür bemerkbar zu machen. Sooft er dergestalt alles überdachte, kam er zu dem Schluß, mich unten zu lassen, bis sich ihm eine Gelegenheit bot, mich unauffällig zu besuchen. Dies geschah jedoch, wie ich bereits gesagt habe, erst vier Tage, nachdem er mir die Uhr gebracht hatte, und am siebenten Tag, seit ich den Laderaum das erste Mal betreten hatte. Er war damals ohne Wasser oder irgendwelche Lebensmittel unter Deck gekommen, da es ihm in erster Linie nur darum ging, sich bemerkbar zu machen und mich von der Kiste zur Falltür kommen zu lassen – worauf er in die Passagierkabine gehen und mir von dort frische Lebensmittel herabreichen wollte. Als er zu diesem Zweck hinabstieg, bemerkte er, daß ich schlief, denn ich muß sehr laut geschnarcht haben. Nach all den Berechnungen, die ich in dieser Sache vornehmen kann, muß dies der tiefe Schlaf gewesen sein, der mich übermannt hatte, kaum daß ich mit der Uhr von der Falltür zurückgekehrt war, und der demzufolge mehr als drei Tage und Nächte gedauert haben muß, und das ist das mindeste. In letzter Zeit hatte ich Ursache, sowohl durch eigene Erfahrung als auch durch die Versicherung anderer, die stark einschläfernde Wirkung jenes von altem Fischtran herrührenden Gestanks in einem engen Raum kennenzulernen, und wenn ich mir die Bedingungen des Laderaums vor Augen führe, in dem ich eingekerkert war, und die lange Zeitspanne, in der die Brigg als Walfangschiff gedient hatte, bin ich geneigt, mich eher darüber zu wundern, daß ich überhaupt wieder erwachte, nachdem ich einmal in Schlaf gesunken war, als darüber, daß ich während des obengenannten Zeitraums ununterbrochen geschlafen haben soll.

Augustus rief zuerst mit gedämpfter Stimme nach mir und ohne die Falltür hinter sich zu schließen – aber ich gab keine Antwort. Dann schloß er die Tür und sprach in lautem, zuletzt in sehr lautem Ton zu mir – dennoch schnarchte ich weiter. Er war nun ratlos, was zu tun sei. Es hätte einiger Zeit bedurft, durch das Gerümpel einen Weg zu meiner Kiste zu finden, inzwischen würde Kapitän Barnard seine Abwesenheit bemerken, der seine Dienste jede Minute in Anspruch nehmen konnte, um Papiere zu ordnen und zu kopieren, die das Geschäft der Reise betrafen. Deshalb entschloß er sich nach einigem Überlegen, wieder an Deck zu gehen und auf eine andere Gelegenheit für einen Besuch bei mir zu warten. Dieser Entschluß fiel ihm um so leichter, als mein Schlaf höchst ruhiger Natur zu sein schien und er nicht vermuten konnte, daß die lange Einkerkerung mir in irgendeiner Weise hätte beschwerlich sein können. Gerade hatte er sich in diesem Sinne entschieden, als ungewöhnlicher Lärm, dessen Widerhall von der Kajüte auszugehen schien, seine Aufmerksamkeit gefangennahm. So schnell wie möglich glitt er durch die Falltür, schloß sie und riß die Tür seiner Kabine auf. Kaum hatte er seinen Fuß über die Schwelle gesetzt, blitzte vor seinen Augen eine Pistole auf, gleichzeitig streckte ihn der Aufprall einer Handspake zu Boden.

Eine kräftige Hand, die seine Kehle fest umschlossen hielt, drückte ihn gegen den Kajütenboden; dennoch war er in der Lage zu verfolgen, was um ihn her vor sich ging. Sein Vater lag, an Händen und Füßen gefesselt, auf den Stufen der Kajütstreppe, den Kopf nach unten und mit einer tiefen Wunde an der Stirn, aus der ständig Blut rann. Er sagte kein Wort und war offenbar im Begriff zu sterben. Über ihm stand der Erste Maat, betrachtete ihn mit einem Ausdruck teuflischen Hohns und durchsuchte bedächtig seine Taschen, denen er alsbald eine große Brieftasche und eine Uhr entnahm. Sieben Leute der Mannschaft (darunter der Koch, ein Neger) durchstöberten die Backbordpassagierkabinen nach Waffen und versorgten sich schnell mit Musketen und Munition. Außer Augustus und Kapitän Barnard waren sie ihrer neun in der Kajüte, darunter die wildesten Gesellen der Mannschaft. Die Schurken gingen nun an Deck und nahmen meinen Freund mit, nachdem sie ihm die Arme auf dem Rücken gefesselt hatten. Sie begaben sich geradeswegs zur Vorderdecksluke, die verriegelt war. Zwei der Meuterer standen mit Äxten daneben, zwei weitere bei der Hauptluke. Der Maat rief laut: »Hört ihr mich da unten? Marsch herauf mit euch, einer nach dem anderen – merkt euch das – und ohne zu murren!« Es dauerte einige Minuten, bis jemand erschien – ein Engländer kam schließlich herauf, der als Hilfsmatrose angeheuert hatte, weinte jämmerlich und flehte den Maat in höchst demütiger Weise an, ihm das Leben zu schenken. Die einzige Antwort war ein Hieb mit der Axt gegen seine Stirn. Der arme Bursche fiel, ohne einen Laut von sich zu geben, auf das Deck, und der schwarze Koch nahm ihn auf beide Arme, wie er es mit einem Kind tun würde, und ließ ihn bedächtig in die See fallen. Nachdem die Männer unter Deck den Schlag und das Plumpsen des Körpers gehört hatten, konnten sie weder durch Drohungen noch Versprechungen dazu bewegt werden, sich an Deck zu wagen, bis der Vorschlag gemacht wurde, sie auszuräuchern. Daraufhin setzte ein allgemeiner Ansturm ein, und für einen Augenblick erschien es möglich, die Brigg erneut in Besitz zu nehmen. Den Meuterern gelang es indes, das Vorderdeck letztendlich wieder wirksam zu schließen, ehe mehr als sechs ihrer Gegner an Deck kommen konnten. Diese sechs, den Meuterern zahlenmäßig so arg unterlegen und unbewaffnet dazu, ergaben sich nach kurzem Kampf. Der Maat sagte schöne Worte zu ihnen – zweifellos mit der Absicht, die noch unter Deck Befindlichen zur Kapitulation zu bewegen, denn sie konnten mühelos alles hören, was an Deck gesagt wurde. Das Ergebnis bestätigte seine Klugheit nicht weniger als seine teuflische Niedertracht. Alle Mann im Vorderdeck bekundeten augenblicklich ihre Absicht, sich zu ergeben, stiegen einer nach dem anderen an Deck, wurden gefesselt und dann zusammen mit den ersten sechs auf den Rücken geworfen – insgesamt waren es siebenundzwanzig Mann, die sich nicht an der Meuterei beteiligten.

Ein Akt höchst entsetzlicher Metzelei folgte. Die gefesselten Seeleute wurden zum Fallreep geschleppt. Hier stand der Koch mit einer Axt und hieb jedes Opfer auf den Kopf, sobald die anderen Meuterer es gewaltsam über die Bordwand hievten. Auf diese Weise kamen zweiundzwanzig ums Leben, und Augustus hatte sich längst aufgegeben und erwartete jeden Moment, daß die Reihe an ihn käme. Jedoch schienen die Schurken entweder ihres blutigen Geschäfts müde oder selbst in gewissem Maße davon abgestoßen zu sein, denn den vier verbliebenen Gefangenen wurde zusammen mit meinem Freund, der gleich den anderen aufs Deck geschleudert worden war, Aufschub gewährt, während der Maat jemanden nach Rum unter Deck schickte und die ganze Mörderbande sodann ein Trinkgelage abhielt, das bis Sonnenuntergang währte. Danach begannen sie über das Schicksal der Überlebenden zu disputieren, die nur vier Schritt von ihnen entfernt lagen und jedes Wort genau mithören konnten. Auf einige der Meuterer schien der Rum eine besänftigende Wirkung auszuüben, denn mehrere Stimmen wurden vernehmbar, die sich für eine völlige Freilassung der Gefangenen einsetzten unter der Bedingung, daß diese sich der Meuterei anschlössen und sich am Gewinn beteiligten. Der schwarze Koch indes (der in jeder Hinsicht ein vollendeter Dämon war und ebensogroßen, wenn nicht noch größeren Einfluß zu haben schien als der Maat selbst) wollte von einem Vorschlag dieser Art nichts hören und erhob sich mehrfach mit der Absicht, seine Tätigkeit am Fallreep wieder aufzunehmen. Glücklicherweise hatte der Rausch ihn in einem so hohen Maß überwältigt, daß die weniger blutdürstigen Mitglieder der Kumpanei, darunter ein Leinenmeister, der auf den Namen Dirk Peters hörte, ihn zurückhalten konnten. Dieser Mann war der Sohn einer Indianersquaw vom Stamm der Upsarokas, die nahe der Missouri-Quelle in der Geborgenheit der Black Hills lebten. Sein Vater war Pelzhändler oder zumindest in gewisser Weise mit dem Handelsposten der Indianer am Lewis-Fluß verbunden gewesen, glaube ich. Peters selbst war ein derart grimmig aussehender Mann, wie mir selten einer begegnet ist. Er war von kleiner Statur, höchstens vier Fuß acht Zoll groß, seine Gliedmaßen indes waren von herkulischen Proportionen. Insbesondere seine Hände waren so außerordentlich dick und breit, daß sie kaum noch eine menschliche Form hatten. Arme und Beine waren auf höchst einzigartige Weise gekrümmt und schienen überhaupt keine Flexibilität zu besitzen. Sein Kopf war gleichermaßen deformiert, von immenser Größe, mit einer Vertiefung am Scheitel (wie die Schädel der meisten Neger sie aufweisen) und völlig kahl. Um diesen Makel, der nicht von hohem Alter herrührte, zu verdecken, trug er gewöhnlich eine Perücke, die aus jedwedem haarähnlichen Material beschaffen war, dessen er habhaft werden konnte – gelegentlich war es das Fell eines spanischen Hundes oder amerikanischen Grizzlybären. Zu besagtem Zeitpunkt trug er ein solches Stück Bärenfell, und das erhöhte die natürliche Wildheit seines Aussehens nicht wenig, die ein Merkmal der Upsaroka darstellte. Der Mund spannte sich fast von Ohr zu Ohr, die Lippen waren dünn und schienen wie einige andere seiner Körperteile der natürlichen Elastizität zu entraten, so daß der vorherrschende Ausdruck von jeglicher Gefühlsregung unbeeinflußt blieb. Dieser vorherrschende Ausdruck läßt sich vielleicht am besten erfassen, wenn man berücksichtigt, daß die Zähne ungemein lang waren, hervorstanden und niemals, in keinem Fall auch nur teilweise durch die Lippen bedeckt wurden. Betrachtete man diesen Menschen nur flüchtig, so entstand der Eindruck, daß er einem Lachkrampf erlag; ein zweiter Blick würde indes die schaudernde Erkenntnis bringen: Sollte dieser Ausdruck Heiterkeit bekunden, dann mußte es die Heiterkeit eines Dämonen sein. Über diese eigenartige Kreatur waren unter dem seefahrenden Volk von Nantucket viele Anekdoten im Umlauf. Sie sollten seine erstaunliche Körperkraft beweisen, wenn er heftig erregt war, und einige davon hatten Zweifel an seinem gesunden Verstand hervorgerufen. An Bord der ›Grampus‹ schien man ihm jedoch zum Zeitpunkt der Meuterei eher mit gewissem Spott denn irgendwelchen anderen Empfindungen zu begegnen. Ich habe mir die Darstellung von Dirk Peters besonders angelegen sein lassen, weil ihm, wie grimmig er auch aussah, in erster Linie zu danken ist, daß Augustus sein Leben behalten konnte, und weil ich noch häufig Gelegenheit haben werde, ihn im Verlauf meines Berichts zu erwähnen – eines Berichts, das möchte ich hier sagen, der in seinem letzten

Teil Ereignisse von einer Beschaffenheit enthalten wird, die so völlig außerhalb der Spanne menschlicher Erfahrung und aus diesem Grund auch jenseits der Grenzen menschlicher Glaubwürdigkeit liegen, daß ich in äußerster Hoffnungslosigkeit fortfahre und bezweifle, Glauben zu finden für all das, was ich erzählen werde, wobei ich jedoch fest der Zeit und der voranschreitenden Wissenschaft vertraue, die einige der bedeutungsschwersten und bezweifelbarsten meiner Feststellungen bestätigen werden.

Nach langer Unschlüssigkeit und zwei- oder dreimaligem heftigen Wortwechsel wurde endlich entschieden, daß alle Gefangenen (mit Ausnahme von Augustus, den Peters in scherzhafter Weise immer wieder als seinen Laufburschen beanspruchte) in einem der kleinsten Walboote ausgesetzt werden sollten. Der Maat ging hinunter in die Kajüte, um zu sehen, ob Kapitän Barnard noch lebte – denn man wird sich entsinnen, daß er unten belassen worden war, als die Meuterer an Deck kamen. Im nächsten Augenblick tauchten die beiden auf, der Kapitän totenbleich, obwohl er sich von den Auswirkungen seiner Wunde einigermaßen erholt zu haben schien. Er sprach mit kaum vernehmbarer Stimme zu den Männern, ersuchte sie dringend, ihn nicht auszusetzen, sondern zu ihren Pflichten zurückzukehren, und versprach, sie an Land zu setzen, wo immer sie es wünschten, und nichts zu unternehmen, um sie vor Gericht zu bringen. Ebensogut hätte er in den Wind reden können. Zwei der Schurken packten ihn bei den Armen und schleuderten ihn über die Bordwand ins Boot, das zu Wasser gelassen worden war, während der Maat unter Deck ging. Die vier Mann, die an Deck lagen, wurden nun von ihren Fesseln befreit und angewiesen, ihm zu folgen, was sie ohne jeden Widerstandsversuch taten – während Augustus in seiner qualvollen Lage belassen wurde, obwohl er dagegen aufbegehrte und um die armselige Vergünstigung flehte, man möge ihm gestatten, seinem Vater Lebewohl zu sagen. Sodann wurden eine Handvoll Schiffszwieback und ein Krug Wasser hinuntergereicht, jedoch weder ein Mast noch ein Segel, ein Ruder oder ein Kompaß. Das Boot wurde einige Minuten lang achtern vertäut, während die Meuterer eine weitere Beratung abhielten – dann ließ man es treiben. Inzwischen war die Nacht angebrochen – weder Mond noch Sterne waren zu sehen –, und eine kurze und garstige See lief an, obwohl der Wind nicht allzu stark wehte. Das Boot war im Nu außer Sicht, und für unsere unglücklichen Leidensgenossen, die darin saßen, bestand nur wenig Hoffnung. Dieser Vorfall ereignete sich indes auf einer Position von 35°30′ nördlicher Breite und 61°21′ westlicher Länge, mithin in nicht sehr großer Entfernung von den Bermudas. Augustus suchte sich daher mit dem Gedanken zu trösten, daß das Boot entweder Land erreichen oder ihm nahe genug kommen würde, um von Schiffen, die die Küste entlangsegelten, entdeckt zu werden.

Auf der Brigg wurden nun alle Segel gesetzt, und sie nahm ihren ursprünglichen Südwestkurs wieder auf. Die Meuterer waren zu einer Piratenfahrt entschlossen, bei der sie, soweit sie zu verstehen waren, ein von den Kapverdischen Inseln nach Puerto Rico fahrendes Schiff aufbringen wollten. Niemand achtete mehr auf Augustus, der seiner Fesseln ledig war und sich von der Kajütstreppe an auf dem Vorschiff frei bewegen durfte. Dirk Peters behandelte ihn mit einer gewissen Freundlichkeit und rettete ihn einmal vor der Brutalität des Kochs. Noch war seine Situation eine höchst ungewisse, da die Männer sich ständig betranken und kein Verlaß war, daß sie auch weiterhin bei guter Laune blieben oder ihn nicht mehr beachteten. Dessenungeachtet stellte er die Sorge um mich als die ihn am meisten peinigende Folge seiner Situation dar; und in der Tat habe ich nie Grund gehabt, an der Aufrichtigkeit seiner Freundschaft zu zweifeln. Mehr als einmal war er entschlossen gewesen, den Meuterern das Geheimnis meiner Existenz an Bord preiszugeben, schreckte indes immer wieder davor zurück, teils infolge der Erinnerung an die Abscheulichkeiten, die er mit angesehen hatte, teils in der Hoffnung, mir bald Rettung bringen zu können. Dieses letztgenannte Ziel behielt er ständig im Auge, dennoch vergingen trotz fortwährender Wachsamkeit drei Tage, vom Aussetzen des Bootes an gerechnet, ehe sich eine Gelegenheit bot. Schließlich kam am Abend des dritten Tages eine schwere Brise von Ost auf, und alle Mann waren aufgerufen, die Segel einzuholen. In der Verwirrung, die folgte, konnte er unbeobachtet unter Deck und in die Passagierkabine gelangen. Wie groß waren sein Schmerz und sein Schrecken, als er entdeckte, daß letztere in einen Lagerraum für jedwede Art von Schiffsvorräten und Ausrüstungsstücken verwandelt worden war und daß eine mehrere Faden lange alte Ankerkette, bislang unter der Kajütstreppe verstaut, hierher geschleppt worden war, um einer Truhe Platz zu machen, und nun unmittelbar auf der Falltür lag! Sie zu entfernen, ohne entdeckt zu werden, war unmöglich. Deshalb kehrte er, so schnell er konnte, an Deck zurück. Als er hinaufkam, packte der Maat ihn bei der Kehle, wollte wissen, was er in der Kajüte zu suchen hatte, und war im Begriff, ihn über die Backbordreling zu schleudern, als sein Leben abermals durch das Dazwischentreten von Dirk Peters gerettet wurde. Augustus wurde nun in Handschellen gelegt (von denen es mehrere Paar an Bord gab), und seine Füße wurden fest zusammengeschnürt. Dann wurde er in die Hangpflicht gebracht und in eine der unteren Kojen nahe den Vordecksschotten gepackt mit der Versicherung, nie werde er mehr den Fuß an Deck setzen, ›solange die Brigg noch eine Brigg sei‹. So lauteten die Worte des Kochs, der ihn auf die Koje schleuderte – es ist kaum möglich zu sagen, welche präzise Bedeutung sich hinter diesem Satz verbarg. Indes erwies sich die ganze Angelegenheit letztendlich als Mittel zu meiner Rettung, wie alsbald ersichtlich sein wird.

Kapitel V

Nachdem der Koch das Vorderdeck verlassen hatte, gab sich Augustus einige Minuten lang der Verzweiflung hin und glaubte, die Koje nie wieder lebend verlassen zu können. Er war fest entschlossen, den ersten der Männer, die unter Deck kommen würden, von meiner Lage in Kenntnis zu setzen, da er es für besser hielt, mich mein Glück mit den Meuterern versuchen zu lassen, als daß ich im Laderaum verdurstete – denn es waren nun zehn Tage, seit ich eingekerkert worden war, und mein Krug voll Wasser war selbst für vier Tage kein reichlicher Vorrat. Während er über dieses Problem nachsann, kam ihm auf einmal der Gedanke, daß es vielleicht möglich wäre, mit mir durch den Hauptschiffsraum in Verbindung zu treten. Unter allen anderen Umständen würden die Schwierigkeit und das Wagnis des Unternehmens ihn von einem Versuch abgehalten haben, aber nun hatte er auf jeden Fall wenig Aussicht, am Leben zu bleiben, folglich auch wenig zu verlieren. Deshalb widmete er sich ganz dieser Aufgabe.

Seine erste Überlegung galt den Handschellen. Zuerst sah er keine Möglichkeit, sie zu entfernen, und fürchtete bereits, daß sein Unterfangen gleich zu Beginn zunichte gemacht würde. Bei genauerer Betrachtung entdeckte er jedoch, daß die Eisen sich mit sehr wenig Mühe oder Beschwerlichkeit ab- und anstreifen ließen, indem er einfach seine Hände hindurchdrückte – diese Sorte Handfesseln ist für den Gewahrsam junger Menschen völlig ungeeignet, da ihre kleineren Knochen allem Druck bereitwillig nachgeben. Sodann löste er seine Fußfessel, ließ die Schnur jedoch in einer Weise liegen, daß sie leicht wieder angebracht werden konnte, falls jemand unter Deck kam, und ging daran, das Schott zu untersuchen, wo es sich an die Koje anschloß. Die Wand bestand hier aus zollstarken weichen Fichtenbrettern, und er sah, daß es ihn wenig Mühe kosten würde, sich einen Durchschlupf auszusägen. Vom Vorderdecksniedergang ließ sich eine Stimme vernehmen, und er hatte gerade genug Zeit, seine rechte Hand wieder in die Handschelle zu stecken (die linke hatte er noch nicht herausgezogen) und die Schnur in einem Schleifknoten um seinen Fußknöchel zu ziehen, als Dirk Peters nach unten kam, gefolgt von Tiger, der auf der Stelle in die Koje sprang und sich niederlegte. Augustus hatte den Hund an Bord gebracht, da er wußte, wie sehr ich an dem Tier hing, und glaubte, es würde mir Vergnügen bereiten, den Hund während der Reise bei mir zu haben. Gleich nachdem er mich im Laderaum untergebracht hatte, war er zu unserem Haus gegangen, um ihn zu holen, hatte jedoch nicht daran gedacht, mir diesen Umstand kundzutun, als er die Uhr brachte. Vom Ausbruch der Meuterei an bis jetzt, da Dirk Peters ihm den Hund übergab, hatte Augustus ihn nicht zu Gesicht bekommen und für verloren gehalten, des Glaubens, einige der üblen Schurken aus der Bande des Maats hätten ihn über Bord geworfen. Später stellte sich heraus, daß er in ein Loch unter einem Walboot gekrochen war, aus dem er nicht wieder herausschlüpfen konnte, da er nicht genug Platz hatte, sich umzudrehen. Peters befreite ihn schließlich und brachte ihn nun in einer Art Mitgefühl, das mein Freund wohl zu schätzen wußte, ihm zur Gesellschaft ins Vorderdeck, wobei er Augustus gleichzeitig etwas Pökelfleisch, Kartoffeln und eine Kanne Wasser daließ. Dann ging er an Deck zurück mit der Zusicherung, am nächsten Tag mit etwas mehr zu essen wiederzukommen.

Als er fort war, zog Augustus beide Hände aus den Handschellen und löste die Fußfessel. Sodann schlug er das Kopfende der Matratze, auf der er lag, nach unten ein und begann, mit seinem Federmesser (die Schurken hatten sich nicht die Mühe gemacht, ihn zu durchsuchen) kräftig eines der Wandbretter zu zersägen, und zwar das dem Boden der Koje am nächsten liegende. Er wählte diese Stelle, um im Falle einer plötzlichen Unterbrechung verbergen zu können, was er getan hatte, indem er das Kopfende der Matratze einfach in die richtige Lage fallen ließ. Für den Rest des Tages blieb er jedoch ungestört, und gegen Abend hatte er das Brett vollständig zerteilt. Hier sollte bemerkt werden, daß niemand von der Mannschaft seinen Schlafplatz im Vorderdeck hatte; seit der Meuterei hausten sie zusammen in der Kajüte, tranken Wein, taten sich an den Vorräten von Kapitän Barnard gütlich und widmeten der Steuerung der Brigg nicht mehr Aufmerksamkeit, als absolut notwendig war. Dieser Umstand war sowohl für mich als auch für Augustus von Vorteil, denn hätten die Dinge anders gelegen, so hätte er keine Möglichkeit gefunden, zu mir zu gelangen. So aber betrieb er sein Vorhaben voller Zuversicht weiter. Gleichwohl brach fast schon der Tag an, als er das Brett das zweite Mal durchgesägt hatte (die zweite Trennlinie befand sich etwa einen Fuß über der ersten), wodurch er eine Öffnung gewann, die groß genug war, daß er ohne Mühe durchschlüpfen und zum Hauptraumdeck gelangen konnte. Von dort begab er sich mit nur geringer Anstrengung zur unteren Hauptluke, obwohl er dabei über Reihen von Ölfässern klettern mußte, die fast bis zum Oberdeck gestapelt waren, so daß kaum Platz genug für seinen Körper blieb. Als er die Luke erreichte, entdeckte er, daß Tiger ihm hier herunter gefolgt war und sich zwischen zwei Reihen von Ölfässern zwängte. Indes war es nun auch zu spät, um zu versuchen, noch vor der Morgendämmerung zu mir zu gelangen, da die Hauptschwierigkeit darin bestand, sich durch die dicht gestaute Ladung zum unteren Laderaum durchzuarbeiten. Er entschloß sich deshalb, umzukehren und auf die nächste Nacht zu warten. Mit dieser Absicht machte er sich daran, die Luke zu lockern, um bei seiner Wiederkehr sowenig wie möglich aufgehalten zu werden. Kaum hatte er sie gelockert, da sprang Tiger begierig zu der nun entstandenen schmalen Öffnung, schnupperte einen Augenblick und winselte dann langgezogen, wobei er zur gleichen Zeit an der Lukenklappe kratzte, als wäre er ganz versessen, sie mit seinen Pfoten zu entfernen. Aus seinem Verhalten ging eindeutig hervor, daß er von meiner Anwesenheit im Laderaum Kenntnis hatte, und Augustus hielt es für möglich, daß der Hund zu mir gelangen würde, wenn er ihn hinunterließ. Da kam ihm der Gedanke, mir eine Nachricht zuzustellen, war ihm doch außerordentlich daran gelegen, daß ich keinen Versuch unternahm, mir einen Weg nach außen zu bahnen, zumindest nicht unter den obwaltenden Umständen, und da es keineswegs gewiß sein konnte, daß er selbst wie beabsichtigt am Morgen zu mir kommen würde. Die folgenden Ereignisse zeigten, welch großes Glück es war, daß ihm diese Idee kam; denn hätte ich nicht diese Nachricht von ihm empfangen, so hätte ich zweifellos einen Plan geschmiedet, wie verzweifelt er auch gewesen sein mochte, die Mannschaft zu alarmieren, und als Folge davon hätten wir beide höchstwahrscheinlich unser Leben lassen müssen.

Nachdem der Entschluß zu schreiben gefaßt war, bestand die Schwierigkeit jetzt darin, das dafür nötige Material zu beschaffen. Ein alter Zahnstocher war schnell in eine Feder verwandelt, und dies allein mittels des Tastsinns, denn in dem Zwischendeck herrschte pechschwarze Finsternis. Papier war in Gestalt der Rückseite eines Briefes – des Duplikats jenes gefälschten Briefes von Mr. Ross – zur Genüge vorhanden. Dies war der Erstentwurf gewesen, aber da die Handschrift nicht exakt genug imitiert worden war, hatte Augustus einen zweiten verfaßt und den ersten glücklicherweise in seine Jackentasche gesteckt, wo er ihn jetzt gerade zur rechten Zeit entdeckte. So fehlte es nur an Tinte, aber Ersatz war schnell gefunden mittels eines leichten Einstichs mit dem Federmesser in die Fingerkuppe dicht am Nagel – ein reichlicher Fluß Blut war die Folge wie stets bei Verletzungen an dieser Stelle. Die Nachricht wurde nun niedergeschrieben, so gut es im Dunkeln und unter den Umständen möglich war. Sie besagte kurz, daß eine Meuterei stattgefunden habe; daß Kapitän Barnard ausgesetzt worden sei und daß ich mit einer baldigen Erleichterung meiner Lage rechnen könne, soweit es Nahrungsmittel betraf, jedoch nicht wagen sollte, irgendeine Störung zu verursachen. Sie schloß mit den Worten: ›*Ich schreibe dies mit Blut – Dein Leben hängt vom Verborgenbleiben ab.*‹

Nachdem Augustus den Papierstreifen an dem Hund befestigt hatte, ließ er ihn durch die Luke schlüpfen und begab sich sodann unverzüglich zurück ins Vorderdeck, wo er keinen Grund vorfand, anzunehmen, daß jemand von der Mannschaft während seiner Abwesenheit dort gewesen war. Um das Loch in der Zwischenwand zu verbergen, hieb er dicht darüber sein Messer ein und hängte eine Tuchjacke daran, die er in der Koje gefunden hatte. Danach legte er seine Handschellen wieder an und schlang auch die Schnur um seine Fußknöchel.

Kaum hatte er diese Vorkehrungen getroffen, als Dirk Peters herunterkam, arg betrunken, aber in ausgezeichneter Stimmung, und meines Freundes Anteil an der Tagesverpflegung brachte. Sie bestand aus einem Dutzend großer gerösteter irischer Kartoffeln und einem Krug Wasser. Er setzte sich für einige Zeit auf eine Truhe neben der Koje und äußerte sich unumwunden über den Maat und die allgemeinen Angelegenheiten der Brigg. Sein Verhalten war ungemein launenhaft und sogar grotesk. Einmal wurde Augustus sehr beunruhigt durch sein seltsames Gebaren. Schließlich ging er jedoch an Deck, wobei er murmelnd versprach, seinem Gefangenen am nächsten Tag ein gutes Mittagessen zu bringen. Während des Tages kamen zwei Mann der Besatzung (Harpuniere) in Begleitung des Kochs herunter, alle drei fast im letzten Stadium des Rausches. Wie Peters hatten sie keine Skrupel, offen über ihre Pläne zu reden. Anscheinend waren ihre Ansichten in bezug auf den letztendlichen Kurs sehr geteilt und stimmten nur in dem einen Punkt überein, das Schiff von den Kapverdischen Inseln zu kapern, das sie jede Stunde zu treffen hofften. Soweit sich erkennen ließ, war die Meuterei keineswegs angezettelt worden, um auf Raub auszugehen; Hauptimpuls war ein persönlicher Groll des Obermaats gegen Kapitän Barnard gewesen. Jetzt schien es unter der Mannschaft zwei Hauptgruppierungen zu geben – die eine wurde vom Maat angeführt, die andere vom Koch. Erstere sprach sich dafür aus, das erste geeignete Schiff zu kapern, das sich ihnen anbot, und auf einer der Westindischen Inseln für eine Piratenkreuzfahrt auszurüsten. Die andere, stärkere Gruppe, die auch Dirk Peters zu ihren Anhängern rechnete, war jedoch entschlossen, den ursprünglich für die Brigg festgelegten Kurs in den Südpazifik beizubehalten und dort entweder Wale zu jagen oder anderes zu unternehmen, wie die Umstände es tunlich erscheinen ließen. Die Darstellungen von Peters, der diese Regionen häufig aufgesucht hatte, besaßen für die Meuterer, die zwischen halb ausgereiften Vorstellungen von Gewinn und Wollust schwankten, offenbar großes Gewicht. Er verwies auf die Welt neuer Eindrücke und Vergnügungen, die zwischen den unzähligen Inseln des Pazifik zu entdecken sei, auf die vollkommene Sicherheit und Freiheit von allen Zwängen, deren sie sich erfreuen würden, in noch höherem Maße aber auf das liebliche Klima, die reichlich vorhandenen Möglichkeiten bequemen Lebens und auf die wollüstige Schönheit der Frauen. Bis jetzt war noch nichts endgültig entschieden worden, aber die Schilderung des Mischlings und Leinenmeisters gewann in der überhitzten Phantasie der Seeleute allmählich die Oberhand, so war es höchst wahrscheinlich, daß seine Intentionen letztendlich in die Tat umgesetzt würden.

Die drei Männer verließen Augustus nach etwa einer Stunde, und den ganzen Tag betrat nun niemand mehr das Vorderdeck. Er lag fast bis zum Abend ruhig da. Sodann befreite er sich von Schnur und Eisen und bereitete sich für seinen Versuch vor. In einer der Kojen fand sich eine Flasche, diese füllte er mit Wasser aus dem Krug, den Peters ihm dagelassen hatte. Danach stopfte er sich kalte Kartoffeln in die Taschen. Zu seiner großen Freude stieß er auch auf eine Laterne mit dem Rest einer Talgkerze. Diese konnte er zu jedem beliebigen Zeitpunkt anzünden, da er eine Schachtel Phosphorhölzchen bei sich trug. Als es ganz dunkel war, kroch er durch das Loch im Schott, nachdem er Vorsorge getroffen hatte, das Bettzeug in der Koje so anzuordnen, daß man glauben mochte, jemand habe sich damit zugedeckt. Als er durchgeschlüpft war, hängte er die Jacke wie zuvor an das Messer, um die Öffnung zu verbergen – dieses Manöver ließ sich leicht bewerkstelligen, da er das Stück Brett, das er herausgesägt, vorerst einfach nicht wieder eingesetzt hatte. Er befand sich jetzt im Hauptraumdeck und begab sich wie tags zuvor zwischen dem Oberdeck und den Ölfässern zur Hauptluke. Als er diese erreicht hatte, entzündete er den Kerzenstumpf und stieg hinab, wobei er sich unter größter Mühe durch die kompakt gestaute Ladung im Schiffsraum tastete. Der unerträgliche Gestank und die stickige Atmosphäre erfüllten ihn binnen weniger Augenblicke mit größter Unruhe. Er hielt es nicht mehr für möglich, daß ich meine Einkerkerung überlebt haben könnte, nachdem ich so lange Zeit diese beklemmende Luft hatte atmen müssen. Wiederholt rief er meinen Namen, aber ich gab keine Antwort, was seine Befürchtungen zu bestätigen schien. Die Brigg schlingerte heftig und verursachte dabei so viel Lärm, daß es nutzlos war, auf ein so schwaches Geräusch wie das meines Atmens oder Schnarchens zu lauschen. Er riß die Blendlaterne auf und hielt sie so hoch wie möglich, wann immer sich eine Gelegenheit dazu bot, damit ich, sofern ich noch lebte, das Licht entdecken und erkennen würde, daß Rettung nahte. Noch war nichts von mir zu hören, und die Vermutung, ich sei tot, begann den Charakter einer Gewißheit anzunehmen. Dessenungeachtet beschloß er, sich wenn möglich zu der Kiste durchzuarbeiten, um die Richtigkeit seiner Mutmaßungen zumindest über den Zweifel hinaus festzustellen. Eine Zeitlang drang er in einem höchst beklagenswerten Zustand der Besorgnis weiter vor, bis er den Gang schließlich völlig blockiert fand und keine Möglichkeit sah, die eingeschlagene Richtung in irgendeiner Weise weiterzuverfolgen. Überwältigt von seinen Empfindungen, ließ er sich voller Verzweiflung auf das Gerümpel fallen und weinte wie ein Kind. In diesem Moment vernahm er den Krach, den die Flasche erzeugte, als ich sie zu Boden schleuderte. Es war wirklich ein großes Glück, daß es zu diesem Vorfall kam – denn davon hing, wie trivial es auch klingen mag, mein weiteres Schicksal ab. Indes vergingen viele Jahre, ehe ich mir dieser Tatsache bewußt wurde. Natürliches Schamgefühl und Schmerz ob seiner Schwäche und Unentschiedenheit hinderten Augustus daran, mir damals gleich anzuvertrauen, was später ein innigerer und freimütigerer Umgang ihn zu enthüllen veranlaßte. Als er glaubte, ein weiteres Vordringen im Laderaum werde durch Hindernisse zunichte gemacht, die er nicht überwinden könnte, war er drauf und dran, jeden Versuch, zu mir zu gelangen, aufzugeben und sofort ins Vorderdeck zurückzukehren. Ehe man den Fluch der Verdammnis auf sein Haupt beschwört, sollte man die qualvollen Umstände berücksichtigen, die ihn belasteten. Die Nacht verstrich schnell, und seine Abwesenheit im Vorderdeck war möglicherweise entdeckt worden oder würde es in der Tat notwendigerweise, falls es ihm mißlingen sollte, vor Tagesanbruch wieder in seiner Koje zu sein. Die Kerze in der Laterne spendete das letzte Licht, und es würde äußerst schwierig werden, im Dunkeln den Weg zur Treppe zurück zu finden. Auch muß eingeräumt werden, daß er allen Grund hatte, mich für tot zu halten, in welchem Falle es mir überhaupt nichts nützen würde, wenn er mich zu erreichen trachtete, und er sich dergestalt völlig vergeblich einer Welt von Gefahren aussetzte. Er hatte mich wiederholt gerufen, und ich hatte ihm keine Antwort gegeben. Elf Tage und Nächte hatte ich mich nun mit nicht mehr Wasser begnügen müssen, als der Krug enthielt, den er mir dagelassen hatte – ein Vorrat, mit dem ich ganz gewiß zu Beginn meines Eingeschlossenseins nicht sparsam umgegangen war, da ich allen Grund hatte, eine baldige Befreiung zu erhoffen. Auch muß ihm, der aus der vergleichsweise frischen Luft des Zwischendecks kam, die Atmosphäre des Laderaumes absolut giftig und weit unerträglicher erschienen sein, als ich sie beim erstmaligen Beziehen meines Quartiers in der Kiste empfunden hatte, da die Luken zu jener Zeit viele Monate lang ständig offen gewesen waren. Man füge diesen Erwägungen jene hinzu, daß mein Freund kürzlich erst Zeuge der Metzelei und Greuel gewesen war; daß er selbst eingekerkert war, Entbehrungen erleiden mußte, nur mit knapper Not dem Tod entronnen war und sich dazu noch in einem unsicheren und unklaren Dienstverhältnis befand, dank dessen er überhaupt noch am Leben war – alles Umstände, wohl geeignet, jede tatkräftige Gesinnung zu zerrütten –, so wird der Leser leicht veranlaßt werden können, wie auch ich es wurde, den anscheinenden Bruch der Freundschaft und des Vertrauens mit Empfindungen eher der Trauer als des Unmuts zu betrachten.

Wohl hörte Augustus deutlich das Krachen der Flasche, indes war er nicht sicher, ob es aus dem Laderaum kam. Der Zweifel war jedoch Veranlassung genug zu verweilen. Er kletterte, die Ladung nutzend, fast bis zum Hauptraumdeck hoch, wartete, bis das Schiff einen Moment nicht ganz so stark stampfte, und rief mich, so laut er konnte, ohne sich in diesem Augenblick darum zu scheren, daß die Mannschaft ihn hören könnte. Wie man sich erinnern wird, erreichte mich diesmal sein Ruf, indes war ich so gänzlich überwältigt von heftigster Erregung, daß ich keiner Antwort fähig war. Nunmehr überzeugt, daß seine schlimmsten Befürchtungen wohlbegründet waren, stieg er mit der Absicht wieder herab, unverzüglich ins Vorderdeck zurückzukehren. In der Eile stieß er einige kleine Kisten herunter, sie verursachten den Lärm, den ich hörte, wie man sich erinnern wird. Schon hatte er eine beträchtliche Strecke des Rückwegs hinter sich gebracht, als das Fallen des Messers ihn abermals veranlaßte, zu zögern. Er lenkte seine Schritte auf der Stelle zurück, erklomm die Ladung ein zweites Mal und rief meinen Namen so laut wie zuvor, nachdem er wieder ein Nachlassen des Windes abgewartet hatte. Diesmal fand ich die Stimmkraft, zu antworten. Überfroh angesichts der Entdeckung, daß ich noch am Leben war, entschloß er sich nun, jeder Beschwernis und Gefahr zu trotzen und zu mir vorzudringen. Nachdem er sich so schnell wie möglich aus dem Labyrinth des Gerümpels befreit hatte, das ihn behindert hatte, stieß er schließlich auf eine Öffnung, die ihm günstiger erschien, und langte endlich nach vielen Anstrengungen in einem Zustand äußerster Erschöpfung bei der Kiste an.

Kapitel VI

Augustus teilte mir nur die hauptsächlichen Fakten dieses Berichts mit, während wir uns noch bei der Kiste aufhielten. Später erst ließ er mich die Einzelheiten wissen. Er befürchtete, vermißt zu werden, und ich brannte vor Ungeduld, meinen abscheulichen Kerker verlassen zu können. Wir beschlossen, uns sofort zu dem Durchschlupf im Schott auf den Weg zu machen, in dessen Nähe ich vorerst bleiben sollte, während er hindurchkroch, um Erkundungen anzustellen. Keiner von uns konnte den Gedanken ertragen, Tiger in der Kiste zu lassen, indessen war fraglich, was wir anderes tun konnten. Er schien jetzt völlig ruhig zu sein, und wir konnten ihn nicht einmal atmen hören, wenn wir unser Ohr dicht an die Kiste legten. Ich war überzeugt, daß er tot war, und entschloß mich daher, die Tür zu öffnen. Er lag lang ausgestreckt, offenbar in tiefer Benommenheit, lebte aber noch. Zeit war nicht zu verlieren, denn ich konnte mich nicht durchringen, ein Tier aufzugeben, das zweimal dienlich gewesen war, mir das Leben zu retten, und nichts zu unternehmen, sein Leben zu erhalten. Deshalb schleppten wir den Hund mit, so gut wir konnten, jedoch unter größten Mühen und Beschwernissen: Während eines Teils der Zeit war Augustus gezwungen, die Hindernisse auf unserem Weg mit dem riesigen Tier im Arm zu überwinden – eine Aufgabe, für die ich infolge meines geschwächten Zustands völlig ungeeignet war. Schließlich erreichten wir glücklich das Loch, Augustus kroch hindurch, und Tiger wurde nachgeschoben. Wir fanden alles unverändert vor und säumten nicht, Gott aufrichtig zu danken für die Rettung aus drohender Gefahr, der wir nun entronnen waren. Für den Augenblick wurde vereinbart, daß ich nahe der Öffnung bleiben sollte, durch welche mein Gefährte mich leicht mit einem Teil seiner täglichen Speise versorgen konnte und wo ich den Vorteil hatte, eine vergleichsweise reine Luft zu atmen.

Zur Erläuterung einiger Abschnitte dieses Berichts, in denen ich das Verstauen der Ladung auf der Brigg erwähnt habe und die einigen meiner Leser dunkel erscheinen mögen, die vielleicht schon ein richtiges oder ordnungsgemäßes Stauen gesehen haben, muß ich hier feststellen, daß die Art und Weise, in der diese äußerst wichtige Pflicht an Bord der ›Grampus‹ versehen worden war, ein höchst schändliches Beispiel von Nachlässigkeit seitens Kapitän Barnards darstellte, der keineswegs ein so umsichtiger und erfahrener Seemann war, wie der wagnisreiche Charakter des Amtes, welches er übernommen hatte, es als dringend erforderlich erscheinen ließ. Richtiges Stauen darf nicht in so sorgloser Weise erfolgen, und viele höchst unglückselige Vorkommnisse selbst innerhalb der Grenzen meiner eigenen Erfahrung sind aus Nachlässigkeit oder Unwissen auf diesem besonderen Gebiet entstanden. Küstenschiffe, bei denen das Laden und Löschen der Fracht zumeist mit großer Eile und Geschäftigkeit verknüpft ist, sind die häufigsten Opfer von Unglücksfällen, da dem Stauen der

Ladung nicht genug Aufmerksamkeit geschenkt wurde. Der entscheidende Punkt ist, der Last oder dem Ballast selbst bei heftigstem Schlingern des Schiffes keine Möglichkeit zu geben, seine Lage zu verändern. Zu diesem Zweck muß nicht nur der an Bord genommenen Ladung größte Beachtung gewidmet werden, sondern auch ihrem Charakter und der Frage, ob es sich um eine volle oder nur eine Teilladung handelt. Bei den meisten Frachtarten wird das Stauen mittels einer Schraubenwinde vollzogen. So wird bei einer Ladung Tabak oder Mehl das Ganze so fest im Laderaum des Schiffes verschraubt, daß Fässer oder Oxhofte beim Löschen oft völlig flachgedrückt erscheinen und einige Zeit benötigen, um ihre ursprüngliche Form wiederzugewinnen. Dieses Schrauben wird indes hauptsächlich mit dem Ziel vorgenommen, im Laderaum mehr Platz zu schaffen, denn bei *voller* Ladung einer solchen Ware wie Mehl oder Tabak besteht keine Gefahr, daß eine Verschiebung auftritt, zumindest keine, aus der Nachteile entspringen. In der Tat hat es Beispiele gegeben, wo die Methode des Schraubens höchst beklagenswerte Folgen hatte, denen jedoch eine völlig andere Ursache zugrunde lag als die Gefahr, die ein Verschieben der Ladung mit sich bringt. Zum Beispiel ist bekannt, daß eine Ladung Baumwolle, unter bestimmten Bedingungen verschraubt, ein Schiff durch Ausdehnung ihres Umfangs auf See hat auseinanderbrechen lassen. Es kann auch keinen Zweifel geben, daß dieselbe Erscheinung bei Tabak auftreten würde, während er seinen gewohnten Fermentierungsprozeß durchläuft, gäbe es nicht die Zwischenräume, die durch die Rundungen der Oxhofte bedingt sind.

Die von einer Verschiebung der Ladung herrührende Gefahr ist besonders groß, wenn nur eine Teilladung an

Bord genommen wurde, so daß stets Vorkehrungen getroffen werden sollten, solch ein Unglück zu verhüten. Nur diejenigen, die einen heftigen Sturmwind erlebt oder das Schlingern des Schiffes in der plötzlichen Windstille nach dem Sturm erfahren haben, können sich eine Vorstellung machen von der ungeheuren Wucht des Stampfens und der nachfolgenden entsetzlichen Triebkraft, die allen losen Gegenständen auf dem Schiff verliehen wird. Die Notwendigkeit eines umsichtigen Stauens, sofern eine Teilladung an Bord genommen wurde, wird dann besonders offenkundig. Liegt ein Schiff, dessen Bug nicht richtig geformt ist, beim Wind (wohl auch noch mit einem kleinen Focksegel), so holt es häufig stark über; dies geschieht im Durchschnitt sogar alle fünfzehn oder zwanzig Minuten, indes ohne daß daraus ernste Folgen entstünden, vorausgesetzt, es ist richtig gestaut worden. Wurde dies jedoch nicht genau besorgt, so wird die gesamte Ladung beim ersten schweren Überholen auf die Seite des Schiffes rutschen, die dicht über der Wasseroberfläche liegt, und da dieses dergestalt daran gehindert wird, das Gleichgewicht wiederzuerlangen, was es sonst unvermeidlich tun würde, wird es ganz gewiß in wenigen Sekunden vollaufen und sinken. Es ist nicht übertrieben zu behaupten, daß mindestens die Hälfte aller Fälle, in denen Schiffe bei schweren Stürmen auf See untergegangen sind, einer Verschiebung der Ladung oder des Ballasts zuzuschreiben sind.

Wird eine Teilladung irgendwelcher Art an Bord genommen, so sollte diese, nachdem sie zuerst so kompakt wie möglich gestaut worden ist, mit einer Lage solider Verschiebebretter bedeckt werden, die sich über das ganze Schiff erstreckt. Auf diesen Brettern sollten zeitweilig dikke Stützbalken errichtet werden, die bis zu den oberen

Spanten reichen und so jedes Ding an seinem Platz halten. Besteht die Fracht aus Getreide oder ähnlichem Material, so sind zusätzliche Vorkehrungen erforderlich. Ein bei Verlassen des Hafens gänzlich mit Getreide gefüllter Laderaum wird bei Erreichen des Bestimmungsortes nicht mehr als zu drei Vierteln gefüllt sein – und dies auch, wenn die Fracht von dem Empfänger Bushel für Bushel abgewogen und die festgelegte Menge (wegen des Anschwellens der Körner) um einen großen Teil überschritten wird. Dies wird dadurch verursacht, daß sich das Getreide während der Reise *setzt*, und ist um so spürbarer, je ungestümer das Wetter ist, das man erlebt. Wird das Korn lose in ein Schiff geschüttet, so wird es dennoch, wie gut es auch durch Verschiebebretter und Stützbalken gesichert ist, ganz gewiß während der langen Fahrt in so hohem Maße verrutschen, daß es bedenklichste Mißhelligkeiten bewirkt. Um dies zu vermeiden, sollte jedes Mittel angewandt werden, daß sich die Fracht noch vor Verlassen des Hafens soweit wie möglich *setzen* kann, wofür es viele Verfahren gibt, von denen nur das Eintreiben von Keilen in das Getreide erwähnt werden soll. Aber selbst wenn all dies getan ist und man außergewöhnliche Sorgfalt hat walten lassen, um die Verschiebebretter zu sichern, wird sich dennoch kein Seemann, der weiß, was ihm bevorsteht, bei einem Sturm von einiger Heftigkeit mit einer Ladung Getreide an Bord völlig sicher fühlen, und am allerwenigsten bei einer Teilladung. Dennoch gibt es Hunderte unserer Küstenschiffe und wahrscheinlich noch viele mehr aus den Häfen Europas, die täglich mit Teilfracht selbst der gefährlichsten Art segeln, ohne irgendwelche wie immer gearteten Vorkehrungen zu treffen. So ist es ein Wunder, daß sich nicht mehr Unglücke ereignen, als tatsächlich geschehen. Ein beklagenswertes Beispiel dieser Unbekümmertheit ereignete sich, soviel ich weiß, im Fall des Kapitän Joel Rice vom Schoner ›Firefly‹, der 1825 mit einer Ladung Getreide von Richmond, Virginia, nach Madeira segelte. Der Kapitän hatte viele Fahrten ohne ernsten Zwischenfall hinter sich, obwohl er die Gewohnheit hatte, dem Stauen keine besondere Aufmerksamkeit zu widmen, sondern die Ladung lediglich auf übliche Weise sicherte. Nie zuvor war er mit einer Ladung Getreide gesegelt, und in jenem Falle war es lose an Bord genommen worden, wobei es das Schiff nicht viel mehr als zur Hälfte füllte. Im ersten Teil der Fahrt hatte er mit nichts anderem als leichten Brisen zu tun, aber als er etwa eine Tagesreise von Madeira entfernt war, kam von NNO ein starker Sturm auf, der ihn zwang, beigedreht zu liegen. Er brachte den Schoner mit nur einem doppelt gerefften Focksegel zum Wind, worauf das Schiff ebensogut über die Wellen ritt, wie von jedem anderen Schiff zu erwarten war, und keinen Tropfen Wasser an Bord nahm. Gegen Abend ließ der Sturm etwas nach, und der Schoner stampfte weniger gleichmäßig als zuvor, hielt sich jedoch sehr gut, bis ein schweres Überholen ihn auf die Steuerbordseite warf. Da hörte man deutlich, wie das Korn seine Lage veränderte, die Wucht dieser Bewegung stieß die Hauptluke auf. Das Schiff sank wie eine Kanonenkugel. Dies ereignete sich in Rufweite einer kleinen Schaluppe von Madeira, die einen Mann der Besatzung an Bord nahm (die einzige Person, die gerettet wurde) und dem Sturm in völliger Sicherheit standhielt, wie es in der Tat bei richtiger Steuerung selbst ein Beiboot getan hätte.

Das Stauen an Bord der ›Grampus‹ war höchst ungeschickt vollzogen worden, wenn überhaupt als Stauen bezeichnet werden kann, was wenig mehr war als ein achtloses Durcheinanderwerfen von Ölfässern* und Schiffsausrüstung. Von der Beschaffenheit der Gegenstände im Laderaum habe ich bereits gesprochen. Auf dem Raumdeck gab es zwischen Ölfässern und Oberdeck Platz genug für meinen Körper (wie ich schon festgestellt habe), und auch um die Hauptluke war freier Raum gelassen worden; beim Stauen waren mehrere große Zwischenräume unausgefüllt geblieben. In der Nähe des Lochs, das Augustus in das Schott gesägt hatte, war Raum genug für ein ganzes Faß, und hier fand ich für den Augenblick bequem Platz.

Bis mein Freund wieder sicher in die Koje gelangte und Handschellen und Fußfessel angelegt hatte, war es heller Tag. Wir waren im letztmöglichen Augenblick zurückgekommen, denn kaum hatte er dies alles erledigt, kam der Maat mit Dirk Peters und dem Koch herunter. Sie redeten einige Zeit über das Schiff von den Kapverden und schienen wahrhaft erpicht darauf zu sein, daß es endlich aufkreuzte. Schließlich trat der Koch zu der Koje, in der Augustus lag, und setzte sich ans Kopfende. Ich konnte aus meinem Versteck nun alles sehen und hören, denn das herausgeschnittene Brett war nicht wieder eingesetzt worden, und rechnete jeden Augenblick damit, daß sich der Neger an die Jacke lehnen würde, die zum Verbergen der Öffnung aufgehängt worden war, in welchem Falle alles entdeckt worden wäre und wir zweifellos auf der Stelle mit dem Leben dafür bezahlt hätten. Unser Glück hielt jedoch an, und obwohl er die Jacke häufig berührte, wenn das

* Walfangschiffe sind gewöhnlich mit eisernen Ölbehältern ausgestattet – warum nicht auch die ›Grampus‹, konnte ich nie genau ermitteln.

Schiff schlingerte, drückte er niemals so kräftig dagegen, daß die Öffnung spürbar wurde. Der Saum der Jacke war sorgfältig am Schott befestigt worden, so daß man das Loch auch nicht gesehen hätte, wenn sie nach einer Seite geschaukelt wäre. Die ganze Zeit lag Tiger am Fußende der Koje und schien seine Kräfte in gewissem Maße wiedererlangt zu haben, denn ich konnte sehen, wie er ab und zu die Augen öffnete und tief Atem schöpfte.

Nach einigen Minuten gingen der Maat und der Koch an Deck und ließen Dirk Peters zurück, der, kaum daß sie verschwunden waren, herantrat und sich auf denselben Platz setzte, den der Maat soeben noch eingenommen hatte. Er unterhielt sich sehr freundlich mit Augustus, und wir konnten nun sehen, daß der Zustand der Trunkenheit, in dem er sich während der Anwesenheit von Koch und Maat zu befinden schien, größtenteils Vortäuschung war. Er beantwortete alle Fragen meines Gefährten völlig freimütig, sagte ihm, er hege keinen Zweifel, daß sein Vater aufgefischt worden sei, da kurz vor Sonnenuntergang des Tages, an dem er ausgesetzt wurde, mindestens fünf Segel in Sicht gewesen waren; er gebrauchte auch andere Worte des Trostes, was bei mir nicht weniger Überraschung als Freude auslöste. In der Tat begann ich, mir Hoffnungen zu machen, daß wir durch Vermittlung von Peters letztendlich wieder in den Besitz der Brigg kommen könnten, und diesen Gedanken teilte ich Augustus mit, sobald ich Gelegenheit dazu fand. Er hielt die Sache für möglich, betonte jedoch die Notwendigkeit, bei diesem Versuch größte Vorsicht walten zu lassen, da das Verhalten des Halbbluts allein durch höchst willkürliche Launen bestimmt zu sein schien, und in der Tat ließ sich schwer feststellen, ob er zu irgendeinem Zeitpunkt vernünftig gesonnen war. Peters ging nach etwa einer Stunde an Deck und kehrte erst vor Mittag zurück, wobei er Augustus einen großen Vorrat Pökelfleisch und Pudding brachte. Daran stärkte ich mich nach Herzenslust, als wir allein waren, ohne erst durch das Loch zu schlüpfen. Niemand kam während des Tages ins Vorderdeck, und zur Nachtzeit kroch ich mit in Augustus' Bett, wo ich süß und selig fast bis zum Tagesanbruch schlief, als er mich weckte, da er ein Geräusch an Deck hörte, so daß ich so schnell wie möglich wieder mein Versteck aufsuchte. Als es völlig Tag war, entdeckten wir, daß Tiger nahezu gänzlich wieder zu Kräften gekommen war, keine Anzeichen von Tollwut zeigte und ein wenig Wasser, das wir ihm anboten, mit offensichtlich großer Begierde trank. Im Laufe des Tages gewann er seine frühere Energie und seinen Appetit zurück. Sein seltsames Verhalten war zweifellos durch die verderblichen Eigenschaften der Luft im Laderaum verursacht worden und hatte mit Hundewahnsinn nichts zu tun. Ich freute mich grenzenlos, daß ich darauf bestanden hatte, ihn aus der Kiste mit zurückzubringen. Dieser Tag war der dreißigste Juni und der dreizehnte, seit die ›Grampus‹ von Nantucket in See gestochen war.

Am zweiten Juli kam der Maat wie üblich betrunken, jedoch in ausnehmend guter Stimmung herunter. Er trat an Augustus' Koje, gab ihm einen leichten Schlag auf den Rücken und fragte, ob dieser glaube, sich anständig betragen zu können, wenn er ihn freilasse, und ob er versprechen könne, nicht wieder in die Kajüte zu gehen. Mein Freund bejahte diese Fragen natürlich, worauf der Schurke ihn freiließ, nachdem er ihn aus einer Rumflasche hatte trinken lassen, die er aus seiner Rocktasche gezogen hatte. Beide gingen nun an Deck, und ich sah Augustus drei Stunden lang nicht. Dann kam er mit der guten Nachricht herunter, daß er Erlaubnis erhalten habe, überall vor dem Hauptmast auf der Brigg umherzuspazieren, wo immer er wolle, und daß er angewiesen worden sei, wie gewöhnlich im Vorderdeck zu schlafen. Er brachte mir auch gutes Essen und einen großen Vorrat Wasser. Die Brigg kreuzte noch immer auf der Suche nach dem Schiff von den Kapverden, und jetzt war ein Segel in Sicht, von dem man annahm, es sei das gesuchte. Da die Ereignisse der folgenden acht Tage von geringer Bedeutung waren und keinen direkten Einfluß auf die Hauptgeschehnisse meines Berichts hatten, werde ich sie hier in Form eines Tagebuches einfügen, weil ich nicht möchte, daß sie völlig weggelassen werden.

3. Juli. – Augustus hat mir drei Decken beschafft, mit deren Hilfe ich mir in meinem Versteck ein behagliches Lager habe einrichten können. Den ganzen Tag ist außer meinem Gefährten niemand unter Deck gekommen. Tiger hat seinen Platz in der Koje gleich bei der Öffnung eingenommen und tief geschlafen, als habe er sich noch nicht völlig von den Auswirkungen seiner Krankheit erholt. Gegen Abend traf eine Windbö die Brigg, bevor die Segel eingeholt werden konnten, und brachte sie beinahe zum Kentern. Der Windstoß erstarb indes auf der Stelle, und kein weiterer Schaden entstand, außer daß das Vormarssegel riß. Dirk Peters behandelte Augustus den ganzen Tag über sehr freundlich und ließ sich mit ihm in ein langes Gespräch über den Pazifischen Ozean und die Inseln ein, die er in diesem Gebiet besucht hatte. Er fragte ihn, ob er nicht Lust habe, die Meuterer auf einer Art Forschungs- und Vergnügungsreise in jene Meeresbreiten zu begleiten, und erklärte, daß sich die Männer allmählich den Ansichten des Maats anschlössen. Da nichts Besseres getan werden konnte, hielt Augustus es für das beste, zu antworten, daß er sehr gern an solch einem Abenteuer teilnehmen würde und daß jede Sache einem Piratenleben vorzuziehen sei.

4. Juli. – Das gesichtete Schiff erwies sich als eine kleine Brigg aus Liverpool, und man ließ sie unbehelligt passieren. Augustus verbrachte die meiste Zeit an Deck mit dem Ziel, alle ihm nur zugänglichen Informationen über die Intentionen der Meuterer zu erlangen. Zwischen ihnen kam es häufig zu heftigen Streitigkeiten, und bei einer davon wurde der Harpunier Jim Bonner über Bord geworfen. Die Partei des Maats gewann Vorteile. Jim Bonner gehörte zur Bande des Kochs, der auch Peters anhing.

5. Juli. – Bei Tagesanbruch kam eine steife Brise von West auf, die bis Mittag zu einem Sturm auffrischte, so daß die Brigg nur Gaffel- und Focksegel setzen konnte. Beim Einholen des Vormarssegels stürzte Simms, einer der einfachen Matrosen, der auch zur Bande des Kochs gehörte, in stark angetrunkenem Zustand über Bord und ertrank – kein Versuch wurde unternommen, ihn zu retten. Insgesamt waren nun dreizehn Personen an Bord, nämlich: Dirk Peters, Seymour, der schwarze Koch, Jones, Greely, Hartman Rogers und William Allen, alle von der Partei des Kochs; der Maat, dessen Namen ich nie erfahren habe, Absalom Hicks, Wilson, John Hunt und Richard Parker von der Partei des Maats – außerdem Augustus und ich.

6. Juli. – Der Sturm dauerte den ganzen Tag und blies in schweren, von Regen begleiteten Böen. Durch die Nähte der Brigg drang eine Menge Wasser ein, und eine der Pumpen wurde ständig in Gang gehalten; auch Augustus wurde gezwungen, sie mit zu bedienen. In der Abenddämmerung fuhr dicht an uns ein großes Schiff vorbei, das man erst ausmachte, als es sich bereits in Rufweite befand. Vermutlich war es jenes Schiff, nach dem die Meuterer Ausschau gehalten hatten. Der Maat rief es an, aber die Antwort ging im Tosen des Sturms unter. Gegen elf Uhr brach mittschiffs eine schwere See herein, die einen großen Teil der Backbordreling wegriß und auch noch manch anderen leichten Schaden anrichtete. Gegen Morgen mäßigte sich der Sturm, und bei Sonnenaufgang herrschte sehr wenig Wind.

7. Juli. – Den ganzen Tag lief eine schwere Dünung an, in der die Brigg ob ihrer leichten Fracht außerordentlich schlingerte und sich viele Gegenstände im Laderaum lösten, wie ich aus meinem Versteck deutlich hören konnte. Ich litt sehr unter Seekrankheit. Peters hatte an diesem Tag ein langes Gespräch mit Augustus und sagte ihm, daß zwei seiner Bande, Greely und Allen, zum Maat übergelaufen und entschlossen seien, Piraten zu werden. Er stellte Augustus mehrere Fragen, die dieser zu dem Zeitpunkt nicht genau verstand. Während eines Teils dieses Abends drang immer mehr Wasser ins Schiff, und wenig nur konnte getan werden, dies zu verhindern, da die Ursache in der Verspannung des Fahrzeugs lag und das Wasser durch die Nähte sickerte. Ein Segel zerfetzte und geriet unter den Bug, was uns in gewissem Maße dienlich war, denn so wurden wir des eindringenden Wassers Herr.

8. Juli. – Bei Sonnenaufgang kam eine sanfte Brise aus Ost auf, worauf der Maat Südwestkurs fuhr mit der Absicht, einige der Westindischen Inseln anzusteuern, um hier seine Piratenpläne zu verfolgen. Weder Peters noch der Koch erhoben Einwände – zumindest hörte Augustus nichts dergleichen. Den Gedanken, das Schiff von den

Kapverden zu kapern, hatte man aufgegeben. Das eindringende Wasser war nun leicht zu bändigen, indem eine Pumpe alle drei viertel Stunden in Gang gesetzt wurde. Das Segel wurde unter dem Bug hervorgezogen. Zwei kleine Schoner während des Tags angesprochen.

9. Juli. – Schönes Wetter. Alle Mann beschäftigt, die Reling auszubessern. Peters hatte wieder ein langes Gespräch mit Augustus und drückte sich diesmal verständlicher aus als bisher. Er sagte, nichts könne ihn dazu bringen, sich die Ansichten des Maats zu eigen zu machen, und deutete sogar seine Absicht an, ihm die Brigg zu entreißen. Er fragte meinen Freund, ob er in diesem Fall auf seine Hilfe rechnen könne, worauf Augustus ohne Zögern ›Ja‹ sagte. Peters erklärte, er wolle die anderen seiner Partei über diese Sache aushorchen, und ging. Während des Restes des Tags hatte Augustus keine Gelegenheit mehr, vertraulich mit ihm zu reden.

Kapitel VII

10. Juli. – Eine Brigg aus Rio mit Kurs auf Norfolk angesprochen. Wetter diesig mit leicht unstetem Wind aus Ost. Heute starb Hartman Rogers, der am Achten nach einem Glas Grog von heftigen Krämpfen gepackt worden war. Dieser Mann gehörte zur Partei des Kochs, und Peters hatte große Hoffnungen auf ihn gesetzt. Er sagte Augustus, er glaube, der Maat habe ihn vergiftet, und rechne, in Bälde auch an die Reihe zu kommen, wenn er nicht ständig auf seiner Hut sei. Zu seiner Bande gehörten nun außer ihm selbst nur Jones und der Koch – die anderen waren ihrer fünf. Er hatte mit Jones darüber gesprochen, dem

Maat das Kommando über das Schiff zu entreißen, indes war dieses Vorhaben kühl aufgenommen worden, deshalb hatte er unterlassen, die Angelegenheit weiter zu betreiben oder sich dem Koch anzuvertrauen. Wie sich die Dinge entwickelten, war es gut, daß er so weitsichtig handelte, denn am Nachmittag bekundete der Koch seine Entschlossenheit, sich dem Maat anzuschließen, und ging formal auf dessen Seite über, während Jones gelegentlich eines Streits mit Peters andeutete, er werde den Maat den Aufruhrplan wissen lassen. Offensichtlich war jetzt keine Zeit mehr zu verlieren, und Peters bekundete seine Entschlossenheit, das Schiff auf gut Glück zu übernehmen, vorausgesetzt, Augustus würde ihm behilflich sein. Mein Freund versicherte ihn sofort seiner Bereitschaft, sich an jedem Unternehmen mit diesem Ziel zu beteiligen, und da er die Gelegenheit für günstig hielt, unterrichtete er ihn über meine Anwesenheit an Bord. Das Halbblut war darüber weniger erstaunt als erfreut, da er sich auf Jones nicht mehr verlassen konnte, den er bereits als zur Partei des Maats gehörig betrachtete. Sie gingen unverzüglich unter Deck, wo Augustus mich rief und Peters und mich miteinander sogleich bekannt machte. Wir kamen überein, daß wir versuchen sollten, das Schiff bei der ersten besten Gelegenheit zu übernehmen und Jones völlig aus unseren Beratungen auszuschließen. Im Falle eines Erfolges wollten wir die Brigg in den ersten sich bietenden Hafen steuern und abliefern. Die Desertionen aus seiner Partei hatten Peters' Plan zunichte gemacht, in den Pazifik zu segeln, da solch ein Unternehmen ohne Mannschaft nicht auszuführen war; nun verließ er sich darauf, vor Gericht wegen geistiger Verwirrung (die, wie er ernsthaft versicherte, ihn überhaupt erst veranlaßt hatte, der Meuterei seine Unterstützung zu leihen) freigesprochen oder, falls er schuldig gesprochen würde, angesichts meiner und Augustus' Darstellungen begnadigt zu werden. Unsere Überlegungen wurden für den Augenblick unterbrochen durch den Ruf: »Alle Mann Segel einholen!«, worauf Peters und Augustus an Deck stürzten.

Wie üblich war die Mannschaft fast völlig betrunken, und ehe die Segel richtig eingeholt werden konnten, warf ein heftiger Windstoß die Brigg auf die Seite. Durch Abhalten richtete sie sich jedoch wieder auf, nachdem sie eine große Menge Wasser übernommen hatte. Kaum war alles sicher, packte eine andere Bö das Schiff und unmittelbar danach eine weitere – ohne daß Schaden angerichtet wurde. Alles deutete auf einen Sturm, der in der Tat kurz danach mit großer Macht aus Nord und West einsetzte. Das Schiff wurde so dicht wie möglich gemacht, und wir drehten wie gewöhnlich unter dicht gerefftem Focksegel bei. Als die Nacht heranrückte, nahm der Wind bei bemerkenswert schwerer See an Heftigkeit zu. Peters kam nun mit Augustus ins Vorderdeck, und wir nahmen unsere Beratung wieder auf.

Einverständnis herrschte, daß es keine günstigere Gelegenheit geben könne als die gegenwärtige, um unsere Pläne in die Tat umzusetzen, da in solch einem Moment niemand mit einem derartigen Versuch rechnen würde. Während die Brigg gut beigedreht lag, bestand keine Notwendigkeit zu manövrieren, bis gutes Wetter einsetzte, worauf wir dann, falls unser Versuch glückte, einen oder vielleicht auch zwei der Männer freilassen konnten, die uns helfen sollten, das Schiff in den Hafen zu bringen. Die Hauptschwierigkeit bestand im großen Mißverhältnis unserer Kräfte. Wir waren nur drei, die in der Kajüte neun.

auch verfügten sie über alle an Bord befindlichen Waffen mit Ausnahme eines Paars kleiner Pistolen, die Peters an seinem Körper versteckt hatte, und des großen Seemannsmessers, das er ständig im Hosengurt trug. Aus gewissen Anzeichen – wie zum Beispiel dem, daß solche Dinge wie Äxte oder Handspaken nirgends mehr an ihrem gewohnten Ort lagen – begannen wir ferner zu fürchten, daß der Maat Verdacht hegte, zumindest in bezug auf Peters, und sich keine Gelegenheit entgehen lassen würde, ihn loszuwerden. Freilich war klar, daß das, was zu tun wir entscheiden würden, auch nicht zu früh geschehen durfte. Noch stand das Kräfteverhältnis zu sehr gegen uns, als daß wir uns hätten erlauben können, nicht mit größter Vorsicht zu verfahren.

Peters schlug vor, daß er an Deck gehen und die Wache (Allen) in ein Gespräch verwickeln sollte, bei dem es ihm ein leichtes sein würde, ihn, sobald sich eine gute Gelegenheit böte, ohne ein Geräusch zu verursachen, über Bord zu werfen; Augustus und ich sollten sodann an Deck kommen und trachten, uns dort mit irgendeiner Art Waffe zu versehen; danach sollten wir zusammen vorstürmen und die Kajütstreppe besetzen, noch ehe irgendwelcher Widerstand geleistet werden konnte. Ich erhob dagegen Einwände, weil ich nicht glauben mochte, daß der Maat (der in allen Dingen, die nicht seine abergläubischen Vorurteile berührten, ein gerissener Bursche war) sich leicht gefangennehmen lassen werde. Allein die Tatsache, daß er eine Wache an Deck postiert hatte, war genügend Beweis für seine Wachsamkeit – dergleichen war nicht üblich, wenn ein Schiff bei Sturm beigedreht lag, außer auf Schiffen, wo eine sehr straffe Disziplin herrschte. Da ich mich vornehmlich, wenn nicht überhaupt, an Personen wende, die nie zur See gefahren sind, mag es gut sein, den Zustand genau zu beschreiben, in dem sich ein Schiff in solcher Lage befindet. Beidrehen oder, wie es in der Seemannssprache heißt, ›beilegen‹ ist eine Maßnahme, die zu verschiedenem Zweck ergriffen und auch auf verschiedene Weise ausgeführt wird. Bei mäßigem Wetter wird häufig mit dem Ziel beigedreht, das Schiff zum Stillstand zu bringen, um auf ein anderes zu warten, oder zu ähnlichem Zweck. Hat das beidrehende Schiff volle Segel gesetzt, so wird dieses Manöver gewöhnlich vollzogen, indem man einen Teil der Segel herumwirft, so daß der Wind sie gegen den Mast drückt, wodurch das Schiff keine Fahrt mehr macht. Wir sprechen jedoch über Beidrehen in einem Sturm. Dies wird vorgenommen, wenn der Wind vorn steht und zu heftig ist, als daß man Segel setzen könnte, ohne Gefahr zu laufen, daß das Schiff kentert, und manchmal sogar, wenn der Wind erträglich, die See jedoch zu schwer ist, so daß das Schiff nicht vor ihn gelegt werden könnte. Läßt man zu, daß ein Schiff bei sehr schwerer See vor dem Wind lenzt, wird durch Übernahme von Wasser über das Heck zumeist viel Schaden angerichtet, und manchmal auch durch das heftige Stampfen, das es nach vorn vollführt. In solchem Fall nimmt man nur selten zu diesem Manöver Zuflucht, es sei denn, die Notwendigkeit zwingt dazu. Wenn das Schiff leck ist, wird es oft selbst bei schwerster See vor den Wind gelegt, denn wenn es beigedreht liegt, werden die Nähte durch heftiges Verspannen bestimmt weit geöffnet, und beim Lenzen ist dies weniger der Fall. Oft ergibt sich die Notwendigkeit, ein Schiff zu lenzen, auch, wenn entweder der Wind so ausnehmend heftig weht, daß das Segel reißen kann, welches mit dem Ziel gesetzt wurde, das Schiff mit dem Bug zum Wind zu halten, oder wenn durch falsche Formgebung des Schiffskörpers oder andere Ursachen dieses Hauptziel nicht erreicht werden kann.

Bei einem Sturm drehen Schiffe auf verschiedene Weise bei, je nach der ihnen eigenen Konstruktion. Einige liegen am besten unter dem Focksegel, und dieses Segel wird, glaube ich, auch meistens gesetzt. Große, mit Rahen getakelte Schiffe haben zum Zweck besonderer Schnelligkeit sogenannte Sturmfocks. Der Klüver aber wird gelegentlich allein gesetzt – manchmal werden Klüver und Focksegel oder ein doppelt gerefftes Focksegel und ziemlich oft auch das Achtersegel benutzt. Sehr häufig wird man finden, daß Vormarssegel dem Zweck besser entsprechen als jedes andere Segel. Die ›Grampus‹ drehte zumeist unter einem dicht gerefften Focksegel bei.

Soll ein Schiff beidrehen, so wird sein Vorderteil so weit in den Wind gebracht, daß er das Segel fast füllt, unter dem es ganz nach achtern liegt, das heißt, wenn das Segel diagonal zum Schiff steht. Ist dies getan, so weicht die Bugspitze nur wenige Grad von der Richtung ab, aus der der Wind kommt, und die ihm zugewandte Bugseite fängt den Anprall der Wellen auf. In dieser Situation wird ein gutes Schiff auch einen sehr schweren Sturm überstehen, ohne einen Tropfen Wasser an Bord zu nehmen und ohne daß seitens der Mannschaft weitere Aufmerksamkeit erforderlich wäre. Das Steuerruder wird gewöhnlich festgemacht, aber dies ist absolut nicht erforderlich (es sei denn wegen des Lärms, den es im entgegengesetzten Fall verursacht), weil das Ruder auf ein beigedreht liegendes Schiff keine Wirkung hat. In der Tat ist es weit besser, das Steuer lose zu lassen, als es sehr fest zu zurren, da es sonst zu leicht von schweren Seen weggerissen wird, wenn es kein Spiel hat. Solange das Segel hält, wird ein gut konstruiertes Schiff seine Lage beibehalten und jede See überwinden, als sei es mit Verstand und einem Instinkt fürs Leben ausgestattet. Sollte heftiger Wind das Segel dennoch in Fetzen reißen (eine Leistung, zu der unter gewöhnlichen Umständen nur ein vollentwickelter Orkan fähig ist), so besteht unmittelbare Gefahr. Das Schiff fällt dann leewärts vom Wind ab und ist, sofern es breitseits zur See treibt, ihr auf Gedeih und Verderb ausgeliefert. Das einzige Hilfsmittel in diesem Fall ist, es ruhig vor den Wind zu legen und lenzen zu lassen, bis irgendein anderes Segel gesetzt werden kann. Einige Schiffe werden ohne jedes Segel beidrehen, aber solchen sollte man auf See nicht vertrauen.

Kehren wir jedoch von diesem Exkurs zurück. Der Gewohnheit des Maats hatte es sonst nie entsprochen, eine Wache an Deck zu belassen, wenn das Schiff in einem Sturm beigedreht lag, und die Tatsache, daß er jetzt eine aufgestellt hatte, gepaart mit dem Umstand der verschwundenen Äxte und Handspaken, überzeugte uns zur Genüge, daß die Mannschaft zu sehr auf der Hut war, als daß sie in der von Peters vorgeschlagenen Art und Weise hätte überrumpelt werden können. Indes mußte etwas unternommen werden, und zwar mit sowenig Zeitverzug, wie tunlich war, denn es konnte kein Zweifel bestehen, daß Peters, nachdem er einmal in Verdacht geraten war, bei der ersten Gelegenheit geopfert würde, und eine solche würde gewißlich gefunden oder erfunden werden, sobald der Sturm gebrochen war.

Augustus schlug nun vor, daß wir möglicherweise, sollte Peters es fertigbringen, unter irgendeinem Vorwand das Stück Ankerkette zu entfernen, das auf der Falltür in der

Passagierkabine lag, durch den Laderaum unversehens über die anderen herfallen könnten, aber ein kurzes Nachdenken überzeugte uns, daß das Schiff für einen Versuch dieser Art zu sehr schlingerte und stampfte.

Glücklicherweise kam mir endlich der Gedanke, die abergläubische Furcht und das schuldbeladene Gewissen des Maats auszunutzen. Man wird sich erinnern, daß einer von der Mannschaft, Hartman Rogers, im Laufe des Morgens gestorben war, nachdem er zwei Tage zuvor nach dem Genuß von etwas Rum mit Wasser unter heftigen Krämpfen zu leiden gehabt hatte. Peters hatte uns gegenüber die Meinung geäußert, der Mann sei von dem Maat vergiftet worden, und nach seinen Worten gab es für diese Mutmaßung nicht zu widerlegende Gründe, allein er ließ sich nicht bewegen, sie uns zu erklären – diese wunderliche Weigerung entspricht nur voll und ganz anderen Zügen seines eigenartigen Charakters. Ob er nun indes irgendwelche gewichtigeren Gründe hatte, den Maat zu verdächtigen, als wir sie selbst besaßen, oder auch nicht – wir waren nur zu leicht dazu zu bringen, uns seinem Argwohn anzuschließen, und beschlossen, entsprechend zu handeln.

Rogers war etwa um elf Uhr vormittags unter heftigen Zuckungen verstorben, und sein Leichnam stellte wenige Minuten nach dem Tod einen so schrecklichen und abstoßenden Anblick dar, wie ich mich kaum entsinne, je gesehen zu haben. Der Bauch war ungeheuer geschwollen wie der eines Mannes, der ertrunken ist und viele Wochen im Wasser gelegen hat. Die Hände waren in demselben Zustand, während das Gesicht eingeschrumpft, runzlig und kalkweiß war, ausgenommen zwei oder drei leuchtend rote Flecke gleich denen, die durch Rotlauf hervorgerufen werden; einer dieser Flecke zog sich diagonal über das Gesicht und bedeckte ein Auge völlig wie ein rotes Velvetband. Der Tote war in diesem abstoßenden Zustand mittags aus der Kajüte an Deck gebracht worden, um über Bord geworfen zu werden, wobei der Maat ihn kurz betrachtet hatte (denn er sah ihn zum ersten Mal) und, entweder von Reue gepackt ob seiner üblen Tat oder von Entsetzen erfüllt angesichts eines so schrecklichen Anblicks, Anweisung gegeben hatte, den Toten in eine Hängematte einzunähen und ihm die üblichen Ritualien eines Seebegräbnisses zuteil werden zu lassen. Nach diesen Anweisungen ging er unter Deck, um sich jeden weiteren Anblick seines Opfers zu ersparen. Während Vorbereitungen getroffen wurden, seine Befehle auszuführen, brach mit ungeheurer Gewalt der Sturm los, und so wurde das Vorhaben für den Augenblick aufgegeben. Der Leichnam, nun sich selbst überlassen, wurde in die Backbordspeigatts gespült, wo er zu der Zeit, von der ich spreche, noch lag und beim heftigen Überholen der Brigg umhergestoßen wurde.

Nachdem wir unseren Plan festgelegt hatten, machten wir uns daran, ihn so schnell wie möglich in die Tat umzusetzen. Peters ging an Deck und wurde, wie vorausgesehen, sofort von Allen angesprochen, der mehr als Wache über das Vorderdeck aufgestellt zu sein schien denn zu anderem Zweck. Das Schicksal dieses Schurken wurde jedoch rasch und geräuschlos besiegelt, denn Peters näherte sich ihm in ungezwungener Weise, als ob er mit ihm reden wollte, packte ihn bei der Kehle und schleuderte ihn über die Reling, noch ehe er einen einzigen Schrei ausstoßen konnte. Dann rief er uns, und wir kamen an Deck. Unsere erste Vorsichtsmaßnahme war, nach etwas Ausschau zu halten, womit wir uns bewaffnen konnten, und dabei hatten wir mit großer Umsicht vorzugehen, denn es war unmöglich, auch nur einen Augenblick an Deck zu stehen, wenn man sich nicht festhielt, und bei jedem Eintauchen des Vorschiffs brachen heftige Sturzseen über uns herein. Auch war unumgänglich, daß wir unser Vorhaben schnell ausführten, denn wir rechneten jede Minute damit, daß der Maat an Deck kommen würde, um die Pumpen in Gang zu setzen, da klar zu erkennen war, daß die Brigg sehr schnell Wasser aufnahm. Nachdem wir einige Zeit gesucht hatten, konnten wir für unsere Zwekke jedoch nichts Geeigneteres finden als zwei Pumpenschwengel, von denen Augustus den einen nahm und ich den anderen. Als wir uns dieser versichert hatten, streiften wir das Hemd von der Leiche und warfen den Körper über Bord. Peters und ich gingen nach unten und ließen Augustus als Wache an Deck zurück, der seinen Platz genau dort einnahm, wo Allen gestanden hatte, mit dem Rücken zur Kajütstreppe, so daß, falls jemand von der Bande des Maats an Deck kommen sollte, er glauben mußte, es sei die von ihnen aufgestellte Wache.

Sobald ich unter Deck war, begann ich mich so zu verkleiden, daß ich wie Rogers' Leiche aussah. Das Hemd, das wir dem Toten abgenommen hatten, half uns sehr, denn es war von eigenartiger Form und Beschreibung und leicht wiederzuerkennen – eine Art Kittel, den der Tote über seiner anderen Kleidung getragen hatte, aus blauem Baumwollgewebe mit großen, schrägen, weißen Streifen. Nachdem ich es angelegt hatte, stattete ich mich weiterhin mit einem falschen Bauch aus in Nachahmung der schrecklichen Deformierung des geschwollenen Leichnams. Dies war dadurch schnell zuwege gebracht, daß ich mir einige Bettücher unterstopfte. Ein Paar weiße Wollhandschuhe verliehen meinen Händen das entsprechende Aussehen, indem ich sie mit jeder Art von Lumpen füllte, deren ich habhaft werden konnte. Peters beschäftigte sich sodann mit meinem Gesicht, rieb es zunächst gut mit weißer Kreide ein und zeichnete die Flecken mit Blut auf, das er einem Einschnitt in seinem Finger entnahm. Der Streifen über dem Auge wurde nicht vergessen und ergab eine höchst schockierende Erscheinung.

Kapitel VIII

Als ich mich beim trüben Schein einer Art Gefechtslaterne in einer Spiegelscherbe betrachtete, die in der Kajüte hing, erfüllte mich angesichts meiner Erscheinung und bei der Erinnerung an die schreckliche Realität, die ich dergestalt verkörperte, ein solches Gefühl unbestimmter Furcht, daß mich ein heftiges Zittern befiel und ich kaum Entschlußkraft genug aufbringen konnte, in meiner Rolle fortzufahren. Indes war es notwendig, entschlossen zu handeln, und so gingen Peters und ich an Deck.

Dort fanden wir alles unverändert vor und stahlen uns nun zu dritt dicht an der Reling entlang zur Kajütstreppe. Sie war nur teilweise geschlossen, weil mittels Holzklötzen auf der obersten Stufe, die ein Zuklappen verhinderten, Vorsorge getroffen worden war, daß sie nicht plötzlich von außen zugestoßen wurde. Durch die Ritzen, wo die Angeln befestigt waren, konnten wir uns mühelos einen umfassenden Einblick ins Innere der Kajüte verschaffen. Nun erwies sich als sehr glücklich für uns, daß wir jeden Versuch unterlassen hatten, die anderen zu überrumpeln, denn sie waren ganz offensichtlich auf der Hut. Nur einer schlief, er lag genau am Fuß der Kajütstreppe, eine Muskete an der Seite. Der Rest saß auf mehreren Matratzen, die von den Kojen genommen und auf den Fußboden gelegt worden waren. Sie waren in eine ernste Unterhaltung vertieft, und obwohl sie getrunken hatten, wie man aus zwei leeren Krügen und einigen Zinnbechern schließen konnte, die herumlagen, so waren sie doch nicht so berauscht wie sonst. Alle hatten Messer, einer oder zwei von ihnen Pistolen, und sehr viele Musketen lagen griffbereit auf einer Koje.

Wir hörten ihrer Unterhaltung einige Zeit zu, ehe wir uns über unser Vorgehen schlüssig wurden, da wir noch nichts endgültig vereinbart hatten außer dem Versuch, ihre Handlungsfähigkeit bei unserem Angriff durch das Erscheinen von Rogers zu lähmen. Sie erörterten ihre Piratenpläne, wobei wir nur das eine deutlich hören konnten, daß sie sich mit der Mannschaft eines Schoners namens ›Hornet‹ zusammentun und den Schoner, wenn möglich, in Besitz nehmen wollten, ehe sie zu einem Unternehmen größeren Maßstabs übergehen würden, dessen Einzelheiten keiner von uns genau verstehen konnte.

Einer der Männer sprach von Peters, worauf der Maat mit leiser Stimme etwas antwortete, was nicht genau zu hören war, und danach lauter hinzufügte, er könne nicht verstehen, warum sich dieser so viel mit dem Kapitänsbalg im Vorderdeck abgebe, und er denke, ›je eher die beiden über Bord wären, desto besser‹. Darauf erfolgte keine Antwort, aber wir konnten leicht erkennen, daß die ganze Kumpanei die Andeutung sehr beifällig aufnahm, ganz besonders Jones. Zu diesem Zeitpunkt war ich äußerst aufgeregt, um so mehr, als ich sehen konnte, daß weder

Augustus noch Peters wußten, wie vorzugehen war. Allein, ich hatte mich entschlossen, mein Leben so teuer wie möglich zu verkaufen und nicht zuzulassen, von irgendwelchen Gefühlen des Kleinmuts überwältigt zu werden.

Der gewaltige Lärm, den das Brausen des Windes in der Takelung und das Rauschen der Brecher an Deck erzeugten, hinderte uns zu verstehen, was gesagt wurde, außer in Momenten der Windstille. In einem davon hörten wir alle den Maat deutlich zu einem der Männer sagen, er solle nach vorn gehen und den verdammten Lümmeln befehlen, in die Kajüte zu kommen, wo er ein Auge auf sie haben könne, denn er wünsche nicht, daß irgendwelche Heimlichkeiten an Bord der Brigg vor sich gingen. Zu unserem Glück stampfte das Schiff in diesem Moment so heftig, daß die sofortige Ausführung dieses Befehls verhindert wurde. Der Koch erhob sich von seiner Matratze, um uns holen zu gehen, als ein gewaltiges Überholen, welches meiner Ansicht nach geeignet war, die Masten wegzureißen, ihn kopfüber gegen eine der Kabinentüren auf der Backbordseite schleuderte, sie aufstieß und beträchtliche Verwirrung anderer Art stiftete. Zum Glück wurde keiner von uns von seinem Standort gerissen, wir hatten Zeit für einen überstürzten Rückzug zum Vorderdeck und konnten in aller Eile einen Aktionsplan entwerfen, ehe der Bote bei uns erscheinen würde oder vielmehr, ehe er seinen Kopf aus der Kajütsluke steckte, denn er kam nicht an Deck. Von dort, wo er sich befand, konnte er Allens Abwesenheit nicht bemerken, so glaubte er, sich an ihn zu wenden, als er den Befehl des Maats brüllend wiederholte. Peters rief mit verstellter Stimme »Aye, aye!« zurück, und der Koch verschwand sofort wieder, ohne irgendwelchen Verdacht zu schöpfen, daß etwas nicht in Ordnung sei.

Meine zwei Gefährten gingen nun unverzüglich nach achtern und hinunter in die Kajüte. Peters schloß hinter sich die Tür in der gleichen Weise, wie er sie vorgefunden hatte. Der Maat empfing sie mit vorgetäuschter Herzlichkeit und sagte zu Augustus, da er sich in letzter Zeit so wohl verhalten habe, könne er seine Lagerstatt in der Kajüte beziehen und künftig einer von ihnen werden. Sodann schenkte er ihm einen Becher halb voll Rum und hieß ihn ihn trinken. Dies alles sah und hörte ich, denn ich war meinen Freunden zur Kajüte gefolgt, kaum daß die Tür geschlossen worden war, und hatte meinen alten Beobachtungsposten eingenommen. Die zwei Pumpenschwengel hatte ich mitgebracht, und nun verstaute ich einen davon griffbereit nahe der Kajütstreppe, falls wir seiner bedurften.

Sodann stellte ich mich fest hin, so gut dies möglich war, um alle Vorgänge im Raum gut beobachten zu können, und trachtete, mich für die Aufgabe zu wappnen, zwischen die Meuterer zu treten, sobald Peters mir das vereinbarte Signal geben würde. Im Augenblick bemühte er sich, die Unterhaltung auf die blutigen Vorgänge während der Meuterei zu bringen, und veranlaßte die Männer allmählich, von den tausend abergläubischen Darstellungen zu reden, die unter Fahrensleuten ganz allgemein weit verbreitet sind. Zwar konnte ich nicht alles richtig verstehen, was er sagte, aber ich konnte den Mienen der Anwesenden ablesen, welche Wirkung das Gespräch hatte. Der Maat war ganz offensichtlich sehr aufgeregt, und als bald darauf jemand den grauenvollen Anblick von Rogers' Leiche erwähnte, glaubte ich, er sei im Begriff, in Ohnmacht zu fallen. Peters fragte nun, ob er es nicht für besser erachte, daß der Körper sofort über Bord geworfen werde, da es ein zu schreckliches Schauspiel sei, wie er in den Speigatts hin- und hergeworfen werde. Bei diesen Worten rang der Schurke wahrhaftig nach Atem und ließ den Blick langsam in die Runde schweifen, als wolle er einen seiner Kumpane anflehen, an Deck zu gehen und diesen Auftrag auszuführen. Indes rührte sich niemand, und es war deutlich zu erkennen, daß die ganze Gesellschaft sich in einem Zustand höchster nervlicher Anspannung befand. Jetzt gab Peters mir das Signal. Ich stieß die Tür zur Kajütstreppe auf, stieg hinab, ohne ein Wort zu sagen, und stand aufrecht inmitten der Gesellschaft.

Die außerordentliche Wirkung, die mein plötzliches Erscheinen hervorrief, ist so erstaunlich wahrlich nicht, zieht man die verschiedenen Umstände in Betracht. Gewöhnlich bleibt bei Vorfällen ähnlichen Charakters im Kopf des Zuschauers dennoch ein Fünkchen Zweifel in bezug auf die Realität dieser Vision vor seinen Augen; ein Quentchen Hoffnung, wie schwach auch immer, daß er das Opfer eines Kunstkniffs und daß die Spukgestalt nicht wirklich ein Besucher aus der alten Welt der Schatten sei. Es ist nicht zu viel zu behaupten, daß Reste solchen Zweifels vielleicht bei fast jeder derartigen Erscheinung zurückleiben und daß das panische Entsetzen, welches zuweilen erzeugt wurde, selbst in den angemessensten Fällen und wo größtes Leid erfahren wurde, eher einer Art vorgreifender Furcht zuzuschreiben ist, die Erscheinung könnte möglicherweise real sein, als dem unerschütterlichen Glauben an ihre Realität. Im vorliegenden Fall wird indes augenblicklich zu sehen sein, daß in den Köpfen der Meuterer auch nicht die Spur einer Basis war, auf welcher sich Zweifel hätte gründen können, ob die Erscheinung von Rogers wirklich einer Wiederbelebung seines abstoßenden

Leichnams oder zumindest seines geistigen Ebenbildes gleichkomme. Die isolierte Situation der Brigg mit ihrer völligen Unzugänglichkeit infolge des Sturmes setzte den anscheinend möglichen Mitteln einer Täuschung so enge und bestimmte Grenzen, daß die Meuterer zwangsläufig glaubten, sie alle mit einem flüchtigen Blick überschauen zu können. Vierundzwanzig Tage waren sie jetzt auf See, ohne mehr denn ein paar kurze Botschaften mit anderen Schiffen ausgetauscht zu haben. Ferner war die ganze Mannschaft – zumindest alle, bei denen sie auch nur den entferntesten Grund hatten, sie an Bord zu vermuten – in der Kajüte versammelt mit Ausnahme von Allen, der Wache, und dessen riesige Gestalt (er war sechs Fuß sechs Zoll groß) war ihnen allen viel zu vertraut, als daß ihnen auch nur einen Moment der Gedanke gekommen wäre, er sei die Erscheinung vor ihnen. Man beziehe die furchterweckende Natur des Sturmes und die der von Peters heraufbeschworenen Konversation in diese Betrachtungen ein; den tiefen Eindruck, den der grauenvolle Anblick des tatsächlichen Leichnams am Morgen bei den Männern hinterlassen hatte; die vorzügliche Imitation durch meine Person und das ungewisse und schwankende Licht, in dem sie mich sahen, denn die Kajütslaterne schaukelte heftig hin und her und beleuchtete meine Gestalt nur unklar und in Intervallen, so besteht keine Veranlassung, sich zu wundern, daß der ganze Effekt dieser List unsere Erwartungen sogar noch übertraf. Der Maat sprang von der Matratze, auf der er gelegen hatte, fiel wie mausetot rücklings auf den Kajütsboden, ohne einen Laut von sich zu geben, und wurde durch ein schweres Schlingern der Brigg wie ein Holzklotz nach Lee geschleudert. Von den restlichen sieben besaßen nur drei anfangs ein gewisses Maß an Geistesgegenwart. Die vier anderen saßen eine Zeitlang wie angewurzelt auf dem Fußboden, erbärmlichste Objekte von Angst und äußerstem Entsetzen, die meine Augen je gesehen hatten. Der einzige Widerstand, der uns entgegengebracht wurde, kam von seiten des Kochs, John Hunts und Richard Parkers, aber sie verteidigten sich nur schwach und unentschlossen. Die beiden ersten wurden augenblicklich durch Peters erschossen, und ich hieb Parker mit dem Pumpenschwengel, den ich mitgebracht hatte, auf den Kopf, so daß er zu Boden fiel. Inzwischen hatte Augustus eine der Musketen gepackt, die auf dem Fußboden lagen, und einen anderen Meuterer (Wilson) durch die Brust geschossen. Jetzt waren nur drei von ihnen übrig, aber zu dem Zeitpunkt hatten sie ihre Erstarrung abgeschüttelt und begannen vielleicht zu erfassen, daß sie einer Täuschung erlegen waren, denn sie kämpften mit großer Entschlossenheit und Wut und hätten letztendlich womöglich den Sieg davongetragen, hätte Peters nicht eine so ungeheure Muskelkraft besessen. Diese drei Männer waren Jones, Greely und Absalom Hicks. Jones hatte Augustus zu Boden geworfen, stach ihn mehrfach in den rechten Arm und würde ihm zweifellos bald den Garaus gemacht haben (da weder Peters noch ich uns sofort unserer eigenen Widersacher entledigen konnten), wäre uns nicht zur rechten Zeit ein treuer Freund beigesprungen, mit dessen Unterstützung wir gewiß niemals gerechnet hatten. Dieser Freund war niemand anders als Tiger. Mit einem tiefen Knurren schoß er in dem für Augustus kritischsten Moment in die Kajüte, stürzte sich auf Jones und drückte ihn im Nu zu Boden. Augustus war jedoch nun zu sehr verwundet, als daß er uns irgendwelche Hilfe hätte leisten können, und ich wurde durch meine Verkleidung so behindert, daß ich nur wenig ausrichten konnte. Der Hund hielt Jones weiterhin an der Kehle gepackt – Peters aber war seinen Gegnern weit mehr als gewachsen und würde sie ohne Zweifel noch schneller ins Jenseits befördert haben, hätten der enge Raum, in dem er kämpfen mußte, und das heftige Überholen des Schiffes ihn nicht gleichfalls behindert. Alsbald konnte er jedoch eines schweren Schemels habhaft werden, von denen einige auf dem Boden lagen. Damit schlug er Greely den Schädel ein, als dieser im Begriff war, seine Muskete auf mich abzufeuern, und unmittelbar danach ließ ein Schlingern der Brigg ihn gegen Hicks prallen, den er an der Kehle packte und durch bloße Körperkraft im Nu erwürgte. So waren wir in weit kürzerer Zeit, als ich gebraucht habe, dies alles zu schildern, Herren der Brigg geworden.

Der einzige unserer Gegner, der noch lebte, war Richard Parker. Wie man sich erinnern wird, hatte ich diesen Mann durch einen Schlag mit dem Pumpenschwengel gleich zu Beginn unseres Angriffs zu Boden gestreckt. Er lag jetzt reglos an der Tür der verwüsteten Kajüte; als Peters ihn jedoch mit dem Fuß anstieß, begann er zu reden und flehte um Gnade. Er war nur leicht am Kopf verletzt und hatte keine weiteren Wunden empfangen, sondern war durch den Schlag nur bewußtlos geworden. Nun stand er auf, und wir fesselten ihm für den Augenblick zunächst die Hände auf dem Rücken. Der Hund stand noch knurrend über Jones; aber als wir diesen untersuchten, stellten wir fest, daß er völlig tot war und aus einer tiefen Wunde im Hals, die ihm zweifellos von den scharfen Zähnen des Tieres zugefügt worden war, Blut hervorbrach.

Es war jetzt etwa ein Uhr morgens, und der Wind wehte

noch sehr stark. Die Brigg mühte sich offensichtlich viel heftiger als gewöhnlich, so war es unbedingt erforderlich, daß etwas getan wurde, um ihr in gewissem Maße Hilfe zu geben. Bei fast jedem Schlingern leewärts nahm sie eine Sturzsee über, und einige davon waren während unseres Handgemenges teilweise bis herunter in die Kajüte gelangt, da ich die Luke beim Herabsteigen offengelassen hatte. Die gesamte Backbordreling war weggefegt, die Kombüse samt Beiboot von der Gillung gerissen worden. Das Knacken und Arbeiten des Großmasts war ebenfalls ein deutlicher Hinweis, daß er fast geborsten war. Um im Achterraum mehr Platz zum Stauen zu schaffen, war die Hieling dieses Mastes zwischen die Decks gesetzt worden (eine sehr tadelnswerte Praxis, die gelegentlich noch durch unwissende Schiffsbauer geübt wird), so daß Gefahr drohte, daß er aus der Mastspur gerissen wurde. Der Gipfelpunkt all unserer Schwierigkeiten bestand jedoch darin, daß wir beim Ausloten des Pumpensods nicht weniger als sieben Fuß Wasser maßen.

Wir ließen die Toten in der Kajüte liegen und gingen sofort daran, die Pumpen zu bedienen – wobei wir Parker natürlich seiner Fesseln entledigten, damit er uns bei dieser Arbeit half. Augustus' Arm wurde so gut verbunden, wie wir es vermochten, und er tat, was er konnte, aber das war nicht viel. Dennoch entdeckten wir, daß es uns durch ständiges Laufenlassen einer Pumpe in gewissem Maße gelang zu verhindern, daß das eindringende Wasser die Oberhand gewann. Da wir nur unserer vier waren, stellte dies ein mühseliges Unterfangen dar, aber wir trachteten, unseren Mut nicht sinken zu lassen, und warteten begierig auf den Tagesanbruch, weil wir hofften, die Brigg durch Kappen des Großmasts zu leichtern.

Auf diese Weise brachten wir eine Nacht entsetzlicher Angst und Mühsal hinter uns, und als schließlich der Tag anbrach, hatte der Sturm weder im geringsten nachgelassen, noch gab es Anzeichen, daß er dies bald tun werde. Nun schleppten wir die Toten an Deck und warfen sie über Bord. Unsere nächste Sorge war, uns des Großmasts zu entledigen. Nachdem die nötigen Vorbereitungen getroffen waren, kappte Peters ihn (nachdem er in der Kajüte Äxte gefunden hatte), während wir anderen bei den Stagen und Taljereeps standen. Als die Brigg heftig nach Lee überholte, erfolgte das Kommando, die Luvtaljereeps zu kappen, und kaum war dies getan, stürzte die ganze Masse von Holz und Takelwerk in die See und trieb von der Brigg ab, ohne ihr irgendwelchen Schaden zuzufügen. Wir sahen nun, daß das Schiff sich nicht mehr ganz so mühte wie zuvor, aber unsere Situation war noch immer ungemein gefährlich, denn trotz äußerster Anstrengungen konnten wir ohne die Hilfe beider Pumpen des eindringenden Wassers nicht Herr werden. Die geringe Unterstützung, die Augustus uns geben konnte, war wirklich kaum von Bedeutung. Um unsere Not noch zu vergrößern, warf eine schwere See die Brigg luvwärts und mehrere Strich vom Wind ab, und ehe sie ihre Position wiedererlangen konnte, verschwand sie völlig unter einer weiteren See, die sie voll auf die Seite legte. Der Ballast verschob sich jetzt in seiner Masse leewärts (nachdem die Ladung eine Zeitlang wild umhergeworfen worden war), und einige Augenblikke wähnten wir, daß nichts uns vor dem Kentern retten könnte. Bald darauf richteten wir uns jedoch teilweise wieder auf, aber da der Ballast backbords liegenblieb, krängten wir so stark, daß es nutzlos war, an eine Betätigung der Pumpen zu denken, was wir auch in keinem Fall hätten viel länger tun können, da unsere Hände völlig wundgerieben waren durch die mühselige Arbeit, die wir hatten auf uns nehmen müssen, und ganz entsetzlich bluteten.

Entgegen Parkers Rat gingen wir nun daran, auch den Fockmast zu kappen, und brachten dies auch nach vielen Schwierigkeiten zuwege, die der Position zu schulden waren, in der wir lagen. Beim Überbordgehen nahm das Wrackstück den Bugspriet mit, so daß wir jetzt völlig entmastet waren.

Bislang hatten wir Grund, uns der Unversehrtheit unserer Pinasse zu erfreuen, der keine der mächtigen Seen, die an Bord gekommen waren, irgendwelchen Schaden zugefügt hatte. Aber wir konnten uns nicht lange dazu beglückwünschen, denn nachdem der Fockmast verloren war und mit ihm natürlich auch das Focksegel, durch das die Brigg vor dem Wind gehalten werden konnte, brach jede See nun mit voller Wucht über uns herein, und in fünf Minuten war unser Deck vom Vorder- bis zum Hintersteven leergefegt, waren die Pinasse und die Steuerbordreling weggerissen und sogar das Spill zertrümmert. In der Tat konnten wir uns schwerlich in einem beklagenswerteren Zustand befinden.

Zur Mittagszeit schien es leichte Anzeichen zu geben, daß der Sturm endlich abflaute, aber wir wurden grausam enttäuscht, denn er ließ lediglich um einige Minuten nach, um danach mit verdoppelter Wut zu tosen. Gegen vier Uhr nachmittags war es völlig unmöglich, wider den heftigen Wind anzukämpfen, und als die Nacht hereinbrach, hegte ich nicht den Schatten einer Hoffnung, daß das Schiff bis zum Morgen zusammenhalten würde.

Um Mitternacht lagen wir sehr tief im Wasser, das nun bis zum Raumdeck stand. Das Ruder verschwand bald achtern, und die See, die es wegriß, hob den Achterteil der Brigg völlig aus dem Wasser, auf dem es sodann beim Zurückfallen mit einer Wucht aufschlug, wie sie nur beim Stranden verursacht wird. Wir hatten alle damit gerechnet, daß das Steuerruder bis zuletzt standhalten würde, da es ungewöhnlich solid und auf eine Weise getakelt war, wie ich es weder zuvor noch seitdem je wieder gesehen habe. Das Hauptspant hinunter lief eine Reihe starker eiserner Haken und andere in derselben Weise den Achtersteven entlang. In diesen Haken steckte eine sehr dicke, schmiedeeiserne Stange, durch die das Ruder am Achtersteven gehalten wurde und dennoch an der Stange frei schwingen konnte. Die ungeheure Gewalt der See, die es wegfegte, läßt sich an der Tatsache ermessen, daß jeder einzelne der Haken, die den Achtersteven völlig durchdrangen und auf der Innenseite umgeschlagen waren, gänzlich aus dem dicken Holz gerissen war.

Wir hatten nach dieser heftigen Erschütterung kaum Zeit, Atem zu schöpfen, als eine der furchtbarsten Wogen, die ich je gesehen habe, rechts über Bord brach, die Kajütskappe wegriß, in die Luke brach und jeden Zoll des Schiffs mit Wasser füllte.

Kapitel IX

Glücklicherweise hatten wir alle vier uns kurz vor dem Abend fest an die Reste des Ankerspills gebunden, damit wir auf diese Weise so flach wie möglich auf Deck lagen. Nur diese Vorsichtsmaßnahme rettete uns vor der Vernichtung. Wie die Dinge standen, waren wir alle mehr oder weniger benommen durch die immense Last des

Wassers, die sich über uns ergoß und nicht abfließen wollte, bis wir fast keine Luft mehr hatten. Sobald wir wieder Atem schöpfen konnten, rief ich laut nach meinen Gefährten. Nur Augustus antwortete und sagte: »Mit uns ist es vorbei, möge Gott unseren Seelen gnädig sein!« Nach und nach waren auch die beiden anderen in der Lage zu sprechen, wobei sie uns ermunterten, Mut zu fassen, weil es noch immer Hoffnung gebe. Die Besonderheit unserer Ladung mache es unmöglich, daß die Brigg sinken könne, außerdem bestünde alle Aussicht, daß sich der Sturm gegen Morgen legen würde. Diese Worte flößten mir neuen Lebensmut ein, denn so seltsam es scheinen mag: Obwohl ganz offensichtlich war, daß ein Schiff mit einer Ladung leerer Ölfässer nicht sinken konnte, war mein Geist bislang so verwirrt gewesen, daß ich diese wichtige Tatsache völlig übersehen hatte; eine Zeitlang hielt ich das Sinken des Schiffes für die Gefahr, die uns in erster Linie drohte. Als in mir nun wieder Hoffnung aufstieg, nutzte ich jede Gelegenheit, die Zurrung zu verstärken, die mich an den Resten des Ankerspills hielt, und damit beschäftigt, entdeckte ich bald, daß meine Gefährten gleiches taten. Die Nacht war so dunkel wie nur möglich, und den entsetzlichen heulenden Lärm und das Tohuwabohu um uns herum zu beschreiben ist ein fruchtloses Unterfangen. Unser Deck lag auf gleicher Höhe mit der See, oder vielmehr, uns umgab eine hoch aufragende Mauer von Gischt, und immer wieder fegte ein Teil davon über uns hinweg. Es ist nicht übertrieben zu behaupten, daß unsere Köpfe wirklich nie länger als eine von drei Sekunden aus dem Wasser lugten. Obwohl wir dicht beieinander lagen, konnte in der Tat keiner von uns den anderen oder irgendein Stück der Brigg sehen, auf der wir so ungestüm umhergeworfen wurden. In Abständen riefen wir uns etwas zu in dem Bestreben, so die Lebenshoffnung zu erhalten und jenen Trost und Ermutigung zu spenden, die deren am meisten bedurften. Augustus' schwächliche Verfassung machte ihn zum Gegenstand der Fürsorge von uns allen, und da es ihm wegen der vielen Stichwunden am rechten Arm unmöglich sein mußte, seiner Zurrung in gewissem Maße Haltbarkeit zu verleihen, fürchteten wir jeden Augenblick, feststellen zu müssen, daß er über Bord gegangen war – indes, ihm irgendwelche Hilfe zu leisten war eine Sache, die völlig außer Frage stand. Zum Glück lag er sicherer als jeder andere von uns, nämlich mit dem Oberkörper unter einem Teil des zerschmetterten Ankerspills, so daß die Wucht der Brecher, die über ihn fluteten, weitgehend gebrochen wurde. In jeder anderen Situation als dieser (in die er zufällig geraten war, nachdem er sich ursprünglich an einer sehr exponierten Stelle festgebunden hatte) wäre er unweigerlich umgekommen, noch ehe der Morgen graute. Da die Brigg so stark krängte, bestand für uns alle weniger Gefahr, hinweggespült zu werden, als sonst der Fall gewesen wäre. Das Schiff lag auf der Backbordseite, wie ich zuvor bereits bemerkt habe, wobei etwa eine Hälfte des Decks ständig unter Wasser war. So wurden die steuerbords anlaufenden Seen durch die Seite des Schiffes stark gebrochen und erreichten uns nur teilweise, während wir flach und mit dem Gesicht nach unten lagen; die steuerbords anrennenden Seen wiederum, das Stauwasser, wie wir es nannten, fanden unserer Lage wegen wenig Halt an uns und hatten nicht genügend Kraft, uns aus den Haltestricken zu ziehen.

Wir befanden uns in dieser entsetzlichen Situation, bis der Tag anbrach und uns die Schrecknisse ringsum noch vollständiger vor Augen führte. Die Brigg war nur mehr ein Stück Holz, der Gnade jeder Woge ausgeliefert; der Sturm war im Begriff zuzunehmen, sofern dies überhaupt noch möglich war, denn er blies in der Tat mit voller Orkanstärke, und für uns schien keine irdische Aussicht auf Rettung zu bestehen. Einige Stunden lang hielten wir uns schweigend fest und erwarteten jeden Moment, daß unsere Zurrung entweder nachgab, die Reste des Ankerspills über Bord gehen würden oder daß einige der großen Sturzseen, die in jeder Richtung um uns und über uns tosten, den Hulk so weit unter Wasser drücken würden, daß wir ertrinken müßten, ehe er wieder an die Oberfläche kam. Dank göttlicher Gnade überstanden wir diese drohenden Gefahren jedoch und wurden etwa gegen Mittag durch den Anblick der strahlenden Sonne ermutigt. Kurz danach konnten wir eine spürbare Verminderung der Windstärke feststellen, worauf nun auch Augustus zum ersten Mal seit dem gestrigen späten Abend zu sprechen anhob und Peters, der ihm am nächsten lag, fragte, ob er glaube, daß für uns noch eine Möglichkeit bestünde, gerettet zu werden. Da diese Frage zunächst unbeantwortet blieb, schlossen wir alle, daß das Halbblut ertrunken sei, wo es lag, doch einen Augenblick später begann auch Peters zu unserer großen Freude, wenngleich mit sehr schwacher Stimme, zu reden und sagte, daß er große Schmerzen empfinde, weil die Haltestricke über seinem Bauch so festgezurrt seien, daß er entweder ein Mittel finden müsse, sie zu lockern, oder umkommen würde, da er diesen Zustand unmöglich viel länger ertragen könne. Dies rief bei uns große Bestürzung hervor, weil es völlig nutzlos war, auch nur daran zu denken, ihm in irgendeiner Weise beizustehen, während die See ständig über uns hinwegflutete, wie sie es noch immer tat. Wir ermunterten ihn, seine Pein tapfer zu ertragen, und versprachen, die erste sich bietende Gelegenheit zu nutzen, um ihm Erleichterung zu verschaffen. Er erwiderte, daß es dafür sehr bald zu spät sei, daß es mit ihm vorbei sein werde, noch ehe wir ihm helfen könnten; dann lag er still, nachdem er einige Minuten gestöhnt hatte, und wir schlossen daraus, daß er verschieden war.

Als der Abend heranrückte, hatte sich die See so weit beruhigt, daß im Verlauf von fünf Minuten kaum mehr als eine Woge aus windwärtiger Richtung über den Hulk brach; der Wind hatte stark nachgelassen, obwohl noch eine heftige Brise wehte. Seit Stunden hatte ich keinen meiner Gefährten reden hören, so rief ich jetzt Augustus. Er antwortete, wenngleich sehr schwach, so daß ich nicht verstehen konnte, was er sagte. Dann sprach ich zu Peters und Parker, aber keiner von beiden gab Antwort.

Kurz nach diesem Zeitpunkt fiel ich in einen Zustand teilweiser Bewußtlosigkeit, in der die angenehmsten Bilder aus meiner Erinnerung auftauchten, wie zum Beispiel grüne Bäume, wogende Felder reifen Korns, reigentanzende Mädchen, Kavallerietruppen und andere Phantasiegebilde. Ich entsinne mich jetzt, daß bei allem, was vor meinem geistigen Auge vorüberzog, *Bewegung* das vorherrschende Moment war. So sah ich nie ein feststehendes Objekt vor mir wie etwa ein Haus, einen Berg oder etwas Derartiges, vielmehr Windmühlen, Schiffe, große Vögel, Ballons, Menschen zu Pferd, Wagen, die wild vorbeipreschten, und ähnliche sich bewegende Objekte, dargestellt in endloser Folge. Als ich mich von diesem Zustand erholt hatte, stand die Sonne etwa eine Stunde über dem Horizont, soweit ich das abschätzen konnte. Ich hatte größte Schwierigkeiten, mich der verschiedensten Umstände zu erinnern, die mit meiner Situation zusammenhingen, und war geraume Zeit fest überzeugt, mich noch immer im Laderaum der Brigg zu befinden, neben der Kiste, und daß der Körper von Parker der von Tiger war.

Als ich letztendlich völlig zu mir gekommen war, erkannte ich, daß der Wind nur mehr als mäßige Brise wehte und die See verhältnismäßig ruhig war, so daß sie die Brigg lediglich mittschiffs überspülte. Mein linker Arm hatte sich aus der Zurrung gelöst und war um den Ellenbogen arg zerschnitten; mein rechter war völlig gefühllos, und Hand und Handgelenk waren stark geschwollen durch den Druck des Seils, das von der Schulter abwärts lief. Auch bereitete mir das andere Seil große Schmerzen, das um meine Taille geschlungen und in einem unerträglichen Maß festgezurrt worden war. Als ich mich nach meinen Gefährten umsah, erkannte ich, daß Peters noch lebte, obwohl eine dicke Leine so fest um seine Lenden gezogen war, daß es aussah, als sei er in zwei Teile zerschnitten; da ich mich bewegte, winkte er mir mit einer schwachen Handbewegung zu und wies auf die Leine. Augustus gab überhaupt kein Lebenszeichen von sich und hing nahezu völlig zusammengekrümmt über einem Bruchstück des Ankerspills. Parker redete mich an, als er sah, daß ich mich bewegte, fragte mich, ob ich nicht Kraft genug hätte, ihn aus seiner Lage zu befreien, und meinte: Würde ich allen Mut aufbieten, den ich besaß, und mich bemühen, ihn loszubinden, so könnten wir unser Leben vielleicht noch retten; anderenfalls jedoch müßten wir alle umkommen. Ich sagte ihm, er solle tapfer ausharren, und ich würde trachten, ihn zu befreien. Sodann fühlte ich in meine Hosentasche, bekam mein Federmesser zu fassen und brachte es nach einigen vergeblichen Versuchen schließlich fertig, es zu öffnen. Mit der linken Hand glückte es mir, die rechte aus den Haltestricken zu befreien und danach die anderen Seile zu zerschneiden, die mich hielten. Bei dem Versuch, mich von der Stelle zu rühren, spürte ich jedoch, daß die Beine mir den Dienst völlig versagten und daß ich weder aufstehen noch meinen rechten Arm in irgendeiner Richtung bewegen konnte. Als ich Parker dies mitteilte, riet er mir, einige Minuten still liegenzubleiben und mich mit der linken Hand am Spill festzuhalten, um dem Blut Zeit zur Zirkulation zu geben. Ich verfuhr so, und sofort begann die Gefühllosigkeit zu weichen, so daß ich bald zunächst eines meiner Beine bewegen konnte, dann das andere und kurz danach meinen rechten Arm zumindest teilweise wieder benutzen konnte. Äußerst vorsichtig kroch ich nun zu Parker, ohne mich auf die Füße zu stellen, und hatte alsbald alle Leinen zerschnitten, die ihn hielten, so daß er nach kurzer Dauer ebenfalls wieder teilweise Herr seiner Gliedmaßen war. Wir verloren keine Zeit, das Seil von Peters zu lösen. Es hatte durch den Gurt seiner Wollhosen und durch zwei Hemden hindurch eine tiefe Wunde geschnitten und war weiter in seine Leistengegend gedrungen, aus der das Blut in Strömen floß, als wir die Verschnürung lösten. Kaum hatten wir sie jedoch entfernt, redete er zu uns und schien sofort Erleichterung zu empfinden – wobei er sich mit weit größerer Leichtigkeit bewegen konnte als Parker oder ich –, dies war ohne Zweifel dem reichlichen Abfluß von Blut zu schulden.

Wir hatten nur wenig Hoffnung, daß Augustus sich erholen würde, da er keinerlei Lebenszeichen von sich gab, aber als wir zu ihm kamen, gewahrten wir, daß er lediglich ob des Blutverlusts in Ohnmacht gefallen war, da die Verbände, die wir um seinen verwundeten Arm gewickelt hatten, vom Wasser weggerissen worden waren; keines der Seile, die ihn am Spill hielten, war genügend straff gezogen, daß es seinen Tod hätte herbeiführen können. Nachdem wir ihn aus den Stricken befreit und von dem zerborstenen Holzstück des Spills gelöst hatten, versicherten wir ihn eines trockenen Platzes windwärts, wobei sein Kopf etwas tiefer lag als sein Körper, und beschäftigten uns nun alle drei damit, seine Gliedmaßen zu frottieren. In etwa einer halben Stunde kam er zu sich, gleichwohl dauerte es bis zum nächsten Morgen, ehe es Anzeichen gab, daß er jeden von uns erkannte oder genügend Kraft zum Reden hatte. Während wir uns dergestalt alle von unseren Haltestricken befreit hatten, war es gänzlich dunkel geworden, auch zogen Wolken auf, so daß wir wieder ärgste Befürchtungen hegten, ein steifer Wind werde losbrechen, in welchem Fall uns nichts vor dem Untergang würde retten können, erschöpft wie wir waren. Zum Glück wehte er während der Nacht jedoch sehr mäßig, und der Seegang nahm mit jeder Minute ab, was bei uns große Hoffnungen auf eine letztendliche Rettung auslöste. Noch blies eine sanfte Brise aus Nordwest, aber es war nicht allzu kalt. Augustus wurde sorgsam windwärts in einer Weise angebunden, die verhinderte, daß er beim Schlingern des Schiffes über Bord glitt, da er noch zu schwach war, sich überhaupt festzuhalten. Für uns bestand solche Notwendigkeit nicht. Wir saßen eng beieinander, hielten uns gegenseitig mit Hilfe der zerschnittenen Leinen, die wir um das Spill geschlungen hatten, und entwarfen Pläne, wie wir unserer beklagenswerten Situation entrinnen könnten. Viel Erleichterung bereitete es uns, die nasse Kleidung abzulegen und auszuwringen. Als wir sie danach wieder anlegten, fühlte sie sich erstaunlich warm und wohl an und war so recht geeignet, uns in nicht geringem Maße zu beleben. Wir halfen auch Augustus aus seinen Sachen und wrangen sie für ihn aus, worauf er dasselbe Behagen empfand.

Unsere hauptsächliche Not rührte jetzt vom Hunger und Durst her, und als wir Ausschau hielten, wie wir uns in dieser Hinsicht Linderung verschaffen könnten, verloren wir allen Mut und waren geneigt zu bedauern, den weniger schrecklichen Gefahren der See entronnen zu sein. Indes suchten wir in der Hoffnung Trost, sehr bald von einem anderen Schiff aufgefischt zu werden, und ermutigten einander, alles Unheil tapfer zu ertragen, das unser vielleicht noch harrte.

Schließlich dämmerte der Morgen des Vierzehnten, und das Wetter war weiterhin klar und angenehm mit einer steten, aber sehr leichten Brise aus NW. Die See war jetzt ganz glatt, und da die Brigg aus einem Grund, den wir nicht erschließen konnten, nicht mehr so sehr krängte, wie sie es zuvor getan hatte, war das Deck vergleichsweise trocken, und wir konnten uns besser bewegen. Drei volle Tage und Nächte hatten wir nun ohne Essen und Trinken ausharren müssen, und es wurde absolut notwendig, daß wir einen Versuch unternahmen, etwas von unten heraufzubefördern. Da die Brigg gänzlich voll Wasser gelaufen war, schritten wir recht verzagt zu Werke und mit nur wenig Hoffnung, irgend etwas beschaffen zu können. Wir stellten eine Art Schleppanker her, indem wir einige Nägel, die wir aus den Resten der Kajütsluke herausgebrochen hatten, in zwei Stücke Holz trieben, diese kreuzweise miteinander verbanden, eine Leine daran befestigten, das

Ganze in die Kajüte hinabwarfen und in der schwachen Hoffnung hin und her zogen, auf diese Weise vielleicht etwas herausangeln zu können, das uns als Nahrung dienen oder zumindest behilflich sein konnte, solche zu beschaffen. Wir verbrachten den größten Teil des Morgens mit diesen Bemühungen, ohne Ergebnis, denn wir fischten lediglich einige Bettücher heraus, die leicht an den Nägeln hängenblieben. In der Tat war unsere Erfindung so ungeeignet, daß ein größerer Erfolg kaum zu erwarten war.

Nun mühten wir uns auf dem Vorderdeck, indes gleichfalls vergeblich, und befanden uns am Rande der Verzweiflung, als Peters vorschlug, wir sollten eine Leine an seinem Körper befestigen und ihn versuchen lassen, etwas heraufzuholen, indem er in die Kajüte tauchte. Wir nahmen diesen Vorschlag mit all der Begeisterung auf, die neubelebte Hoffnung hervorrufen kann. Er schickte sich sofort an, seine Kleidung abzulegen bis auf die Hosen; sodann wurde ein festes Seil sorgsam um seine Taille geschlungen und auf eine Weise über seine Schulter gezogen, die ein Abrutschen verhinderte. Das Unternehmen war äußerst mühselig und gefährlich, denn da wir kaum erwarten konnten, in der Kajüte selbst viel Lebensmittel zu finden, wenn überhaupt welche, war es erforderlich, daß der Taucher sich nach dem Hinabsteigen nach rechts wandte und unter Wasser in einem schmalen Gang zum Proviantraum und zurück eine Entfernung von zehn oder zwölf Fuß zurücklegte, ohne einmal Luft zu holen.

Als alles bereit war, stieg Peters zunächst die Kajütsleiter hinunter, bis ihm das Wasser ans Kinn reichte. Sodann stürzte er sich kopfüber hinein, wobei er sich nach rechts wandte und versuchte, zum Proviantraum zu gelangen. Sein erster Versuch schlug jedoch völlig fehl. In weniger als einer halben Minute nach seinem Abstieg spürten wir, wie heftig an der Leine gezogen wurde (das war das vereinbarte Zeichen, daß er heraufgehievt werden wollte). Wir zogen ihn daraufhin sofort hoch, aber so unvorsichtig, daß er heftig gegen die Leiter stieß. Er hatte nichts mitbringen und überhaupt nur ein sehr kleines Stück Weges zurücklegen können infolge der ständigen Bemühungen, die er notwendigerweise machen mußte, um zu verhindern, daß er gegen das Deck trieb. Als er herauskam, war er sehr erschöpft und mußte volle fünfzehn Minuten ausruhen, ehe er einen weiteren Abstieg wagen konnte.

Der zweite Versuch nahm ein noch schlimmeres Ende; er blieb nämlich so lange unter Wasser, ohne das Signal zu geben, daß wir um seine Sicherheit fürchteten, ihn auch ohne dies herauszogen und fanden, daß er im Begriff war, den letzten Seufzer zu tun, nachdem er, wie er später sagte, mehrfach an der Leine gezogen hatte, ohne daß wir es gespürt hatten. Dies war wahrscheinlich darauf zurückzuführen, daß sich ein Stück davon im Geländer am Fuß der Treppe verfangen hatte. Dieses Geländer war in der Tat so sehr im Wege, daß wir beschlossen, es wenn möglich zu entfernen, ehe wir in unserem Vorhaben fortfuhren. Da wir jedoch kein anderes Mittel zu seiner Beseitigung hatten als unser aller Körperkraft, stiegen wir auf der Leiter, soweit wir konnten, ins Wasser, zogen mit vereinter Kraft daran und vermochten es auch abzureißen.

Der dritte Versuch war gleichermaßen erfolglos wie die zwei ersten, und nun wurde offenkundig, daß auf solche Weise nichts ausgerichtet werden konnte ohne Zuhilfenahme eines Gewichts, mit dem der Taucher sich gleichmäßig bewegen und während seiner Suche auf dem Boden der Kajüte halten konnte. Lange Zeit schauten wir vergeblich nach etwas, das diesem Zweck entsprechen könnte, aber schließlich entdeckten wir zu unserer großen Freude, daß eine der Fockrüsten so locker war, daß wir sie ohne die geringste Schwierigkeit abdrehen konnten. Nachdem wir sie fest an Peters' Fußknöchel befestigt hatten, unternahm er seinen vierten Abstieg in die Kajüte, und diesmal gelang es ihm auch, die Tür zum Proviantraum zu erreichen. Zu seinem unaussprechlichen Kummer fand er sie jedoch verschlossen und mußte umkehren, ohne den Raum betreten zu haben, da er selbst unter größten Anstrengungen nicht länger als höchstens eine Minute unter Wasser bleiben konnte. Unsere Lage sah nun in der Tat düster aus, und weder Augustus noch ich konnten umhin, in Tränen auszubrechen, wenn wir an die unzähligen Beschwernisse dachten, die uns umgaben, und die geringe Wahrscheinlichkeit, die bestand, daß wir uns letztendlich retten konnten. Aber diese Schwäche war nicht von langer Dauer. Wir sanken vor Gott auf die Knie und erflehten seine Hilfe bei den vielen Gefahren, die uns drohten; dann erhoben wir uns mit erneuerter Hoffnung und Stärke, um nachzusinnen, was durch irdische Mittel noch getan werden konnte, um unsere Rettung herbeizuführen.

Kapitel X

Kurz danach fand ein Ereignis statt, welches in meinen Augen viel eher geeignet war, Emotionen wachzurufen, und weit mehr Extreme zunächst übergroßer Freude und sodann des Schreckens in sich barg als auch nur einer der mehr als tausend Wechselfälle, die mir später in neun langen Jahren voller Geschehnisse von höchst beängstigendem und in vielen Fällen höchst unbegriffenem und unbegreifbarem Charakter zuteil wurden. Wir lagen nahe der Kajütstreppe an Deck und erörterten die Möglichkeiten, dennoch einen Weg zum Proviantraum zu finden, als mein Blick auf Augustus fiel, der vor mir lag, und ich gewahrte, daß er mit einemmal totenblaß geworden war und seine Lippen auf höchst eigentümliche und unbeschreibliche Weise zuckten. Äußerst beunruhigt redete ich ihn an, aber er gab keine Antwort, und schon war ich zu der Annahme geneigt, daß er plötzlich krank geworden sei, als ich seine Augen bemerkte, die gebannt anscheinend auf ein Ziel hinter mir gerichtet waren. Ich wandte den Kopf und werde niemals die ekstatische Freude vergessen, die jede Faser meines Wesens durchzuckte, als ich nicht mehr als ein paar Meilen entfernt eine große Brigg direkt auf uns zusteuern sah. Ich schnellte hoch wie von einer Musketenkugel ins Innerste getroffen, streckte meine Arme dem Schiff entgegen und blieb regungslos so stehen, unfähig, auch nur eine Silbe hervorzubringen. Peters und Parker waren gleichermaßen erregt, jedoch auf verschiedene Weise. Ersterer tanzte wie ein Wahnsinniger auf dem Deck herum und stieß die extravagantesten Rodomontaden aus, vermischt mit Geheul und Verwünschungen, während letzterer in Tränen ausbrach und einige Minuten lang wie ein Kind weinte.

Das gesichtete Schiff war ein großer, schwarzgestrichener Briggschoner holländischer Bauweise mit übertrieben goldglitzernder Gallionsfigur. Er hatte ganz offensichtlich ein gut Teil rauhen Wetters hinter sich und, wie wir vermuteten, sehr in dem Sturm gelitten, der auch für uns so unheilvoll gewesen war, denn seine Vormarsstange und auch ein Stück der Steuerbordreling waren verschwunden. Als wir ihn das erste Mal ausmachten, war er, wie ich bereits gesagt habe, etwa zwei Meilen entfernt in windwärtiger Richtung und hielt Kurs auf uns. Der Wind war sehr schwach, und was uns am meisten in Erstaunen versetzte, war, daß er außer Fockmast-, Hauptsegel und einem flatternden Klüver keine anderen Segel gesetzt hatte – natürlich kam er so nur langsam voran, und unsere Ungeduld steigerte sich fast zum Wahnsinn. Auch entging uns trotz aller Aufregung nicht die unbeholfene Art und Weise, in der er steuerte. Er gierte so heftig hin und her, daß wir es ein- oder zweimal für möglich hielten, von ihm gar nicht gesehen zu werden, oder uns einbildeten, daß er uns zwar gesehen, jedoch niemanden an Bord entdeckt hatte und nun im Begriff war, zu wenden und auf einen anderen Kurs zu gehen. Bei jeder dieser Gelegenheiten schrien und riefen wir, so laut wir nur konnten, worauf das fremde Schiff seine Absicht eine Zeitlang aufzugeben schien und abermals auf uns zusteuerte – dieses seltsame Verhalten wiederholte sich zwei- oder dreimal, so daß wir es uns schließlich nicht anders erklären konnten als durch die Hypothese, der Steuermann habe zu tief ins Glas geschaut.

An Deck war kein Mensch zu sehen, bis der Schoner sich uns auf etwa eine Viertelmeile genähert hatte. Da entdeckten wir drei Seeleute, die wir wegen ihrer Kleidung für Holländer hielten. Zwei davon lagen auf einigen alten Segeln nahe dem Vorderdeck, der dritte, der anscheinend mit großer Neugier nach uns Ausschau hielt, lehnte nahe dem Bugspriet über der Steuerbordbugseite. Er war ein großer, stämmiger Mann mit sehr dunkler Haut, und er schien uns durch sein Verhalten ermutigen zu wollen, Geduld aufzubringen, nickte uns auf fröhliche, jedoch ziemlich seltsame Weise zu, lächelte beständig und ließ eine Reihe blendendweißer Zähne erkennen. Als das Schiff näher kam, sahen wir die rote Flanellmütze von seinem Kopf ins Wasser fallen, aber er nahm wenig oder keine Notiz davon, sondern lächelte und gestikulierte weiter so seltsam. Ich schildere diese Dinge und Umstände sehr genau, und ich schildere sie, das muß man verstehen, exakt wie sie uns *erschienen*.

Der Briggschoner näherte sich langsam und nun gleichmäßiger als zuvor, und – ich kann von diesem Ereignis nicht ruhig sprechen – unsere Herzen schlugen wild, und wir äußerten alle unsere Empfindungen in Freudenrufen und Danksagungen für Gott ob dieser vollständigen, unerwarteten und glanzvollen Rettung, die greifbar nahe war. Ganz plötzlich und mit einemmal wehte von dem fremden Schiff (das jetzt dicht bei uns war) ein Geruch, ein Gestank über das Wasser herüber, für den es auf der Welt keinen Namen, keinen Begriff gibt – höllisch – höchst erstickend – unerträglich, unvorstellbar. Ich rang nach Atem, wandte mich meinen Gefährten zu und erkannte, daß sie weißer als Marmor waren. Indes hatten wir jetzt keine Zeit mehr, um eine Frage oder Vermutung zu äußern – der Briggschoner war nur noch fünfzig Fuß von uns entfernt und schien zu beabsichtigen, unter unsere Gillung zu steuern, so daß wir an Bord kommen konnten, ohne ein Boot auszusetzen. Wir stürzten nach achtern, als plötzlich eine weite Gierung ihn volle fünf oder sechs Strich vom Kurs abkommen ließ und wir, da er in einer Entfernung von etwa zwanzig Fuß unter unserem Heck vorbeifuhr, einen vollen Überblick über seine Decks hatten. Werde ich je das dreifache Entsetzen dieses Anblicks vergessen? Fünfundzwanzig oder dreißig menschliche

Körper, darunter mehrere Frauen, lagen zwischen Gillung und Kombüse im letzten und ekelerregendsten Zustand der Verwesung. Wir sahen ganz eindeutig keine lebende Seele auf diesem Unglücksschiff! Dennoch konnten wir uns nicht enthalten, die Toten um Hilfe anzurufen! Ja, in der Qual des Augenblicks flehten wir laut und lange, daß diese schweigenden und abstoßenden Erscheinungen bei uns bleiben, uns nicht unserem Schicksal überlassen sollten, so daß wir wie sie würden; daß sie uns aufnähmen in ihre angenehme Gesellschaft! Wir waren wie von Sinnen vor Grauen und Verzweiflung, vollkommen wahnsinnig in der qualvollen Erkenntnis, bitter enttäuscht worden zu sein.

Auf unseren ersten Entsetzensschrei tönte vom Bugspriet des fremden Schiffes so etwas wie eine Antwort und erinnerte derart an den Schrei einer menschlichen Stimme, daß das feinste Ohr hätte überrascht und getäuscht werden können. In diesem Moment brachte eine andere plötzliche Gierung das Vorderdeck für einen Augenblick in unser Gesichtsfeld, und wir erkannten sofort den Ursprung des Lauts. Noch immer lehnte die große, stämmige Gestalt an der Reling, und noch immer schaukelte der Kopf hin und her, allein, das Gesicht war jetzt abgewandt, so daß wir es nicht sehen konnten. Die Arme hingen mit nach außen gekehrten Handflächen über das Geländer. Die Knie ruhten auf einem soliden, straff gespannten Tau, das sich von der Hieling des Bugspriets bis zu einem Kranbalken streckte. Eine große Seemöwe saß auf dem Rücken des Mannes, wo das Hemd an einer Stelle zerrissen war und die bloße Haut hervortrat, hatte Schnabel und Krallen tief eingegraben und schlang gierig das abscheuliche Fleisch in sich hinein, und ihr weißes Federkleid war über und über mit Blut bespritzt. Da der Briggschoner sich weiter herumbewegte, wie um uns noch besser ins Blickfeld des Vogels zu rücken, zog dieser mit offensichtlicher Mühe seinen karmesinroten Kopf heraus, starrte uns einen Augenblick wie benommen an, erhob sich unwillig von dem Körper, an dem er sich gelabt hatte, flog direkt über unser Deck und hing eine Weile darüber, ein Stück geronnener, leberartiger Substanz im Schnabel. Der ekelhafte Bissen fiel schließlich mit dumpfem Klatsch zu Parkers Füßen. Mag Gott mir vergeben, doch jetzt ging mir zum ersten Mal ein Gedanke durch den Kopf, ein Gedanke, den ich nicht darlegen werde, und ließ mich einen Schritt zu dem blutigen Fleck hin tun. Ich blickte auf und begegnete den Augen von Augustus, die von einem so angespannten und begierigen Ausdruck erfüllt waren, daß ich augenblicklich zur Vernunft kam. Schnell sprang ich vor und stieß das entsetzliche Objekt mit einem tiefen Schauder in die See.

Der Körper, aus dem es stammte, ruhte nach wie vor auf dem Tau und war durch die Anstrengung des fleischfressenden Tieres leicht hin und her gerüttelt worden, und das war die Bewegung, die bei uns zunächst den Eindruck erweckt hatte, er lebe noch. Als die Möwe ihn von ihrem Gewicht befreit hatte, schwang er herum und fiel teilweise vornüber, so daß das Gesicht voll zu sehen war. Ganz gewiß kann kein anderes Schauspiel so entsetzliches Grauen einflößen! Die Augen und das ganze Fleisch um den Mund waren verschwunden, so daß die Zähne völlig entblößt waren. Dies war das Lächeln gewesen, welches uns zu hoffen ermuntert hatte! Dies war ... aber ich will aufhören. Wie bereits gesagt, steuerte der Briggschoner unter unserem Heck vorbei und dann langsam, aber stetig leewärts. Mit ihm und seiner grauenvollen Besatzung schwanden all unsere lebhaften Visionen der Rettung und Freude. Da er langsam vorbeiglitt, hätten wir möglicherweise Mittel finden können, an Bord zu gelangen, hätte nicht unsere plötzliche Enttäuschung und der entsetzliche Charakter der Entdeckung, die mit ihr einherging, jede tätige Wirkungsfähigkeit von Körper und Geist gänzlich aufgehoben. Wir hatten etwas gesehen und etwas gefühlt, aber wir konnten weder denken noch handeln, bis es leider zu spät war! Wie sehr unsere geistigen Fähigkeiten durch dieses Erlebnis geschwächt waren, läßt sich aus der Tatsache ermessen, daß, als das Schiff bereits wieder so weit entfernt war, daß wir nur mehr die Hälfte seines Rumpfes erkennen konnten, ernsthaft der Vorschlag erwogen wurde, ob wir nicht versuchen sollten, es schwimmmend einzuholen!

Vergebens habe ich mich seit dieser Zeit um einen Anhaltspunkt bemüht, die gräßliche Ungewißheit aufzuhellen, die das Schicksal des fremden Schiffes umgab. Seine Bauart und allgemeine Erscheinung hatten uns, wie vorhin bereits festgestellt, zu der Annahme geführt, daß es ein holländisches Handelsschiff sei, und die Kleidung der Besatzung bestärkte uns in dieser Meinung. Wir hätten sehr leicht nach dem Namen am Heck sehen und in der Tat auch andere Beobachtungen machen können, die uns behilflich gewesen wären, den Charakter des Schiffs zu ergründen. Die übergroße Aufregung des Augenblicks hatte uns jedoch für alle Dinge solcher Art blind gemacht. Aus der quittegelben Färbung der Leichen, die noch nicht völlig verwest waren, schlossen wir, daß die ganze Besatzung durch Gelbfieber oder eine andere ansteckende Krankheit derselben furchtbaren Gattung hingerafft wurde. War dies der Fall (und ich wüßte nicht, was man sich sonst vorstellen könnte), so muß der Tod, geht man von der Haltung der Körper aus, auf eine furchtbar plötzliche und überwältigende Weise über sie hereingebrochen sein, auf eine Weise, die sich völlig von derjenigen unterscheidet, welche selbst die tödlichsten Pestilenzen kennzeichnet, die die Menschheit je kennengelernt hat. Möglich ist in der Tat, daß ein zufällig in einige Schiffsvorräte gelangtes Gift das Unglück herbeigeführt haben könnte; oder daß der Verzehr irgendeiner unbekannten, giftigen Art von Fischen, anderen Seegetiers oder eines Seevogels dies hervorgerufen haben könnte – aber es ist äußerst nutzlos, Mutmaßungen anzustellen, wo alles in den Schleier eines höchst schrecklichen und unergründlichen Geheimnisses gehüllt ist und zweifellos immer bleiben wird.

Kapitel XI

Wir verbrachten den Rest des Tages in einem Zustand dumpfer Lethargie und starrten dem entschwindenden Schiff bis zur Dunkelheit nach, die es unserer Sicht entzog und uns in gewissem Maß wieder zur Vernunft brachte. Nun kehrte die Pein von Hunger und Durst zurück und verdrängte alle anderen Sorgen und Überlegungen. Indes konnte vor dem Morgen nichts getan werden, so sicherten wir uns so gut wie möglich und bemühten uns, etwas Ruhe zu finden. Dies gelang mir wider Erwarten schnell, und ich schlief, bis meine Gefährten, die nicht so glücklich gewesen waren, mich bei Tagesanbruch weckten, damit wir unsere Versuche erneuerten, Vorräte aus dem Schiffsraum heraufzubefördern. Völlige Windstille herrschte, die See war so glatt, wie ich sie nie gesehen habe – und das Wetter warm und angenehm. Der Briggschoner war außer Sicht. Wir begannen unsere Prozedur, indem wir mit einiger Mühe eine andere der Fockrüste lösten; wir befestigten beide an Peters' Füßen, worauf er abermals versuchte, die Tür zum Proviantraum zu erreichen, da er es für möglich hielt, sie mit Gewalt öffnen zu können, vorausgesetzt, er erreichte sie in genügend kurzer Zeit. Dies hoffte er auch zuwege zu bringen, da der Hulk jetzt ruhiger lag als zuvor.

Es glückte ihm sehr schnell, die Tür zu erreichen, wo er eine der Fockrüste von seinem Fuß löste und keine Anstrengung scheute, damit einen Weg zur Vorratskammer zu erzwingen, aber vergeblich, das Holzwerk des Raumes war weit solider, als wir vermutet hatten. Er war ziemlich erschöpft von dem langen Aufenthalt unter Wasser, und so war es absolut notwendig, daß jemand anders von uns seinen Platz einnahm. Sogleich meldete sich Parker zu diesem Unternehmen, allein, nach drei vergeblichen Versuchen wurde offenkundig, daß es ihm nicht einmal glückte, in die Nähe der Tür zu gelangen. Der Zustand von Augustus' verwundetem Arm machte es für ihn sinnlos, einen derartigen Versuch zu wagen, da er außerstande sein würde, den Raum aufzubrechen, selbst wenn er ihn erreichte; so lag es dementsprechend an mir, mich um unser aller Rettung zu bemühen.

Peters hatte eine der Fockrüste im Gang liegen lassen, und ich entdeckte bei meinem Abstieg, daß ich nicht gegenügend Gegengewicht hatte, um mich zuverlässig unten zu halten. Deshalb entschloß ich mich, bei meinen ersten Bemühungen nichts weiter zu versuchen, als die andere Fockrüste wiederzuerlangen. Als ich zu diesem Zweck den Fußboden des Ganges abtastete, spürte ich einen harten

Gegenstand, den ich unverzüglich packte, da ich keine Zeit hatte, zu ermitteln, was es war, vielmehr augenblicklich umkehren und an die Oberfläche gelangen mußte. Die Beute erwies sich als eine Flasche, und man wird sich unsere Freude vorstellen können, wenn ich sage, daß sie voll Portwein war. Wir dankten Gott für diese rechtzeitige und erfreuliche Hilfe, zogen mit meinem Federmesser sofort den Korken heraus, nahmen jeder einen mäßigen Schluck und spürten ein höchst unbeschreibliches Behagen durch die Wärme, die Kraft und den Geist, den er uns einflößte. Sodann korkten wir die Flasche wieder sorgsam zu und hängten sie mittels eines Sacktuchs so auf, daß sie nicht zerbrechen konnte.

Nach dieser glücklichen Entdeckung ruhte ich eine Weile, stieg sodann abermals hinunter, wurde nun der Fockrüste habhaft und tauchte sofort wieder damit auf. Ich befestigte sie nun an mir und ging das dritte Mal hinunter, wobei ich mich in vollem Maße überzeugen mußte, daß keine Anstrengung, welcherart auch immer, es mir in dieser Situation ermöglichen würde, die Tür des Proviantraums aufzubrechen. So kehrte ich voller Verzweiflung zurück.

Nun schien kein Anlaß für Hoffnung mehr zu bestehen, und ich konnte den Mienen meiner Gefährten ablesen, daß sie sich mit dem Gedanken zu sterben abgefunden hatten. Der Wein hatte sie offenkundig in eine Art Delirium versetzt, welches mitzuempfinden mir vielleicht erspart geblieben war durch das Tauchen, das ich nach dem ersten Trinken mehrmals unternommen hatte. Sie redeten unzusammenhängend und über Dinge, die mit unserer derzeitigen Lage nichts zu tun hatten. Peters befragte mich wiederholt über Nantucket. Ich entsinne mich, daß auch Augustus mehrmals mit ernster Miene an mich herantrat und bat, ich möchte ihm meinen Taschenkamm leihen, da sein Haar voller Fischschuppen sei und er sie gern ausgekämmt hätte, ehe er an Land ginge. Parker schien etwas weniger beeinflußt zu sein und drängte mich, aufs Geratewohl in die Kajüte zu tauchen und jedes Ding heraufzubringen, dessen ich habhaft werden könne. Damit war ich einverstanden, und beim ersten Versuch förderte ich, nachdem ich eine volle Minute unten geblieben war, einen kleinen Lederkoffer zutage, der Kapitän Barnard gehörte. Wir öffneten ihn sofort in der schwachen Hoffnung, daß er etwas zu essen oder zu trinken enthalten werde, fanden jedoch nichts außer einer Schachtel Rasiermesser und zwei Leinenhemden. Ich tauchte abermals hinunter und kehrte mit leeren Händen zurück. Als mein Kopf schon aus dem Wasser ragte, hörte ich ein Krachen an Deck, und kaum hinaufgelangt, sah ich, daß die Gefährten meine Abwesenheit in undankbarer Weise genutzt hatten, um den Rest des Weines zu trinken, und bei dem Bemühen, die Flasche wieder an Ort und Stelle zu bringen, ehe ich ihr Tun bemerkte, hatten sie sie fallen lassen. Ich machte ihnen Vorwürfe ob dieses herzlosen Verhaltens, worauf Augustus in Tränen ausbrach. Die anderen zwei wollten die Angelegenheit als einen Scherz behandelt wissen und lachten, aber ich hoffe, nie wieder ein Gelächter dieser Art miterleben zu müssen: ihre Gesichter waren ganz schrecklich verzerrt. Es war offensichtlich, daß das anregende Getränk eine sofortige und heftige Wirkung gezeitigt hatte, da ihre Mägen leer waren, und daß sie alle äußerst berauscht waren. Mit großer Mühe konnte ich sie bewegen, sich niederzulegen, worauf sie alsbald in tiefen Schlummer sanken, begleitet von lautem, schnarchendem Atmen.

Wie die Dinge lagen, fand ich mich nun allein auf der Brigg, und meine Überlegungen waren gewißlich von höchst schreckensvoller und düsterer Natur. Meinem Blick bot sich keine andere Perspektive als ein langsamer Tod durch Verhungern; bestenfalls würde uns der erste aufkommende Sturm den Garaus machen, denn in unserem gegenwärtigen erschöpften Zustand konnten wir nicht hoffen, einen weiteren zu überstehen.

Der nagende Hunger, den ich jetzt verspürte, war nahezu unerträglich, und ich fühlte mich imstande, alles mögliche zu tun, um ihn zu stillen. Mit meinem Messer schnitt ich einen kleinen Streifen aus dem Lederkoffer und versuchte, ihn zu essen, fand es indes völlig unmöglich, auch nur ein einziges Schnitzelchen zu schlucken, obwohl ich glaubte, meine Qual doch in gewissem Maße zu mildern, indem ich kleine Stücke kaute und dann ausspuckte. Gegen Abend erwachten meine Gefährten einer nach dem anderen in einem unbeschreiblichen Zustand der Schwäche und Angst, hervorgerufen von dem Wein, dessen anregende Wirkung nun verflogen war. Sie zitterten, wie von heftigem Schüttelfrost gepackt, und schrien in gotterbärmlicher Weise nach Wasser. Ihr Verhalten beeindruckte mich aufs lebhafteste, war mir indes gleichzeitig Anlaß, mich über den glücklichen Ablauf von Umständen zu freuen, die verhindert hatten, daß auch ich noch des Weines und in der Folge auch ihrer tiefen Trübsal und höchst qualvollen Empfindungen teilhaft geworden war. Allein, ihr Zustand flößte mir größtes Unbehagen und Unruhe ein, denn es war offensichtlich, daß sie mir, sofern nicht irgendeine günstige Veränderung eintrat, keine Hilfe sein konnten, für unsere gemeinsame Sicherheit Vorsorge zu treffen. Noch hatte ich den Gedanken nicht völlig aufgegeben, etwas von unten heraufholen zu können, indes konnte ich diesen Versuch unmöglich wiederaufnehmen, ehe einer von ihnen abermals genügend Herr seiner selbst war, um mich zu unterstützen, indem er das Tauende hielt, während ich nach unten ging. Parker schien etwas eher seiner Sinne mächtig zu sein als die anderen, so versuchte ich durch jedes in meiner Macht stehende Mittel, ihn auf die Beine zu bringen. In der Überzeugung, ein Sturz ins Seewasser könnte eine günstige Wirkung haben, brachte ich es zuwege, das Ende eines Taues um seinen Körper zu schlingen; dann führte ich ihn zur Kajütstreppe (währenddessen verhielt er sich völlig passiv), stieß ihn ins Wasser und zog ihn sofort wieder heraus. Ich hatte guten Grund, mich zur Durchführung dieses Experiments zu beglückwünschen; denn er wirkte wie neugeboren und wieder bei Kräften und fragte mich beim Herausklettern in sachlicher Weise, warum ich ihn so behandelt hätte. Als ich ihm meine Absicht erläutert hatte, erklärte er, er stehe in meiner Schuld, fühle sich durch das Eintauchen bedeutend wohler, und unterhielt sich danach mit mir vernünftig über unsere Situation. Wir beschlossen, mit Augustus und Peters auf gleiche Weise zu verfahren, was wir unverzüglich taten, wobei beide großen Nutzen aus dem Schock zogen. Die Idee des plötzlichen Untertauchens war mir in Erinnerung an eine medizinische Abhandlung über die heilsame Wirkung eines kalten Schauerbads in einem Fall gekommen, wo der Patient unter *mania a potu* litt.

In der Erkenntnis, daß ich meinen Gefährten das Tauende zu meiner Sicherheit nun wieder anvertrauen konnte, tauchte ich abermals drei- oder viermal in die Kajüte hinunter, obwohl es nun völlig dunkel geworden war und eine sanfte, aber lange Dünung aus Nordwest den Hulk hin und her bewegte. Im Verlauf dieser Versuche gelang es mir, zwei große Dolche, einen Dreigallonenkrug, leer, und eine Schlafdecke heraufzuholen, jedoch nichts, was uns hätte als Nahrung dienen können. Als ich diese Artikel heraufgefördert hatte, setzte ich meine Bemühungen fort, bis ich völlig erschöpft war, brachte aber nichts mehr an Deck. Während der Nacht betätigten sich Parker und Peters abwechselnd auf gleiche Weise, aber nichts kam ihnen zur Hand, so daß wir diesen Versuch nun voller Verzweiflung und in der Überzeugung aufgaben, unsere Kräfte vergebens zu vergeuden.

Den Rest der Nacht verbrachten wir in einem Zustand so heftiger geistiger und körperlicher Qualen, wie man sich nur vorstellen kann. Schließlich dämmerte der Morgen des Sechzehnten, und wir suchten, auf Rettung hoffend, begierig den Horizont ab, indes ohne Erfolg. Die See war noch ruhig, nur lief die lange Dünung aus Nord an wie bereits gestern. Dies war der sechste Tag, seit wir etwas gegessen und getrunken hatten, läßt man die Flasche Portwein unberücksichtigt, und es war klar, daß wir nur noch sehr kurze Zeit durchhalten würden, es sei denn, wir konnten etwas zu uns nehmen. Nie zuvor habe ich menschliche Wesen gesehen, die so äußerst abgemagert waren wie Peters und Augustus, und ich wünsche dergleichen auch nie wieder zu sehen. Wäre ich ihnen in ihrer gegenwärtigen Verfassung an Land begegnet, so wäre mir nie auch nur der leiseste Gedanke gekommen, sie bereits einmal gesehen zu haben. Ihre Gesichtszüge hatten sich völlig verändert, so daß ich nicht glauben mochte, daß sie wirklich dieselben Personen waren, in deren Gesellschaft ich mich schon einige Tage zuvor befunden hatte. Parker war zwar vollkommen abgemagert und so schwach, daß er seinen Kopf stets vornüber auf die Brust gesenkt hielt, indes nicht so elend wie die zwei anderen. Er litt mit großer Geduld, beklagte sich nicht und versuchte immer wieder, uns auf jede erdenkliche Weise Hoffnung einzuflößen. Was mich betrifft, so litt ich, obwohl mein Gesundheitszustand bei Antritt der Fahrt unbefriedigend und ich zu allen Zeiten von zarter Konstitution gewesen war, weniger als jeder andere von uns, da ich viel weniger abgenommen und meine Geisteskraft in überraschendem Maße behalten hatte, während die geistigen Fähigkeiten der anderen völlig zerrüttet waren und sie selbst in eine Art zweiter Kindheit zurückversetzt zu sein schienen, ganz allgemein höchst einfältig dreinblickten und idiotisch lächelten, während sie die absurdesten Gemeinplätze von sich gaben. In Intervallen schienen sie jedoch plötzlich wieder neue Kraft zu gewinnen, als wären sie sich mit einemmal ihres Zustands bewußt, so daß sie in einem momentanen Zustrom von Energie auf die Füße sprangen und kurze Zeit in durchaus vernünftiger Weise über ihre Perspektiven redeten, wenn auch von äußerster Verzweiflung erfüllt. Indes ist es möglich, daß meine Gefährten der gleichen Ansicht über ihre eigene Verfassung waren wie ich über die meine und daß ich mich unwissentlich derselben absonderlichen Verhaltensweise und Geistesschwäche schuldig gemacht habe wie sie – das ist eine Sache, die nicht genau ermittelt werden kann.

Gegen Mittag erklärte Parker, er sehe steuerbords Land, und ich konnte ihn nur mit größter Mühe daran hindern, sich in die See zu stürzen, um hinzuschwimmen. Peters und Augustus nahmen wenig Notiz von dem, was er sagte, und schienen in düstere Betrachtungen versunken. Als ich in die angegebene Richtung blickte, konnte ich nicht die kleinste Andeutung eines Küstenstreifens entdecken – in der Tat war mir nur zu bewußt, daß wir von jeder Küste viel zu weit weg waren, um Hoffnungen dieser Art zu nähren. Dennoch dauerte es lange, ehe ich Parker von seinem Irrtum überzeugen konnte. Er brach daraufhin in Tränen aus und weinte zwei oder drei Stunden lang wie ein Kind, laut schreiend und schluchzend, worauf er erschöpft einschlief.

Peters und Augustus machten nun einige erfolglose Anstrengungen, Stücke des Leders zu schlucken. Ich riet ihnen, sie zu kauen und auszuspucken, aber sie waren zu entkräftet, als daß sie meinem Rat hätten folgen können. Ich fuhr fort, in gewissen Zeitabständen Lederschnitzel zu kauen, und spürte dadurch einige Erleichterung; am meisten litt ich unter Wassermangel, und vom Genuß von Seewasser konnte mich nur die Erinnerung an die schrecklichen Folgen zurückhalten, die andere hatten auf sich nehmen müssen, welche in gleicher Lage gewesen waren wie wir.

Der Tag verging auf diese Weise, als ich plötzlich östlich auf unserer Steuerbordseite ein Segel entdeckte. Es schien ein großes Schiff zu sein und steuerte nahezu dwars zu uns in etwa zwölf oder fünfzehn Meilen Entfernung. Noch hatte keiner meiner Gefährten es entdeckt, und ich unterließ, es ihnen sogleich zu melden, damit wir in unserem Verlangen nach Rettung nicht wieder enttäuscht würden. Als es schließlich näher kam, sah ich deutlich, daß es direkt auf uns zusteuerte, mit seinen leichten Segeln voll im Wind. Nun konnte ich mich nicht länger zurückhalten und machte meine Leidensgenossen darauf aufmerksam. Sie sprangen sofort auf, ergingen sich abermals in den extravagantesten Demonstrationen der Freude, weinten und lachten auf eine idiotische Weise, stampften und sprangen an Deck herum, rissen an ihren Haaren und beteten und fluchten abwechselnd. Ich wurde von ihrer Verhaltensweise sowie von dem, was ich für eine sichere Aussicht auf Rettung hielt, so beeinflußt, daß ich mich nicht zurückhalten konnte, es ihnen bei ihren Verrücktheiten nachzutun und den Impulsen meiner Dankbarkeit und Ekstase nachzugeben, indem ich an Deck hin und her rollte, in die Hände klatschte, schrie und ähnliches tat, bis ich plötzlich zur Besinnung kam und abermals in äußerste menschliche Not und Verzweiflung gestürzt wurde durch die Entdekkung, daß das Schiff uns mit einemmal voll das Heck zukehrte und einen Kurs steuerte, der dem zuerst von mir ausgemachten nahezu entgegengesetzt war.

Es dauerte einige Zeit, ehe ich meine armen Gefährten zu der Überzeugung bringen konnte, daß diese bedrükkende Umkehrung unserer Perspektiven tatsächlich stattgefunden hatte. Sie reagierten auf all meine Versicherungen, indem sie mich mit großen Augen anblickten und durch eine Geste andeuteten, daß solch irrige Darstellung sie nicht täuschen könnte. Augustus' Verhalten berührte mich besonders tief. Trotz allem, was ich tat und sagte, um ihn vom Gegenteil zu überzeugen, bestand er auf seiner Meinung, daß sich das Schiff uns schnell nähere, und traf Vorbereitungen, an Bord desselben zu gehen. Als etwas Seegras an unserer Brigg vorbeitrieb, versicherte er, daß es das Boot des Schiffes sei, und war im Begriff, sich darauf zu stürzen, wobei er auf herzzerreißendste Weise heulte und schrie, als ich ihn mit Gewalt hinderte, in die See zu springen.

Nachdem wir uns in gewissem Maße beruhigt hatten, fuhren wir fort, das Schiff zu beobachten, bis es schließlich außer Sicht geriet, da das Wetter nun diesig wurde und eine leichte Brise aufkam. Kaum war es endgültig entschwunden, wandte sich Parker plötzlich mit einem Gesichtsausdruck an mich, der mich schaudern machte. Er legte eine Fassung an den Tag, wie ich sie bei ihm bislang nicht beobachtet hatte, und noch ehe er den Mund öffnete, sagte mir mein Herz, was er mir vorschlagen würde. Sein Anliegen war, in wenigen Worten ausgedrückt, daß einer von uns sterben solle, damit die anderen überleben könnten.

Kapitel XII

Schon seit einiger Zeit beschäftigte mich die Vorstellung, daß wir zu dieser letzten, äußersten, entsetzlichen Notwendigkeit gezwungen sein könnten, und ich hatte insgeheim den Entschluß gefaßt, eher den Tod in jeglicher Gestalt und unter jedweden Umständen zu ertragen, als zu solch einem Ausweg Zuflucht zu nehmen. Auch wurde dieser Entschluß in keiner Weise durch die gegenwärtige Intensität des Hungers, unter dem ich zu leiden hatte, ins Wanken gebracht. Weder Peters noch Augustus hatten diesen Vorschlag mit angehört. Deshalb nahm ich Parker beiseite, flehte Gott im stillen an, mir die Kraft zu verleihen, ihn von dem schrecklichen Vorhaben abzubringen, das er erwog, machte ihm geraume Zeit auf inständigste Weise ernste Vorstellungen, bat ihn im Namen von allem, was ihm heilig sei, und drängte ihn durch jedwede Beweisführung, die die außergewöhnliche Natur der Sache mir eingab, den Gedanken fallenzulassen und ihn auch keinem der anderen beiden gegenüber zu erwähnen.

Er hörte sich alles an, was ich sagte, ohne zu versuchen,

irgendeines meiner Argumente zu widerlegen, und schon hegte ich Hoffnung, daß er bewegt werden könne, in meinem Sinne zu verfahren. Aber als ich geendet hatte, erklärte er, er wisse sehr gut, daß alles, was ich sagte, richtig sei und daß zu solch einer Sache Zuflucht zu nehmen die grauenvollste Alternative sei, die einem Menschen je in den Sinn kommen könne; indes habe er es jetzt so lange ausgehalten, wie die menschliche Natur es nur ertragen könne; es sei unnötig, daß alle umkämen, wenn es durch den Tod eines einzelnen möglich, ja, sogar wahrscheinlich sei, daß die übrigen letztendlich gerettet werden könnten. Er fügte noch hinzu, ich solle mir die Mühe sparen, weiterhin zu versuchen, ihn von seinem Vorhaben abzubringen, er sei in dieser Angelegenheit bereits vor Aufkreuzen des Schiffes fest entschlossen gewesen, und nur dessen Erscheinen habe ihn gehindert, seine Absicht zu einem früheren Zeitpunkt verlauten zu lassen.

Nun flehte ich ihn an, sein Vorhaben, wenn er schon nicht bewogen werden könne, es ganz aufzugeben, zumindest einen Tag aufzuschieben, denn vielleicht käme doch noch ein Schiff zu unserer Rettung; abermals nahm ich zu jedem Argument Zuflucht, das ich mir ausdenken konnte und von dem ich glaubte, es müsse einigen Einfluß auf jemanden von so barbarischer Sinnesart wie ihn haben. Er erwiderte, er habe bis zum letztmöglichen Zeitpunkt geschwiegen, könne ohne die Aufnahme von Nahrung irgendwelcher Art jedoch nicht länger existieren, demzufolge würde sein Vorschlag an einem anderen Tag zu spät kommen, zumindest was ihn selbst beträfe.

In der Erkenntnis, daß er durch nichts, was ich in sanftem Ton sagte, bewegt werden konnte, nahm ich nun eine andere Haltung an und erklärte ihm, er müsse sich vergegenwärtigen, daß ich weniger als jeder andere von uns unter den Schicksalsschlägen gelitten hätte; daß meine Gesundheit und Kraft folglich zum gegenwärtigen Zeitpunkt weit besser wären als seine oder die von Peters oder Augustus; kurzum, daß ich in der Lage sei, meine Vorstellungen mit Gewalt durchzusetzen, falls ich es für nötig hielte, und daß, sollte er versuchen, die anderen in irgendeiner Weise mit diesen blutigen und kannibalischen Absichten bekannt zu machen, ich nicht zögern würde, ihn in die See zu schleudern. Daraufhin packte er mich sofort bei der Kehle, zog ein Messer und versuchte mehrere Male erfolglos, mich in den Magen zu stechen, ein abscheuliches Vorhaben, an dessen Durchführung ihn lediglich seine außerordentliche Schwäche hinderte. Inzwischen hatte ich ihn, nun selbst in hohem Maße von Zorn erfüllt, an die Schiffsseite gedrückt mit der vollen Absicht, ihn über Bord zu werfen. Er entging diesem Schicksal jedoch durch das Dazwischentreten von Peters, der heransprang, uns trennte und nach der Ursache der Störung fragte. Diese teilte Parker ihm mit, bevor ich Mittel finden konnte, ihn in irgendeiner Weise daran zu hindern.

Die Wirkung seiner Worte war noch grauenvoller, als ich vermutet hatte. Sowohl Augustus als auch Peters, die anscheinend lange schon insgeheim den gleichen entsetzlichen Gedanken gehegt hatten, welchen Parker lediglich als erster laut geäußert hatte, schlossen sich seiner Ansicht an und bestanden darauf, das Vorhaben sofort in die Tat umzusetzen. Ich hatte damit gerechnet, daß zumindest einer der beiden erstgenannten noch über genügend Charakterstärke verfügen würde, um auf meine Seite zu treten und sich jedem Versuch zu widersetzen, eine derart grauenvolle Tat zu vollbringen; und ich hegte nicht den geringsten Zweifel, daß es mir gelingen würde, mit Unterstützung von einem der beiden die Ausführung verhindern zu können. Nun sah ich mich in dieser Erwartung getäuscht, und es wurde höchste Zeit, daß ich um meine eigene Sicherheit besorgt war, da jeder weitere Widerstand meinerseits von den Männern angesichts der schrecklichen Verfassung, in der sie sich befanden, möglicherweise als ausreichender Vorwand angesehen werden konnte, mir bei dieser Tragödie, die, wie ich wußte, sehr bald in Szene gesetzt würde, ein *fair play* zu verweigern.

Ich sagte ihnen nun, ich sei bereit, mich ihrem Vorschlag zu unterwerfen, verlange aber einen Aufschub von etwa einer Stunde, damit der Nebel, der uns eingehüllt hatte, Zeit genug hätte aufzusteigen, in welchem Falle das Schiff, das wir gesehen hatten, vielleicht wieder in Sicht komme. Unter vielen Mühen rang ich ihnen das Versprechen ab, so lange zu warten, und wie ich vermutet hatte, lichtete sich der Nebel (da sehr bald Wind aufkam) schnell, noch ehe eine Stunde verstrichen war, aber kein Schiff war in Sicht, so bereiteten wir uns vor, das Los zu ziehen.

Äußerst widerstrebend nur verweile ich bei der grauenvollen Szene, die jetzt folgte, einer Szene, deren kleinste Einzelheiten von keinem der nachfolgenden Ereignisse im geringsten Maße aus meinem Gedächtnis getilgt wurden und deren düstere Erinnerung jeden Augenblick meines künftigen Lebens mit Bitterkeit erfüllen wird. Man lasse mich diesen Teil meines Berichts in so großer Eile hinter mich bringen, wie der Charakter der zu schildernden Ereignisse gestatten wird. Die einzige Methode, die uns zur Durchführung des schauerlichen Glücksspiels denkbar erschien, bei dem jeder eine Chance haben sollte, war,

Hölzchen zu ziehen. Kleine Holzsplitter wurden zu diesem Zweck zurechtgeschnitten, und ich sollte mit allgemeiner Zustimmung derjenige sein, der sie hielt. Ich zog mich an das eine Ende des Hulks zurück, während meine unglückseligen Gefährten sich schweigend am anderen Ende postierten, den Rücken mir zugekehrt. Während des Aneinanderreihens der Hölzchen bemächtigte sich meiner die bitterste Qual, die ich zu irgendeinem Zeitpunkt dieses schreckensvollen Dramas ertragen mußte. Es gibt wenig Situationen, die den Menschen möglicherweise veranlassen können, sein tiefes Interesse am Erhalt des eigenen Lebens aufzugeben, ein Interesse, das um so größer ist, je dünner der Faden ist, an dem dieses Leben vielleicht hängt. Jetzt aber, da die lautlose, unabänderliche und düstere Natur des Geschäfts, welchem ich zu obliegen hatte (und das so verschieden war von den ungestümen Gefahren des Sturmes oder der allmählich nahenden Furcht vor dem Hungertod), mir erlaubte, über die wenigen Chancen nachzusinnen, die mir blieben, der entsetzlichsten Todesart zu entrinnen – einem Tod für den entsetzlichsten aller Zwecke –, verflog jedes Quentchen der Energie, die mich so lange aufrecht gehalten hatte, wie Federn vor dem Wind und machte mich zum hilflosen Opfer der verworfensten und erbärmlichsten Angst. Zuerst konnte ich nicht einmal genügend Kraft aufbringen, die kleinen Holzsplitter zu zerbrechen und aneinanderzureihen, da die Finger mir einfach den Dienst verweigerten und meine Knie heftig gegeneinanderschlugen. In Windeseile gingen mir tausend absurde Pläne durch den Kopf, mit deren Hilfe ich vermeiden wollte, Teilnehmer dieses entsetzlichen Glücksspiels zu werden. Ich erwog, vor meinen Gefährten auf die Knie zu sinken und sie anzuflehen, mir diese Notwendigkeit zu ersparen; plötzlich über sie herzufallen, einen von ihnen zu töten und die Entscheidung durch das Los dergestalt entbehrlich zu machen – kurzum, ich bedachte alles andere, als die Sache hinter mich zu bringen, die mir übertragen worden war. Nachdem ich geraume Zeit in so einfältiger Weise verschwendet hatte, brachte mich Parkers Stimme schließlich wieder zur Besinnung, der mich drängte, sie alsbald von der schrecklichen Ungewißheit zu befreien, die sie jetzt ertrügen. Selbst da konnte ich es nicht über mich bringen, die Hölzchen auf der Stelle zu ordnen, sondern ließ mir alle möglichen Finten durch den Kopf gehen, um irgendeinen meiner Leidensgenossen zu veranlassen, den kurzen Splitter zu ziehen, da vereinbart worden war, daß derjenige sterben müsse, der aus meiner Hand das kürzeste Hölzchen zog, damit die anderen überlebten. Ehe irgend jemand mich wegen dieser offenkundigen Hartherzigkeit verdammt, möge er sich in eine Situation versetzen lassen, die der meinen von damals genau gleicht.

Schließlich durfte ich nicht länger zögern, und während mir schier das Herz in der Brust zersprang, ging ich zu der Stelle des Vorderdecks, wo meine Gefährten auf mich warteten. Ich hielt die Hand mit den Splittern hin, und Peters zog sofort. Er war frei – zumindest war *sein* Hölzchen nicht das kürzeste, und so hatte ich nun eine Chance weniger, mit dem Leben davonzukommen. Ich nahm alle Kraft zusammen und hielt Augustus die Hölzchen hin. Er zog auch sofort und war gleichfalls frei, und jetzt standen die Chancen nur noch eins zu eins, ob ich am Leben bleiben oder sterben sollte. In diesem Moment überwältigte mich die ganze Grausamkeit des Tigers, und ich empfand für meinen armen Mitmenschen Parker nur glühendsten, teuflischsten Haß. Aber dieses Gefühl dauerte nicht an, und schließlich hielt ich ihm mit einem krampfartigen Schauder und geschlossenen Augen die zwei verbliebenen Hölzchen hin. Es dauerte volle fünf Minuten, ehe er sich durchringen konnte zu ziehen, und während dieser Zeitspanne herzzerreißender Ungewißheit hielt ich die Augen fest geschlossen. Alsbald wurde eines der Hölzchen schnell aus meiner Hand gezogen. Damit war die Entscheidung gefallen, dennoch wußte ich nicht, ob für oder gegen mich. Niemand sagte etwas, und noch wagte ich nicht, mir durch einen Blick auf das Hölzchen, das ich hielt, Gewißheit zu verschaffen. Peters nahm mich schließlich bei der Hand und zwang mich, aufzublicken, worauf ich von Parkers Miene sofort ablesen konnte, daß ich sicher und er es war, den das Schicksal zum Sterben auserkoren hatte. Nach Atem ringend, fiel ich bewußtlos auf das Deck.

Ich erholte mich rechtzeitig aus meiner Ohnmacht, um die Vollendung der Tragödie in Gestalt des Todes desjenigen zu verfolgen, dem am meisten daran gelegen gewesen war, sie herbeizuführen. Er leistete keinerlei Widerstand und wurde von Peters in den Rücken gestochen, worauf er augenblicklich tot umfiel. Ich brauche mich nicht mit der Schilderung des grauenvollen Mahles aufzuhalten, das unmittelbar folgte. Dergleichen Dinge kann man sich vorstellen, dem Wort indes mangelt die Kraft, den Geist durch das ausgesuchte Grauen ihrer Realität zu beeindrucken. Es mag genügen zu sagen, daß wir, nachdem der entsetzliche Durst, den wir alle verspürten, durch das Blut des Opfers einigermaßen gestillt war und Hände, Füße und Kopf im allgemeinen Einverständnis abgetrennt und samt den Eingeweiden in die See geworden worfen waren, den Rest des Körpers während der folgenden vier, mir für immer in Erinnerung bleibenden Tage des Siebzehnten, Achtzehnten, Neunzehnten und Zwanzigsten des Monats stückweise verzehrten.

Am Neunzehnten fiel ein heftiger Regenguß, der fünfzehn oder zwanzig Minuten dauerte, und es gelang uns, in dem Laken, das wir gleich nach dem Sturm mittels unseres Dreggankers aus der Kajüte gefischt hatten, etwas Wasser aufzufangen. Die so gewonnene Menge ergab höchstens eine halbe Gallone, aber selbst dieser karge Vorrat flößte uns gewisse Kraft und Zuversicht ein.

Am Einundzwanzigsten litten wir abermals äußerste Not. Das Wetter war warm und angenehm geblieben, mit gelegentlichen Nebeln und leichten Brisen meist aus Nord bis West.

Als wir am Zweiundzwanzigsten eng aneinandergerückt beisammensaßen und niedergeschlagen über unsere beklagenswerte Lage nachsannen, durchzuckte mich mit einemmal ein Gedanke, der sofort einen hellen Hoffnungsstrahl aufleuchten ließ. Ich erinnerte mich, daß Peters beim Kappen des Fockmastes, in den windwärtigen Ketten hängend, mir eine der Äxte in die Hand gab und mich hieß, sie wenn möglich an sicherem Ort zu verwahren, und daß ich wenige Minuten, ehe die letzte schwere See die Brigg traf und mit Wasser füllte, diese Axt ins Vorderdeck getragen und in eine der Steuerbordkojen gelegt hatte. Nun hielt ich es für möglich, sie uns zu beschaffen, damit das Deck über dem Proviantraum aufzuhacken und uns so leicht mit Vorräten auszustatten.

Als ich dieses Vorhaben meinen Gefährten mitteilte, brachen sie in einen verhaltenen Freudenruf aus, und wir begaben uns alle zum Vorderdeck. Hier hinabzusteigen war schwieriger, als in die Kajüte vorzudringen, da die Öffnung viel kleiner war, denn man wird sich erinnern, daß das ganze Holzwerk um die Kajütsluke weggerissen wurde, wohingegen der Vorderdecksniedergang, eine einfache Luke von nur etwa drei Fuß im Quadrat, unversehrt geblieben war. Dennoch zögerte ich nicht, den Abstieg zu wagen; wie zuvor wurde ein Seil um meinen Körper geschlungen, sodann sprang ich kühn mit den Füßen zuerst hinein, gelangte schnell zur Koje und förderte die Axt gleich beim ersten Versuch zutage. Sie wurde mit höchst ekstatischer Freude und mit Triumph begrüßt, und wir nahmen die Leichtigkeit, mit der wir ihrer habhaft werden konnten, als Vorzeichen unserer letztendlichen Rettung.

Nun begannen wir, mit aller Energie wiederbelebter Hoffnung das Deck aufzuhacken, wobei Peters und ich abwechselnd die Axt schwangen, denn Augustus' Armverwundung ließ es nicht zu, daß er in irgendeiner Weise half. Da wir noch so schwach waren, daß wir kaum ohne Stütze aufrecht zu stehen vermochten, und folglich nur eine oder zwei Minuten ohne Verschnaufpause arbeiten konnten, wurde bald offensichtlich, daß viele lange Stunden vonnöten sein würden, unsere Aufgabe zu erfüllen – das heißt, eine genügend große Öffnung in das Deck zu hacken, die uns freien Zugang zum Proviantraum ermöglichte. Gleichwohl entmutigte uns diese Überlegung nicht, und da wir beim Mondschein die ganze Nacht hindurch arbeiteten, hatten wir am Morgen des Dreiundzwanzigsten bei Tagesanbruch unser Ziel glücklich erreicht.

Peters erbot sich nun, hinunterzugehen und nachdem wir alle Vorkehrungen wie ehedem getroffen hatten, stieg er hinab und kehrte zu unserer großen Freude alsbald mit einem kleinen Krug voll Oliven zurück. Als wir diese unter uns aufgeteilt und mit größter Gier verschlungen hatten, machten wir uns daran, ihn abermals hinunterzulassen. Diesmal war ihm ein Erfolg beschieden, der unsere kühnsten Erwartungen übertraf, denn er kehrte augenblicklich mit einem großen Schinken und einer Flasche Madeirawein zurück. Von letzterem nahmen wir jeder einen mäßigen Schluck, da die Erfahrung uns die schädlichen Folgen eines zu großzügigen Genusses gelehrt hatte. Der Schinken war bis auf etwa zwei Pfund um den Knochen nicht genießbar, da das Salzwasser den Rest völlig verdorben hatte. Wir teilten das eßbare Stück unter uns dreien auf. Peters und Augustus konnten ihren Hunger nicht zügeln und schlangen ihren Anteil mit einemmal hinunter, aber ich war vorsichtiger und aß nur eine kleine Portion, denn ich fürchtete den Durst, der folgen würde. Wir ruhten uns nun eine Weile von den Anstrengungen aus, die unerträglich schwer gewesen waren.

Als wir uns gegen Mittag einigermaßen gestärkt und erholt fühlten, erneuerten wir unsere Versuche, Lebensmittel zutage zu fördern. Bis zum Sonnenuntergang tauchten Peters und ich immer wieder abwechselnd mit mehr oder weniger Erfolg hinunter. Während dieser Zeitspanne glückte es uns, weitere vier kleine Krüge mit Oliven, noch einen Schinken, eine große Korbflasche mit fast drei Gallonen ausgezeichnetem Madeirawein und, was bei uns noch viel größere Freude auslöste, eine kleine Galapagos-Schildkröte heraufzubringen, deren Kapitän Barnard mehrere vom Schoner ›Mary Pitts‹ an Bord genommen hatte, der gerade von einer Robbenfangfahrt in den Pazifik zurückkehrte, als die ›Grampus‹ in See stechen wollte.

Im folgenden Teil dieses Berichts werde ich noch öfters

Gelegenheit haben, diese Gattung Schildkröten zu er wähnen. Wie die meisten meiner Leser vielleicht wissen, wird sie vorwiegend auf der ›die Galapagos‹ genannten Inselgruppe gefunden, woher in der Tat auch der Name des Tieres rührt – ›Galapago‹ bedeutet auf spanisch ›Frischwasserschildkröte‹. Wegen der Eigentümlichkeit ihrer Gestalt und Fortbewegungsweise werden sie auch manchmal als Elefantenschildkröten bezeichnet. Häufig weisen sie eine beträchtliche Größe auf. Ich habe selbst mehrere gesehen, die zwölf- bis fünfzehnhundert Pfund wiegen würden, obwohl ich mich nicht entsinnen kann, daß irgendein Seefahrer je davon gesprochen hätte, welche gesehen zu haben, die mehr als achthundert Pfund wogen. Ihre Erscheinung ist eigenartig und sogar abstoßend. Sie bewegt sich sehr langsam, gemessen und schwerfällig, wobei der Körper etwa einen Fuß vom Boden gehoben wird. Der Hals ist lang und ausnehmend schlank und mißt nicht selten achtzehn Zoll bis zu zwei Fuß; ich habe eine getötet, wo die Entfernung von der Schulter zur Spitze des Kopfes wenigstens drei Fuß zehn Zoll betrug. Der Kopf erinnert in erstaunlicher Weise an den einer Schlange. Sie kann eine nahezu unglaublich lange Zeit ohne Nahrung auskommen; mir sind Fälle bekannt, wo sie in den Laderaum eines Schiffes geworfen wurden, dort zwei Jahre ohne irgendwelches Futter lagen – und nach Ablauf dieser Zeit ebenso fett und in jeder Hinsicht so gut erhalten waren, als wären sie soeben erst hineingelegt worden. Diese außergewöhnlichen Tiere teilen ein ganz charakteristisches Merkmal mit dem Dromedar oder Wüstenkamel. In einem Beutel am unteren Ende des Halses tragen sie ständig einen Wasservorrat mit sich. In einigen Fällen hat man beim Töten der Tiere in diesen Beuteln drei Gallonen völlig frischen Süßwassers gefunden, nachdem sie ein volles Jahr jeder Nahrung hatten entraten müssen. Sie ernähren sich hauptsächlich von wilder Petersilie und Sellerie, Seetang und Feigenkakteen, von welch letzteren sie trefflich gedeihen und die in großen Mengen gewöhnlich an den Hängen nahe der Küste gefunden werden, wo das Tier selbst anzutreffen ist. Sie stellen eine ausgezeichnete und höchst nahrhafte Speise dar und sind zweifelsohne ein Mittel gewesen, das Leben Tausender von Seeleuten zu erhalten, die im Pazifik Walfang oder andere Jagd betrieben.

Diejenige, die wir so glücklich aus dem Proviantraum ans Tageslicht befördern konnten, war nicht sehr groß und wog wahrscheinlich fünfundsechzig oder siebzig Pfund. Es war ein Weibchen und in ausgezeichneter Verfassung, dazu außerordentlich fett, und hatte über ein Quart klaren Süßwassers in seinem Beutel. Dies war in der Tat eine Kostbarkeit, und wir sanken einmütig auf die Knie und dankten Gott inständig für eine so zur rechten Zeit gebotene Hilfe.

Es bereitete uns große Mühe, das Tier durch die Öffnung nach oben zu bringen, da es sich heftig wehrte und über erstaunliche Kraft verfügte. Schon war es drauf und dran, Peters' Griff zu entschlüpfen und zurück ins Wasser zu gleiten, als Augustus ihm einen Strick mit einem Schleifknoten um den Hals warf und es auf diese Weise oben hielt, bis ich neben Peters in das Loch sprang und ihm half, es herauszuheben.

Wir sammelten das Wasser aus dem Beutel sorgsam in einem Krug, den wir, wie man sich erinnern wird, zuvor aus der Kajüte heraufgeholt hatten. Als dies getan war, brachen wir einer Flasche den Hals so ab, daß er verkorkt eine Art Glas ergab, welches nicht ganz eine Achtelpinte faßte. Sodann tranken wir jeder ein solches Glas voll Wasser und beschlossen, uns pro Tag mit dieser Menge zu begnügen, solange es reichen würde.

Während der letzten zwei oder drei Tage war das Wetter trocken und angenehm gewesen; das Bettzeug, das wir uns aus der Kajüte heraufbefördert hatten, sowie unsere eigenen Kleidungsstücke waren völlig getrocknet, so daß wir diese Nacht (die des Dreiundzwanzigsten) in relativer Behaglichkeit verbrachten und uns einer ungestörten Ruhe erfreuten, nachdem wir uns zur Genüge an Oliven und Schinken gelabt und jedem eine kleine Portion Wein zugeteilt hatten. Aus Furcht, einige unserer Vorräte könnten während der Nacht bei aufkommendem stärkerem Wind über Bord gehen, sicherten wir sie so gut wie möglich mit einer Leine an den Bruchstücken des Ankerspills. Die Schildkröte, die wir unbedingt so lange wie möglich am Leben erhalten wollten, warfen wir auf den Rücken und befestigen sie auf andere Weise sorgsam.

Kapitel XIII

24. Juli. – Dieser Morgen sah uns wundersam gewappnet an Geist und Körperstärke. Ungeachtet der gefährlichen Situation, in der wir uns noch befanden, und ohne unsere Position zu kennen, obwohl gewißlich in großer Entfernung vom Land, mit Lebensmitteln, die uns selbst bei großer Sparsamkeit höchstens vierzehn Tage ausreichen würden, fast völlig ohne Wasser und auf dem kümmerlichsten Wrack der Welt der Gnade jedes Windes und jeder Woge ausgeliefert, veranlaßten uns die noch unendlich schrecklicheren Entbehrungen und Gefahren, aus denen wir kürzlich erst und so vorsorglich errettet worden waren, all das, was wir jetzt ertrugen, als kaum mehr denn ein gewöhnliches Übel zu betrachten – so außerordentlich relativ ist das Gute oder Böse.

Bei Sonnenaufgang rüsteten wir uns gerade zu erneuten Versuchen, etwas aus dem Proviantraum heraufzuschaffen, als ein heftiger Schauer, von Blitzen begleitet, niederging, so daß wir all unser Augenmerk jetzt darauf richteten, mit Hilfe des Lakens, das wir vordem schon zu diesem Zweck benutzt hatten, Wasser aufzufangen. Wir besaßen kein anderes Mittel, Regenwasser zu sammeln, als daß wir das Laken mit einer der Fockrüstplatten in der Mitte ausgebreitet hielten. Das so in die Mitte gelenkte Wasser sickerte dann in unseren Krug. Wir hatten ihn auf diese Weise nahezu gefüllt, als eine schwere Sturmbö von Nordwesten heranzog und uns zwang, davon abzulassen, da der Hulk abermals so heftig zu schlingern begann, daß wir uns nicht länger auf den Beinen halten konnten. Nun gingen wir nach vorn, banden uns wie zuvor am Rest der Ankerwinde fest und sahen den Ereignissen mit weit mehr Ruhe entgegen, als man unter den Umständen hätte vermuten oder sich vorstellen können. Gegen Mittag hatte der Wind zu einer Zweireffbrise und gegen Abend zu einer steifen Kühle aufgefrischt, begleitet von einer erschreckend schweren Dünung. Allein, die Erfahrung hatte uns die beste Methode zur Anbringung unserer Haltestricke gelehrt, so daß wir diese trostlose Nacht in erträglicher Sicherheit hinter uns brachten, obwohl wir fast jeden Augenblick von den Wellen völlig durchnäßt wurden und in ständiger Furcht lebten, weggespült zu werden. Glücklicherweise herrschte so warmes Wetter, daß wir das Wasser eher als angenehm empfanden.

25. Juli. – Heute morgen ebbte der Sturm zu einer mäßigen Zehn-Knoten-Brise ab, und die See beruhigte sich gleichfalls in beträchtlichem Maße, so daß wir in der Lage waren, uns an Deck trockenzuhalten. Zu unserem großen Schmerz entdeckten wir jedoch, daß zwei Krüge mit Oliven sowie der ganze Schinken trotz der Sorgfalt, mit der wir sie befestigt hatten, über Bord gespült worden waren. Wir beschlossen, die Schildkröte noch nicht zu töten, gaben uns für den Augenblick mit einem Frühstück zufrieden, das aus einigen Oliven und einem Maß Wasser für jeden bestand, letzteres zur Hälfte vermischt mit Wein, und empfanden große Labsal und Stärkung von dieser Mischung, ohne den qualvollen Rausch, der dem Genuß des Portweins gefolgt war. Die See war noch viel zu rauh, als daß wir unsere Bemühungen hätten wiederaufnehmen können, aus dem Vorratsraum Proviant zu holen. Einige Gegenstände, die für uns in unserer gegenwärtigen Situation bedeutungslos waren, trieben während des Tages durch die Öffnung und wurden unverzüglich über Bord gespült. Wir bemerkten auch, daß der Hulk jetzt mehr krängte als je zuvor, so daß wir keinen Augenblick ungesichert stehen konnten. In dieser Hinsicht verbrachten wir einen verdrießlichen und unbehaglichen Tag. Zu Mittag schien die Sonne fast senkrecht über uns zu stehen, und wir zweifelten nicht, daß wir durch die lange Folge von Nord- und Nordwestwinden in die Nähe des Äquators getrieben worden waren. Gegen Abend sichteten wir mehrere Haie und wurden durch die dreiste Art und Weise, in der sich uns ein ungeheuer großer näherte, etwas beunruhigt. Einmal drückte ein plötzliches Schlingern das Deck sehr tief unter Wasser, so daß das Ungeheuer tatsächlich auf uns zuschwamm, einige Augenblicke kurz über der

Kajütluke verharrte und Peters heftig mit dem Schwanz schlug. Eine schwere Woge schleuderte es jedoch zu unserer großen Erleichterung über Bord. Bei mäßigem Wetter hätten wir den Hai sehr leicht fangen können.

26. Juli. – Diesen Morgen ließ der Wind stark nach, und da die See nicht sehr rauh war, beschlossen wir, unsere Bemühungen im Proviantraum wiederaufzunehmen. Nachdem wir uns den ganzen Tag lang außerordentlich gemüht hatten, kamen wir zu der Erkenntnis, daß aus diesem Teil des Schiffes nichts weiter zu erwarten war, da die Wände des Raumes während der Nacht zerschlagen worden waren und sein Inhalt in den Schiffsraum gespült worden war. Diese Entdeckung erfüllte uns mit Verzweiflung, wie man sich denken kann.

27. Juli. – Die See ist nahezu glatt bei leichtem Wind, noch immer von Nord und West. Am Nachmittag kam die Sonne heraus und brannte heiß; wir beschäftigten uns damit, unsere Kleidung zu trocknen, und entdeckten, daß das Baden in der See unseren Durst spürbar linderte und viel anderweitige Erquickung bereitete, indes mußten wir dabei große Vorsicht walten lassen, da wir uns vor den Haien in acht zu nehmen hatten, von denen wir einige während des Tages hatten um die Brigg schwimmen sehen.

28. Juli. – Noch immer schönes Wetter. Die Brigg begann nun, sich so beunruhigend auf die Seite zu legen, daß wir fürchteten, sie werde letztendlich kentern. So gut es ging, bereiteten wir uns auf diesen Fall vor, zurrten die Schildkröte, den Wasserkrug und die zwei verbliebenen Krüge mit Oliven soweit wie möglich windwärts fest und hängten alles unter den Hauptketten außenbords auf. Die See war den ganzen Tag sehr glatt bei wenig oder gar keinem Wind.

29. Juli. – Fortdauer desselben Wetters. Augustus' Armverwundung zeigte allmählich Symptome des Wundbrands. Er klagte über Müdigkeit und starken Durst, nicht jedoch über akuten Schmerz. Zu seiner Erleichterung konnten wir nichts weiter tun, als die Wunden mit ein wenig Essig aus den Olivenkrügen einzureiben; irgendwelchen Nutzen schien dies nicht zu bringen. Wir taten, was in unseren Kräften stand, um ihm Linderung zu verschaffen, und verdreifachten seine Wasserration.

30. Juli. – Ein ausnehmend heißer Tag ohne Wind. Ein gewaltiger Hai hielt sich den ganzen Vormittag in der Nähe des Hulks auf. Wir unternahmen mehrere erfolglose Versuche, ihn mittels einer Schlinge zu fangen. Augustus fühlte sich viel schlechter, ganz offensichtlich ging es mit ihm zu Ende, sowohl wegen Mangel an richtiger Nahrung als auch durch die Auswirkungen seiner Wunden. Ständig flehte er, von seinen Leiden erlöst zu werden, er wünschte sich nichts sehnlicher als den Tod. Heute abend aßen wir die letzten Oliven, befanden das Wasser in unserem Krug jedoch für so faulig, daß wir es ohne einen Zusatz von Wein nicht schlucken konnten. Beschlossen, am Morgen die Schildkröte zu töten.

31. Juli. – Nach einer Nacht außerordentlicher Ängste und Anspannung infolge der Lage des Hulks machten wir uns daran, die Schildkröte zu töten und zu zerteilen. Sie war viel kleiner, als wir erwartet hatten – das Fleisch mochte insgesamt nicht mehr als zehn Pfund wiegen –, gleichwohl in gutem Zustand. Mit dem Ziel, einen Teil davon so lange wie möglich aufzuheben, schnitten wir es in kleine Stücke, füllten damit die drei verbliebenen Ölkruken und die Weinflasche (die alle aufgehoben worden waren) und gossen den Essig von den Oliven darauf. Auf diese Weise verwahrten wir etwa drei Pfund des Schildkrötenfleisches und waren fest entschlossen, sie nicht anzurühren, ehe wir nicht alles andere verzehrt hatten. Wir kamen überein, uns mit etwa vier Unzen Fleisch pro Tag zu begnügen; auf diese Weise würden wir mit allem dreizehn Tage auskommen. Bei Einbruch der Dämmerung brach ein kräftiger Schauer über uns herein mit schwerem Donner und Blitz, aber er dauerte so kurz, daß wir lediglich eine halbe Pinte Wasser auffangen konnten. Im allgemeinen Einverständnis wurde die ganze Menge Augustus überlassen, dessen Ende näherzurücken schien. Er trank das Wasser gleich aus dem Laken, während wir es auffingen (wir hielten es über ihn, so daß er es sich im Liegen in den Mund rinnen lassen konnte), denn wir hatten jetzt nichts mehr, worin wir es aufbewahren konnten, es sei denn, wir hätten es für ratsam befunden, den Rest Wein in der Korbflasche oder das abgestandene Wasser im Krug wegzugießen. Zu einem dieser Mittel hätten wir Zuflucht nehmen müssen, hätte der Schauer angehalten.

Dem Leidenden schien das Wasser nur wenig Labsal zu bringen. Sein Arm war vom Handgelenk bis zur Schulter völlig schwarz, und seine Füße waren wie Eis. Wir rechneten jeden Augenblick damit, daß er seinen letzten Seufzer tun würde. Er war entsetzlich abgemagert, in solch einem Maße, daß er jetzt *allerhöchstens vierzig oder fünfzig Pfund* wog, obwohl sein Gewicht beim Verlassen von Nantucket etwa einhundertundsiebenundzwanzig Pfund betragen hatte. Die Augen waren tief eingesunken und kaum noch zu erkennen, und seine Wangen hingen so schlaff, daß er jede Nahrung nur mit großer Mühe kauen und auch Flüssigkeiten nur schwer schlucken konnte.

1. August. – Fortdauer desselben ruhigen Wetters, bei

drückend heißer Sonne. Litten ungemein unter Durst, das Wasser im Krug war völlig verfault und wimmelte von Ungeziefer. Dessenungeachtet brachten wir es zuwege, etwas davon zu trinken, da wir wieder Wein beimischten; unser Durst wurde jedoch nur zum Teil gestillt. Mehr Erleichterung brachte uns ein Bad in der See, aber wir konnten uns dieses Mittels nur in langen Zeitabständen bedienen wegen der ständigen Anwesenheit der Haie. Uns allen war klar, daß Augustus nicht gerettet werden konnte; daß er ganz offensichtlich im Sterben lag. Auch konnten wir nichts tun, sein Leiden zu mindern, das sehr groß zu sein schien. Gegen zwölf Uhr verschied er unter krampfhaften Zuckungen und nachdem er nun schon mehrere Tage nicht gesprochen hatte. Sein Tod weckte bei uns die düstersten Vorahnungen und hatte eine so große Wirkung auf unsere Gemütsverfassung, daß wir den ganzen Tag regungslos neben dem Toten sitzen blieben und miteinander nur im Flüsterton redeten. Erst geraume Zeit nach Einbruch der Dunkelheit faßten wir Mut, aufzustehen und den Leichnam über Bord zu werfen. Er befand sich zu dem Zeitpunkt bereits in einem unaussprechlich abstoßenden Zustand und war so stark verwest, daß ein Bein sich löste, als Peters versuchte, es hochzuheben. Als die Masse faulen Fleisches über die Seite des Schiffes ins Wasser glitt, enthüllte der phosphoreszierende Schein, welcher sie umgab, unseren Blicken deutlich sieben oder acht große Haie, deren schreckliche Zähne, als sie die Beute unter sich in Stücke rissen, so laut aufeinanderkrachten, daß es gewiß auf vielleicht eine Seemeile zu hören war. Wir fuhren entsetzt zusammen ob dieses äußerst grauenvollen Geräuschs.

2. August. – Noch immer dieses schrecklich ruhige und

heiße Wetter. Die Morgendämmerung fand uns in einem Zustand jämmerlicher Verzagtheit und physischer Erschöpfung vor. Das Wasser im Krug war nun absolut ungenießbar und stellte nur noch eine dicke, gallertartige Masse dar – ekelhaft aussehende Maden wimmelten in Schleim. Wir entfernten sie, wuschen den Krug gut mit Seewasser aus und gossen sodann aus den Flaschen mit dem eingelegten Schildkrötenfleisch ein wenig Essig hinein. Unser Durst war kaum noch zu ertragen, und wir versuchten vergeblich, ihn durch Wein zu lindern, was anscheinend nur Öl ins Feuer goß und uns in einen hochgradigen Rauschzustand versetzte. Danach versuchten wir, unser Leiden zu mildern, indem wir Wein mit Seewasser mischten, aber dies führte augenblicks zu ganz heftigem Erbrechen, so daß wir es nie wieder taten. Während des ganzen Tages suchten wir begierig nach einer Gelegenheit zum Baden, indes vergebens; der Hulk wurde nun ständig ringsum von Haien belagert – zweifellos den gleichen Ungeheuern, die abends zuvor unseren armen Gefährten verschlungen hatten und nun jeden Augenblick ein weiteres derartiges Mahl erwarteten. Dieser Umstand löste bei uns bitterste Reue aus und erfüllte uns mit höchst bedrückenden und düsteren Vorahnungen. Das Baden hatte uns unbeschreibliche Erquickung gebracht, und daß uns diese Möglichkeit in so gräßlicher Weise verwehrt wurde, war mehr, als wir ertragen konnten. Auch befanden wir uns in der Tat ständig in drohender Gefahr, denn das geringste Ausgleiten oder eine falsche Bewegung hätte uns sofort in Reichweite dieser gefräßigen Meerestiere gebracht, die häufig direkt auf uns zustürmten und leewärts heranschwammen. Schreie oder andere Bemühungen unsererseits schienen sie überhaupt nicht zu beunruhigen.

Selbst als Peters einen der größten mit der Axt traf und schwer verwundete, ließ er in seinen Versuchen nicht ab, dorthin vorzustoßen, wo wir uns befanden. In der Abenddämmerung zog eine Wolke auf, segelte zu unserem heftigsten Bedauern jedoch vorüber, ohne uns Regen zu spenden. Es ist völlig unmöglich, sich vorzustellen, welch quälenden Durst wir zu diesem Zeitpunkt empfanden. Wir verbrachten eine schlaflose Nacht, sowohl aus diesem Grund als auch aus Angst vor den Haien.

3. August. – Keine Aussicht auf Rettung, und die Brigg krängte immer mehr, so daß wir nun überhaupt nicht mehr an Deck stehen konnten. Wir beschäftigten uns damit, den Wein und das Schildkrötenfleisch zu sichern, auf daß wir es nicht verlören, falls wir kentern sollten. Zwei lange, solide Nägel wurden aus den Fockrüsten gebrochen und mittels der Axt auf windwärtiger Seite einige Fuß über der Wasserlinie eingeschlagen. Die Stelle war nicht sehr weit vom Kiel entfernt, da wir fast auf der Seite lagen. An diesen Nägeln befestigten wir nun unsere Vorräte, wodurch sie sicherer waren als an dem früheren Ort unter den Ketten. Den ganzen Tag litten wir entsetzlich unter Durst – auch bestand keine Möglichkeit zu baden wegen der Haie, die uns keinen Moment verließen. Ich fand auch keine Möglichkeit zu schlafen.

4. August. – Kurz vor Tagesanbruch spürten wir, daß der Hulk sich noch weiter auf die Seite legte, und erhoben uns, um durch die Bewegung nicht abgeworfen zu werden. Zuerst wälzte er sich langsam und allmählich herum, so daß wir sehr gut windwärts hinüberklettern konnten, zumal wir so vorsorglich gewesen waren, an den Nägeln, die wir für unsere Lebensmittel eingeschlagen hatten, Leinen hängen zu lassen. Indes hatten wir die Beschleunigung des

Herumschwingens nicht genügend einkalkuliert, denn mit einemmal wurde das Krängen zu heftig, als daß wir damit hätten Schritt halten können, und ehe einer von uns richtig wußte, was vor sich ging, wurden wir mit großer Macht in die See geschleudert und kämpften einige Faden unter der Oberfläche um unser Leben, den riesigen Rumpf unmittelbar über uns.

Beim Eintauchen ins Wasser hatte ich die Leine fahrenlassen müssen. Als ich mich nun völlig unter dem Schiff wiederfand und meine Kraft nahezu versiegt war, rang ich kaum mehr um mein Leben, sondern fand mich damit ab, in einigen Sekunden zu sterben. Auch hierin wurde ich wieder getäuscht, da ich den natürlichen Rückschwung des Rumpfes in windwärtiger Richtung nicht in Betracht gezogen hatte. Der nach oben strebende Wasserwirbel, den das Schiff verursacht hatte, als es teilweise zurückrollte, trug mich noch ungestümer zur Oberfläche, als ich herabgestoßen worden war. Beim Auftauchen fand ich mich etwa zwanzig Yards von dem Hulk entfernt, soweit ich dies abschätzen konnte. Er trieb jetzt kieloben und schaukelte wütend von einer Seite zur anderen, und die See ringsum war aufgewühlt und voll heftiger Wirbel. Ich konnte keine Spur von Peters entdecken. Ein Ölfaß trieb etwa einige Fuß von mir entfernt, und verschiedene andere Gegenstände der Brigg waren überall auf dem Wasser verstreut.

Die größte Angst hatte ich jetzt vor den Haien, die ich in meiner Nähe wußte. Um sie, wenn möglich, davor abzuschrecken, sich mir zu nähern, patschte ich mit beiden Händen und Füßen kräftig im Wasser, während ich zu dem Hulk schwamm, und schuf so eine Hülle von Gischt. Ich zweifele nicht, daß ich diesem Verfahren, so einfach es war, mein Überleben verdanke; denn kurz vor dem Kentern der Brigg hatte die See um das Wrack von diesen Ungeheuern gewimmelt, so daß ich, während ich hinschwamm, mit einigen von ihnen tatsächlich in Berührung gekommen sein muß und auch wirklich war. Mit großem Glück erreichte ich jedoch wohlbehalten die Flanke des Schiffes, obwohl durch die gewaltige Anstrengung, die ich unternommen hatte, dermaßen geschwächt, daß ich niemals hätte emporklimmen können, hätte Peters, der zu meiner großen Freude jetzt zum Vorschein kam (er war auf der gegenüberliegenden Seite des Wracks zum Kiel hochgeklettert), mir nicht rechtzeitig geholfen und das Ende einer Leine zugeworfen – einer derjenigen, die an den langen Nägeln befestigt waren.

Nachdem wir der Gefahr dergestalt mit knapper Not entronnen waren, galt unsere Aufmerksamkeit nun einer weiteren schrecklichen Bedrohung – der des unausweichlichen Verhungerns. Unser ganzer Vorrat an Nahrungsmitteln war trotz aller Sorgfalt, mit der wir ihn gesichert hatten, über Bord gegangen, und da wir fürderhin nicht die entfernteste Möglichkeit mehr sahen, welche zu beschaffen, gaben wir uns beide der Verzweiflung hin und weinten laut wie Kinder, und keiner von uns versuchte, dem anderen Trost zu spenden. Solche Schwäche ist schwerlich vorstellbar und mag denjenigen, die sich nie in einer ähnlich gearteten Situation befunden haben, gewiß unnatürlich erscheinen; allein man muß bedenken, daß unsere Geisteskräfte durch die lange Zeit der Entbehrung und des Schreckens, der wir ausgesetzt gewesen, so gänzlich in Verwirrung waren, daß wir zu jenem Zeitpunkt gerechtermaßen nicht als vernunftbegabte Wesen anzusehen waren. In den folgenden Fährnissen, die fast ebensogroß, wenn nicht noch größer waren, wappnete ich mich mit Festigkeit gegen alles Unheil, das mich umgab, und man wird sehen, daß Peters eine stoische Philosophie an den Tag legte, die fast ebenso unglaublich erscheinen mag wie seine gegenwärtige kindische Hilflosigkeit und Geistesschwäche – unsere innere Einstellung hatte sich gewandelt.

Das Kentern der Brigg hatte unsere Lage in Wirklichkeit selbst angesichts des damit verbundenen Verlusts des Weins und Schildkrötenfleischs nicht beklagenswerter gemacht als zuvor, abgesehen vom Verschwinden der Betttücher, mit deren Hilfe wir bislang in der Lage gewesen waren, Regenwasser aufzufangen, und des Kruges, in dem wir es nach dem Sammeln aufbewahrt hatten; wir fanden nämlich, daß der ganze Schiffsboden ab zwei oder drei Fuß von den Bugsprietkeilen an, so weit der Kiel reichte und diesen eingeschlossen, *dick mit großen Entenmuscheln besetzt war, die sich als ausgezeichnete und äußerst nahrhafte Speise erwiesen.* So hatte sich das Ereignis, das wir so sehr fürchteten, in zwei wichtigen Aspekten eher als nützlich denn als schädlich erwiesen; es hatte uns einen Vorrat an Nahrung erschlossen, den wir bei mäßiger Nutzung selbst in einem Monat nicht hätten aufbrauchen können; und es trug in bezug auf unsere Situation sehr zu unserer Ermutigung bei, denn wir fühlten uns jetzt viel ruhiger und waren nun einer unendlich geringeren Gefahr ausgesetzt.

Die Schwierigkeit, Wasser zu erhalten, machte uns indes blind für alle Vorteile, die sich aus der veränderten Lage ergaben. Um gerüstet zu sein, jeden Schauer, der niedergehen mochte, soweit als möglich für uns zu nutzen, zogen wir unsere Hemden aus, damit wir sie auf gleiche Weise verwendeten, wie wir es mit den Laken getan hatten

– wobei wir natürlich nicht hoffen konnten, dergestalt selbst unter günstigsten Umständen mehr als eine Viertelpinte auf einmal zu gewinnen. Während des Tages waren keine Anzeichen einer Wolke zu entdecken, und die Martern des Durstes waren nahezu unerträglich. In der Nacht fand Peters für etwa eine Stunde unruhigen Schlaf, mich aber hinderten die heftigen Qualen, die Augen auch nur für einen einzigen Moment zu schließen.

5. August. – Heute kam eine sanfte Brise auf und trug uns durch ein gewaltiges Feld von Seegras, in dem es uns glückte, elf kleine Krabben zu finden, die uns mehrere köstliche Mahlzeiten lieferten. Ihre Schalen waren ganz weich, so daß wir sie gleich mitaßen und entdeckten, daß sie unseren Durst weit weniger erregten als die Entenmuscheln. Da in dem Seegras keine Spur von Haien zu sehen war, wagten wir auch zu baden und blieben vier oder fünf Stunden im Wasser, während welcher Zeit wir eine spürbare Linderung unseres Durstes empfanden. Wir erfrischten uns sehr und verbrachten die Nacht etwas angenehmer als zuvor, wobei wir beide ein wenig Schlaf fanden.

6. August. – An diesem Tag wurden wir durch einen frischen und beständigen Regen beglückt, der von der Tagesmitte bis zum Einbruch der Dunkelheit währte. Nun bedauerten wir sehr den Verlust unseres Kruges und der Korbflasche, denn trotz der geringen Mittel, die uns zum Auffangen von Wasser zur Verfügung standen, hätten wir eines dieser Gefäße, wenn nicht gar beide, füllen können. Wie die Dinge lagen, verstanden wir es, den quälenden Durst dadurch zu stillen, daß wir die Hemden sich vollsaugen ließen und sie dann so auswrangen, daß die köstliche Flüssigkeit uns in den Mund rann. Damit waren wir den ganzen Tag beschäftigt.

7. August. – Genau bei Tagesanbruch machten wir beide im gleichen Augenblick ostwärts ein Segel aus, das sich uns ganz offensichtlich näherte! Wir begrüßten diesen herrlichen Anblick mit einem langen, jedoch schwachen Ausruf der Begeisterung und begannen augenblicklich, mit allen Mitteln, die in unserer Macht standen, Signale zu geben. Wir schwangen die Hemden in der Luft, sprangen so hoch, wie unser schwächlicher Zustand es erlaubte, und riefen sogar mit aller Kraft unserer Lungen, obwohl das Schiff noch mindestens fünfzehn Meilen entfernt war. Es näherte sich indes weiter unserem Hulk, und wir spürten, daß es letztendlich so nahe herankommen würde, um uns auszumachen, vorausgesetzt, es behielt seinen gegenwärtigen Kurs bei. Etwa eine Stunde, nachdem wir es zuerst gesichtet hatten, konnten wir deutlich die Leute auf den Decks sehen. Es war ein langer, niedriger und verwegen aussehender Marsschoner mit einem schwarzen Ball im Vormarssegel und offensichtlich vollständiger Besatzung. Nun wurden wir unruhig, da wir uns kaum vorstellen konnten, daß sie uns nicht sahen, und befürchteten, sie beabsichtigten, uns dem sicheren Untergang preiszugeben, dem wir bereits entgegengingen – ein Akt ungeheuerlicher Barbarei, der indes, wie unglaublich es auch erscheinen mag, auf See und unter Umständen, die den unsrigen sehr ähnelten, wiederholt vorgekommen ist und von Wesen verübt wurde, die allgemein als der Gattung Mensch zugehörig angesehen wurden.* In unserem Fall

* Der Fall der Brigg ›Polly‹ aus Boston ist einer, der hierfür zutrifft, und ihr Schicksal ähnelt dem unsrigen in so bemerkenswerter Weise, daß ich nicht umhin kann, es hier zu schildern. Dieses Schiff mit einer Ladefähigkeit von einhundertunddreißig Tonnen segelte am zwölften Dezember 1811 unter dem Komman-

indes war uns durch göttliche Gnade vorbestimmt, aufs glücklichste getäuscht zu werden, denn alsbald bemerkten wir plötzlich Bewegung an Deck des fremden Schiffes, das unmittelbar danach die britische Flagge hißte, den Kurs änderte und direkt auf uns zuhielt. Eine halbe Stunde

do von Kapitän Casneau mit einer Ladung Bauholz und Lebensmitteln von Boston nach Santa Cruz. Außer dem Kapitän waren acht Seelen an Bord – der Maat, vier Seeleute, der Koch und ein Mr. Hunt nebst einem ihm gehörenden Negermädchen. Nachdem es die Sandbank von Georges passiert hatte, schlug es am Fünfzehnten in einem Südoststurm leck und kenterte schließlich, richtete sich indes danach wieder auf, da die Masten über Bord gegangen waren. In dieser Lage, ohne Feuer und mit sehr wenig Verpflegung, mußten sie *einhundertundeinundneunzig Tage lang* (vom 15. Dezember bis zum 20. Juni) ausharren, wonach Kapitän Casneau und Samuel Badger, die einzigen Überlebenden, von der ›Fame‹ aus Hull unter Kapitän Featherstone, auf Heimatkurs von Rio de Janeiro befindlich, von dem Wrack aufgelesen wurden. Dies geschah auf einer Position von 28° nördlicher Breite und 13° westlicher Länge, *nachdem sie über zweitausend Meilen getrieben waren.* Am neunten Juli traf die ›Fame‹ auf die Brigg ›Dromero‹ unter Kapitän Perkins, der die zwei Leidensgefährten in Kennebeck an Land setzte. Der Bericht, dem wir diese Einzelheiten entnehmen, endet mit folgenden Worten:

›Es ist natürlich, zu fragen, wie sie eine so große Strecke im meistbefahrenen Teil des Atlantik treiben konnten und dennoch die ganze Zeit nicht entdeckt wurden. *Über ein Dutzend Segel zogen an ihnen vorbei, eines davon kam ihnen so nahe, daß sie an Deck und in der Takelage deutlich die nach ihnen Ausschau haltenden Leute sehen konnten; zur unaussprechlichen Enttäuschung der hungernden und frierenden Menschen erstickten diese jedoch die Mahnung des Mitleids, hißten Segel und überließen sie grausam ihrem Schicksal.*‹

später befanden wir uns in seiner Kajüte. Es war, so stellte sich heraus, die ›Jane Guy‹ aus Liverpool unter Kapitän Guy mit Kurs in die Südsee und den Pazifik zu einer Robbenfang- und Handelsfahrt.

Kapitel XIV

Die ›Jane Guy‹ war ein gut aussehender Marsschoner mit einer Ladefähigkeit von hundertundachtzig Tonnen. Sie besaß einen ungewöhnlich scharfen Bug und war bei Wind und mäßigem Wetter der schnellste Segler, den ich je gesehen habe. Für ein robustes Seefahrzeug fehlten ihr jedoch einige Eigenschaften, und ihr Tiefgang war viel zu groß für das Gewerbe, dem sie zugedacht war. Zu diesem ganz besonderen Dienst ist ein größeres Schiff mit leichtem, angemessenem Tiefgang wünschenswert, sagen wir, ein Schiff von dreihundert bis dreihundertundfünfzig Tonnen. Es sollte wie eine Barke getakelt und ihre Konstruktion sich auch in anderer Hinsicht von der gewöhnlicher Südseeschiffe unterscheiden. Eine gute Bewaffnung ist absolut notwendig. Es sollte, sagen wir, zehn oder zwölf Zwölfpfund-Karronaden und zwei oder drei lange Zwölfer besitzen, ferner Hakenbüchsen aus Messing und wasserdichte Waffenkästen für jeden Mastkorb. Seine Anker und Kabel sollten von weit größerer Stärke sein, als für jede andere Art von Gewerbe erforderlich ist; vor allem aber sollte die Mannschaft zahlreich und tüchtig sein und bei so einem Schiff, wie ich beschrieben habe, aus mindestens fünfzig oder sechzig gesunden Männern bestehen. Die ›Jane Guy‹ hatte eine Besatzung von fünfunddreißig Mann, alles fähige Seeleute, den Kapitän und den Maat nicht mitgerechnet, gleichwohl war sie keineswegs so wohlbewaffnet oder anderweitig gerüstet, wie ein Seefahrer, der mit den Schwierigkeiten und Gefahren des Gewerbes vertraut ist, sich hätte wünschen können.

Kapitän Guy war ein Gentleman von ungemein höflichen Umgangsformen und beträchtlicher Erfahrung im südlichen Seeverkehr, dem er einen großen Teil seines Lebens gewidmet hatte. Allein ihm fehlte die Energie und foglich jener Unternehmungsgeist, der hierbei so absolut notwendig ist. Als Mitbesitzer des Schiffes, welches er segelte, war er mit unumschränkten Vollmachten ausgestattet, in der Südsee zu kreuzen und jede Fracht zu übernehmen, die sich ihm günstig anbot. Wie üblich bei solchen Fahrten, hatte er Perlen an Bord, Spiegel, Feuerzeuge, Äxte, Handbeile, Sägen, Krummäxte, Hobel, Meißel, Hohlmeißel, Bohrer, Feilen, Speichenhobel, Reibeisen, Hämmer, Nägel, Messer, Scheren, Rasiermesser, Nadeln, Faden, Töpferwaren, Kattun, Flitterwerk und andere ähnliche Artikel.

Der Schoner war am zehnten Juli von Liverpool aus in See gestochen, hatte den Wendekreis des Krebses am fünfundzwanzigsten auf einer Länge von zwanzig Grad West überquert und am neunundzwanzigsten Sal, eine der Kapverdischen Inseln, erreicht, wo er Salz und andere für die Fahrt notwendigen Dinge übernahm. Am dritten August hatte er die Kapverdischen Inseln verlassen und Südwestkurs auf die brasilianische Küste genommen, um den Äquator zwischen den Meridianen von 28° und 30° westlicher Länge zu kreuzen. Dieser Kurs wird gewöhnlich von Schiffen gefahren, die, aus Europa kommend, zum Kap der Guten Hoffnung oder auf dieser Route nach Ostindien wollen. Sie vermeiden dadurch die Kalmen und die starken Gegenströmungen, die häufig an der Küste von Guinea herrschen, wobei sich dies letztendlich als kürzeste Strecke erweist, da in der Folge stets Westwinde wehen, mit deren Hilfe sie das Kap erreichen. Kapitän Guy gedachte, seinen ersten Aufenthalt auf den Kerguelen zu machen – ich weiß kaum aus welchem Grund. An dem Tag, als wir von dem Schoner aufgelesen wurden, befand er sich auf der Höhe von Kap St. Roque bei einunddreißig Grad westlicher Länge, so daß wir, als man uns fand, wahrscheinlich nicht weniger als fünfundzwanzig Grad von Norden nach Süden getrieben waren!

An Bord der ›Jane Guy‹ ließ man uns alle Rücksichtnahme zuteil werden, die unsere beklagenswerte Lage erforderte. In etwa vierzehn Tagen, die wir bei sanften Winden und schönem Wetter weiter südostwärts steuerten, erholten wir beide, Peters und ich, uns vollkommen von den Auswirkungen der soeben überstandenen Entbehrungen und furchtbaren Leiden, und wir begannen, an die vergangenen Ereignisse eher wie an einen grauenvollen Traum zurückzudenken, aus dem man uns glücklicherweise geweckt hatte, denn an Ereignisse, die in der nüchternen und nackten Realität stattgefunden hatten. Seither bin ich zu der Erkenntnis gelangt, daß diese Art partiellen Vergessens meist durch einen plötzlichen Umschwung herbeigeführt wird, sei es von Freude zum Leid oder vom Leid zur Freude, wobei das Ausmaß der Vergeßlichkeit dem des Unterschieds der Veränderung proportional entspricht. So halte ich es in meinem Fall jetzt für unmöglich, das volle Maß des Elends zu erkennen, das ich während der Tage auf dem Hulk ertragen mußte. Man erinnert sich der Ereignisse, nicht jedoch der Empfindungen, welche die Ereignisse zum Zeitpunkt ihres Eintretens hervorriefen. Ich weiß nur, daß ich *damals*, als sie eintraten, überzeugt war, die menschliche Natur könne keine größere Todesangst ertragen.

Wir setzten unsere Fahrt einige Wochen lang fort, ohne daß irgendwelche Ereignisse größerer Bedeutung stattfanden als gelegentliche Begegnungen mit Walfangschiffen und häufiger noch mit dem Schwarzen oder Richtigen Wal, so genannt im Gegensatz zum Pottwal. Wale wurden indes hauptsächlich südlich des fünfundzwanzigsten Breitengrads angetroffen. Am sechzehnten September geriet der Schoner in der Nähe des Kaps der Guten Hoffnung in seinen ersten einigermaßen heftigen Sturm, seit er Liverpool verlassen hatte. In dieser Gegend, häufiger jedoch noch südlich und östlich des Vorgebirges (wir befanden uns westlich), haben Seefahrer oft gegen Stürme aus Nord anzukämpfen, die mit großem Ungestüm tosen. Stets bringen sie eine schwere See mit, und eines ihrer gefährlichsten Merkmale ist das blitzschnelle Umschlagen des Windes, ein Ereignis, das fast immer auf dem Höhepunkt des Sturmes stattfindet. In dem einen Augenblick bläst ein ausgewachsener Orkan aus Nord oder Nordost, und einen Augenblick später ist kein Windhauch aus dieser Richung zu spüren, während er jählings mit fast unvorstellbarer Heftigkeit aus Südwest weht. Ein heller Fleck in Süd ist der untrüglichste Vorbote des Umschlagens, und die Schiffe sind dergestalt imstande, die geeigneten Vorkehrungen zu treffen.

Es war etwa sechs Uhr morgens, als ein starker Wind anhub mit einer weißen Sturmbö, wie gewöhnlich aus Nord. Um acht Uhr hatte er sehr zugenommen und brachte nun eine der ungeheuerlichsten Sturzseen über uns, die ich je gesehen habe. Alles war so dicht wie möglich gemacht worden, aber der Schoner mühte sich schwer und lieferte den Beweis seiner schlechten Eigenschaften als Seeschiff, denn er tauchte das Vorderdeck bei jedem Abgleiten unter und hatte die größte Schwierigkeit, sich aus der einen Welle zu befreien, ehe die nächste ihn wieder begrub. Kurz vor Sonnenuntergang erschien in Südwest der helle Fleck, nach dem wir Ausschau gehalten hatten, und eine Stunde danach entdeckten wir, daß unser kleines Segel am Fockmast verdrossen gegen den Mast schlug. Zwei Minuten später wurden wir ungeachtet aller Vorkehrungen wie von Zauberkraft auf die Seite gedrückt, und ein wilder Brodel von Gischt brach voll über uns, während wir seitlich lagen. Zum Glück war der Windstoß aus Südwest nicht mehr als eine jähe Bö, und wir hatten das Glück, daß sich das Schiff ohne den Verlust einer Spiere aufrichtete. Eine schwere Kreuzsee bereitete uns danach einige Stunden lang große Sorge, aber gegen Mittag befanden wir uns in fast ebenso gutem Zustand wie vor dem Sturm. Kapitän Guy war der Ansicht, daß der glückliche Ausgang an ein Wunder grenzte.

Am dreizehnten Oktober sichteten wir auf einer Breite von 46° 53′ S und einer Länge von 37° 46′ O die Prinz-Edward-Insel. Zwei Tage danach befanden wir uns in der Nähe der Possession-Insel, und kurz danach passierten wir auf einer Höhe von 42° 59′ S und einer Länge von 48° O die Crozet-Inseln. Am Achtzehnten machten wir die Kerguelen oder die Desolation-Insel im südlichen Indischen Ozean aus und warfen im Christmas-Hafen bei vier Faden Tiefe Anker.

Diese Insel oder vielmehr Inselgruppe liegt fast achthundert Seemeilen südöstlich des Kaps der Guten Hoffnung. Sie wurde zuerst 1772 durch Baron de Kergulen oder Kerguelen entdeckt, einem Franzosen, der das Land für den Teil eines ausgedehnten südlichen Kontinents hielt und auch einen entsprechenden Bericht mit nach Hause brachte, der zu jener Zeit große Aufregung hervorrief. Die Regierung nahm sich der Angelegenheit an und sandte den Baron im folgenden Jahr erneut mit der Aufgabe dorthin, seine Entdeckung genauer zu erforschen, wobei der Fehler zutage trat. 1777 traf Kapitän Cook auf dieselbe Inselgruppe und gab der größten Insel den Namen Desolation Island, ein Name, den sie gewiß verdient. Nähert sich der Seefahrer dem Land, könnte er indes zu anderer Ansicht neigen, da die Hänge der meisten Berge von September bis März mit frischem Grün bedeckt sind. Diese trügerische Erscheinung rührt von einer kleinen Pflanze ähnlich dem Steinbrech her, die dort im Überfluß gedeiht und in großen Flecken auf einer Art zerkrümelnden Mooses wächst. Außer dieser Pflanze gibt es kaum eine Spur von Vegetation auf der Insel, schließen wir etwas großfaseriges, hartes Gras aus, das nahe dem Hafen wächst, einige Flechten und einen Strauch, der an wuchernden Kohl erinnert und scharf und bitter schmeckt.

Das Profil des Landes ist bergig, wenngleich keiner der Berge als himmelanstrebend bezeichnet werden kann. Ihre Gipfel sind ständig von Schnee bedeckt. Es gibt mehrere Häfen, von denen der Christmas-Hafen am bequemsten ist. Er ist der erste, auf den man an der Nordostseite der Insel stößt, nachdem man Kap François passiert hat, das die Nordküste bildet und durch seine eigentümliche Gestalt erleichtert, den Hafen auszumachen. Seine vorspringende Spitze endet in einem hohen, von einem großen Loch durchbrochenen Felsen, so daß ein natürlicher

Bogen entsteht. Der Eingang liegt auf einer Breite von 48° 40′ S und einer Länge von 69° 6′ O. Läuft man hier ein, kann man im Schutz einiger kleiner Inseln, die zur Genüge gegen alle östlichen Winde abschirmen, einen guten Ankerplatz finden. Segelt man von diesem Ankerplatzostwärts, so gelangt man am Ende des Hafens zur Wespenbucht. Diese stellt ein kleines, vollständig von Land umschlossenes Bassin dar, in das man bei einer Tiefe von vier Faden einfahren und bei einer von zehn bis drei Faden und hartem Lehmboden ankern kann. Hier könnte ein Schiff ein Jahr lang ohne Risiko vor dem großen Buganker liegen. Am westlichen Ende der Wespenbucht plätschert ein kleiner Fluß mit ausgezeichnetem Wasser, das leicht zu erlangen ist.

Einige Robben der Pelze und Haare liefernden Gattungen sind noch auf den Kerguelen-Inseln anzutreffen, dazu See-Elefanten die Menge. Gefiedertes Getier ist gleichfalls zahlreich vertreten. Pinguine gibt es sehr viele, an die vier verschiedenen Arten. Der Königspinguin, so genannt wegen seiner Größe und des schönen Federkleids, ist der ansehnlichste. Der obere Teil des Körpers ist gewöhnlich grau, manchmal lila getönt, der untere vom reinsten Weiß, das man sich vorstellen kann. Der Kopf schillert glänzend schwarz, desgleichen die Füße. Die Hauptzierde des Gefieders sind indes zwei breite, goldgelbe Streifen, die vom Kopf zur Brust verlaufen. Der Schnabel ist lang und entweder rosa oder hellrot. Diese Vögel gehen in stattlicher Haltung aufrecht. Sie tragen den Kopf hoch erhoben und halten die Schwingen gesenkt wie zwei Arme, und da ihre Schwänze eng an den Beinen anliegen, ist die Ähnlichkeit zu einer menschlichen Gestalt sehr beeindruckend und geeignet, einen Betrachter zu täuschen, der diese Tiere nur flüchtig oder in der Abenddämmerung sieht. Die Königspinguine, die wir auf Kerguelen-Land trafen, waren eigentlich größer als eine Gans. Andere Arten sind die Makkaroni-, die Esels- und die Krähenpinguine. Diese sind viel kleiner, haben kein so schönes Federkleid und unterscheiden sich auch in anderer Hinsicht.

Neben dem Pinguin sind hier auch viele andere Vögel zu finden, von welchen die blauen Peterels, die Seehühner, Krickenten, Port-Egmont-Hühner, Krähenscharben, Kaptauben, die Nelly, ferner Seeschwalben, Meerschwalben, Mutter Careys Hühner, Mutter Careys Gänse, der große Peterel und schließlich der Albatros zu nennen wären.

Der große Peterel ist so groß wie der gewöhnliche Albatros und ein Fleischfresser. Man nennt ihn häufig den Knochenbrecher oder Fischadlerpeterel. Er ist keineswegs scheu und ergibt, wenn richtig zubereitet, eine schmackhafte Speise. Im Flug segelt er manchmal mit ausgestreckten Schwingen sehr dicht über der Wasseroberfläche, ohne daß er sich im geringsten zu bewegen oder sich in irgendeiner Weise anzustrengen scheint.

Der Albatros ist einer der größten und wildesten Vögel der Südsee. Er gehört zur Gattung der Möwen, greift seine Beute im Flug und kommt nur zum Brüten an Land. Zwischen diesem Vogel und dem Pinguin besteht eine höchst eigentümliche Freundschaft. Sie bauen ihre Nester sehr einheitlich nach einem bestimmten Plan, der zwischen den zwei Vogelarten vereinbart wurde – das des Albatros liegt inmitten eines kleinen Quadrats, das durch die Nester von vier Pinguinen gebildet wird. Seefahrer bezeichnen die Ansammlung solcher Lager übereinstimmend als Nistplätze. Sie sind oft beschrieben worden, aber da meine Leser solche Beschreibungen vielleicht noch nicht gesehen haben und ich später Gelegenheit haben werde von dem Pinguin und dem Albatros zu berichten, ist es hier gewiß nicht verfehlt, einiges über ihre Nestbau- und Lebensweise zu sagen.

Kommt die Paarungszeit heran, versammeln sich die Vögel in großer Zahl und scheinen einige Tage die richtige Verfahrensweise zu überdenken. Schließlich schreiten sie zur Tat. Ein Stück ebenes Gelände von geeigneter Breite wird ausgewählt, das gewöhnlich drei oder vier Morgen Land umfaßt und dem Wasser möglichst nahe liegt, jedoch noch jenseits seiner Reichweite. Bei Auswahl des Platzes wird eine glatte Fläche bevorzugt, auf der die wenigsten Steine liegen. Ist die Wahl getroffen, gehen die Vögel in völliger Eintracht und offensichtlich alle von der gleichen Idee getragen daran, mit mathematischer Genauigkeit entweder ein Quadrat oder ein anderes Parallelogramm auszumessen, wie es der Bodenbeschaffenheit am besten entspricht, und das gerade groß genug ist, um allen versammelten Vögeln bequem Platz zu bieten – keineswegs größer. Diese Eigenheit entspringt anscheinend dem Wunsch, einem künftigen Zustrom umherstreifender Vögel zu wehren, die an der mühseligen Errichtung des Lagerplatzes nicht mitgewirkt haben. Eine Seite des so markierten Platzes verläuft parallel zum Saum des Wassers und wird für den An- oder Abflug offen gelassen.

Hat die Kolonie dergestalt die Grenzlinien des Nistplatzes festgelegt, beginnt sie, diesen von jeder Art Unrat zu säubern, Stein für Stein aufzulesen und über die Linien zu tragen, jedoch so dicht daran, daß auf den drei landwärtigen Seiten ein Wall entsteht. Unmittelbar an diesem Wall wird innen ein glatter und völlig ebener Gang von sechs bis acht Fuß geschaffen, der den gesamten Lagerplatz umsäumt – und so als allgemeine Promenade dient.

Der nächste Arbeitsgang besteht in der Aufteilung des ganzen Bereichs in kleine, genau gleichgroße Quadrate. Dies wird durch das Anlegen schmaler und sehr glatter Pfade erreicht, die sich jeweils im rechten Winkel kreuzen und die ganze Fläche des Nistplatzes überziehen. An jedem Schnittpunkt dieser Pfade legt ein Albatros sein Nest an und der Pinguin das seinige im Mittelpunkt des Quadrats – so daß jeder Pinguin von vier Albatrossen umgeben ist und jeder Albatros von der gleichen Zahl Pinguine. Das Pinguinnest besteht aus einer sehr flachen Mulde, gerade tief genug, um zu verhindern, daß das einzige Ei herausrollt. Der Albatros gibt sich beim Nestbau mehr Mühe, er errichtet einen kleinen Hügel, etwa einen Fuß hoch und zwei Fuß im Durchmesser, bestehend aus Erde, Seegras und Muscheln. Auf dem Gipfel baut er sein Nest.

Die Vögel lassen es sich besonders angelegen sein, während der Brutzeit und bis die junge Nachkommenschaft in der Tat kräftig genug ist, für sich selbst zu sorgen, ihre Nester auch nicht einen Augenblick unbesetzt zu lassen. Ist das Männchen auf See, um nach Futter zu suchen, bleibt das Weibchen auf seinem Posten und wagt sich erst nach Rückkehr des Partners davon weg. So werden die Eier nie unbedeckt gelassen – wenn ein Vogel das Nest verläßt, läßt sich der andere an seiner Statt nieder. Die auf den Nistplätzen verbreitete Neigung zu Diebstahl, da die Bewohner keine Bedenken haben, sich bei jeder passenden Gelegenheit die Eier zu stehlen, macht diese Vorkehrung notwendig.

Obwohl es einige Nistplätze gibt, wo Pinguin und Albatros die einzigen Bewohner sind, kann man auf den meisten eine Vielzahl von Seevögeln antreffen, die sich alle gleichen Bürgerrechts erfreuen und ihre Nester hier und dort anlegen, wo immer sie Platz finden, niemals jedoch bei den Liegeplätzen größerer Arten. Solch ein Nistplatz bietet, aus einiger Entfernung betrachtet, ein überaus eigenartiges Bild. Der ganze Himmel über der Vogelsiedlung wird durch die ungeheure Zahl von Albatrossen und kleineren Vogelarten verdunkelt, die ständig darüber schweben und entweder zur See abstreichen oder heimkehren. Gleichzeitig kann man eine Unmenge von Pinguinen beobachten; einige spazieren auf den engen Wegen hin und her, andere marschieren mit der ihnen eigenen militärisch stolzen Haltung die allgemeine Promenade entlang, die den Nistplatz umgibt. Kurzum, betrachtet man dies alles, wie wir es taten, so kann nichts größeres Erstaunen auslösen als die kluge Überlegung, die diese gefiederten Wesen an den Tag legen, und ganz gewiß ist schwerlich etwas geeigneter, in jedem wohlgeordneten menschlichen Verstand Nachdenklichkeit hervorzurufen.

Am Morgen nach unser Ankunft im Christmas-Hafen nahm der Obermaat, Mr. Patterson, die Boote und machte sich auf die Suche nach Robben (obwohl es für die Jahreszeit noch etwas zu früh war), wobei er den Kapitän und einen jungen Verwandten von ihm auf einem Stück unfruchtbaren Landes in westlicher Richtung absetzte, die dort im Inneren des Eilands ein Geschäft zu betreiben hatten, dessen Charakter ich nicht ermitteln konnte. Kapitän Guy nahm eine Flasche mit, in der sich ein versiegelter Brief befand, und begab sich von dem Punkt, wo man ihn an Land gesetzt hatte, zu einem der höchsten Gipfel am Ort. Höchstwahrscheinlich beabsichtigte er, auf dieser Anhöhe einen Brief für irgendein Schiff zu hinterlassen, das seiner Erwartung nach bald hier eintreffen würde. Sobald er außer Sicht war, setzten wir (Peters und ich saßen mit im Boot des Maats) unsere Kreuzfahrt die Küste entlang fort und hielten nach Robben Ausschau. Diese Tätigkeit nahm uns etwa drei Wochen lang in Anspruch, wobei wir jede Ecke und jeden Winkel mit großer Sorgfalt untersuchten, nicht nur auf Kerguelen-Land, sondern auch an einigen kleinen Inseln in der Nachbarschaft. Unsere Mühe wurde indes nicht durch irgendeinen wesentlichen Erfolg gelohnt. Wir sahen sehr viele Pelzrobben, aber sie waren ungemein scheu, und selbst unter größten Anstrengungen konnten wir nur alles in allem dreihundertundfünfzig Felle gewinnen. See-Elefanten gab es die Menge, besonders an der Westküste der Hauptinsel, aber davon erlegten wir lediglich zwanzig, und auch diese nur mit großer Schwierigkeit. Auf den kleineren Inseln entdeckten wir eine große Zahl von Haarrobben, ließen sie jedoch in Frieden. Am Elften kehrten wir zum Schoner zurück, wo wir Kapitän Guy und seinen Neffen vorfanden, welche einen sehr ungünstigen Bericht über das Landesinnere lieferten und es als eine der trostlosesten und äußerst unfruchtbaren Gegenden der Welt darstellten. Infolge eines Mißverständnisses zwischen ihnen und dem Zweiten Maat, der ihnen ein Beiboot des Schoners schicken sollte, um sie abzuholen, hatten sie zwei Nächte auf der Insel verbracht.

Kapitel XV

Am Zwölften setzten wir Segel, um vom Christmas-Hafen unsere Fahrt nach Westen wiederaufzunehmen, und ließen Marion's Island, eine Insel der Crozet-Gruppe, an Backbord liegen. Danach passierten wir die Prinz-Edward-Insel und ließen sie gleichfalls links liegen. Sodann steuerten wir weiter nordwärts und erreichten nach fünfzehn Tagen die Inseln Tristan da Cunha auf einer Breite von 37° 8′ S und einer Länge von 12° 8′ W.

Diese heute so wohlbekannte, aus drei runden Inseln bestehende Gruppe wurde zuerst durch einen Portugiesen entdeckt und später, 1643, von den Holländern und 1767 von den Franzosen aufgesucht. Die drei Inseln bilden ein Dreieck und sind etwa zehn Meilen voneinander entfernt, wobei zwischen ihnen schöne, offene Passagen bestehen. Das Land ragt auf allen dreien sehr hoch auf, besonders auf Tristan da Cunha, das mit Recht so genannt wird. Diese größte Insel der Gruppe mit einem Umfang von fünfzehn Meilen erhebt sich so hoch, daß sie bei klarem Wetter auf eine Entfernung von achtzig oder neunzig Seemeilen ausgemacht werden kann. Ein Teil des Landes steigt nach Norden über tausend Fuß senkrecht aus der See. Auf dieser Höhe breitet sich eine Hochebene fast bis zum Mittelpunkt der Insel, und aus dieser Ebene ragt steil ein Bergkegel auf wie der von Teneriffa. Auf der unteren Hälfte dieses Kegels stehen Bäume ziemlicher Größe, die obere hingegen besteht aus blankem Fels und ist meist in den Wolken verborgen und während des größten Teils des Jahres von Schnee bedeckt. Um die Insel liegen weder Sandbänke noch andere gefährliche Stellen, die Küsten sind bemerkenswert steil, und das Wasser ist tief. An der

Nordwestküste befindet sich eine Bucht mit einem Strand von schwarzem Sand, wo Boote leicht anlanden können, vorausgesetzt, es weht ein südlicher Wind. Hier kann man sich bequem mit reichlich Wasser von ausgezeichneter Qualität versorgen, auch kann man mit Haken und Schnur dem Kabeljau und anderen Fischen nachstellen.

Die nächstgroße und am westlichsten gelegene Insel dieser Gruppe wird Inaccessible genannt. Ihre genaue Lage wird mit 37° 17′ südlicher Breite und 12° 24′ westlicher Länge angegeben. Sie hat einen Umfang von sieben oder acht Meilen, ragt steil auf und macht allerorts einen abweisenden Eindruck. Ihr Gipfel ist völlig flach und die ganze Region unfruchtbar, nichts wächst darauf außer einigen verkümmerten Sträuchern.

Nightingale Island, die kleinste und südlichste Insel, befindet sich auf einer Breite von 37° 26′ S und einer Länge von 12° 12′ W. Ihrer Südspitze vorgelagert ist eine hohe Kette kleiner Felseninseln; einige von gleicher Gestalt sind nordöstlich zu erkennen. Der Boden ist uneben und unfruchtbar und wird teilweise von einem tiefen Tal zerschnitten.

Zur richtigen Jahreszeit bieten die Küsten dieser Inseln einen Überfluß an Seelöwen, See-Elefanten, Haar- und Pelzrobben nebst einer großen Vielfalt von Seevögeln. Auch Wale gibt es die Menge in der Umgebung. Wegen der Leichtigkeit, mit der diese verschiedenen Tiere hier früher erlegt werden konnten, wurde die Inselgruppe seit ihrer Entdeckung häufig aufgesucht. Holländer und Franzosen steuerten sie schon in sehr früher Zeit an. 1790 landete Kapitän Patten mit der ›Industry‹ aus Philadelphia in Tristan da Cunha, wo er sich sieben Monate (von August 1790 bis April 1791) mit der Absicht aufhielt, Robbenfelle zu sammeln. Während dieser Zeit brachte er es auf nicht weniger als fünftausendsechshundert Stück, und nach seinen Worten wäre es ihm ein leichtes gewesen, ein großes Schiff binnen drei Wochen mit Öl zu beladen. Bei seiner Ankunft fand er keine Vierbeiner vor mit Ausnahme einiger wilder Ziegen; heutzutage bietet die Insel einen Überfluß all unserer wertvollsten Haustiere, die durch die nachfolgenden Seefahrer hier eingeführt worden waren.

Ich glaube, es war nicht lange nach Kapitän Pattens Besuch, als Kapitän Colquhoun mit der amerikanischen Brigg ›Betsey‹ die größte der Inseln anlief, um seine Vorräte zu erneuern. Er pflanzte Zwiebeln, Kartoffeln und Kohl sowie eine große Menge anderen Gemüses, von dem man nun die Fülle vorfindet.

1811 besuchte ein Kapitän Haywood mit der ›Nereus‹ Tristan da Cunha. Er traf hier drei Amerikaner an, die sich auf der Insel niedergelassen hatten, um Robbenfelle und Öl vorzubereiten. Einer dieser Männer hieß Jonathan Lambert und bezeichnete sich als Herren des Landes. Er hatte etwa sechzig Morgen Land gerodet und bebaut und widmete jetzt besondere Aufmerksamkeit dem Anbau der Kaffeepflanze und des Zuckerrohrs, mit dem ihn der amerikanische Gesandte in Rio de Janeiro ausgestattet hatte. Diese Siedlung wurde indes schließlich aufgegeben, und 1817 ergriff die britische Regierung von den Inseln Besitz, zu welchem Zweck sie vom Kap der Guten Hoffnung einen Flottenverband aussandte. Sie hielt sich jedoch nicht lange, aber als Großbritannien seine Besitzrechte über das Land aufgab, nahmen zwei oder drei englische Familien ungeachtet des Regierungsentscheids hier ihren Wohnsitz. Am fünfundzwanzigsten März 1824 traf die ›Berwick‹ unter Kapitän Jeffrey auf dem Weg von London nach Van Diemen's Land hier ein, wo sie einen Engländer namens Glass vorfanden, ehemals Corporal bei der britischen Artillerie. Er behauptete, oberster Gouverneur der Inseln zu sein, und hatte einundzwanzig Männer und drei Frauen unter seiner Kontrolle. Er lieferte einen sehr günstigen Bericht über das zuträgliche Klima und die reichen Bodenerträge. Die Bewohner beschäftigten sich hauptsächlich mit der Gewinnung von Robbenfellen und See-Elefantenöl, mit welchem sie bis zum Kap der Guten Hoffnung Handel trieben, da Glass einen kleinen Schoner besaß. Zum Zeitpunkt unseres Eintreffens war der Gouverneur noch ansässig, aber seine kleine Gemeinde hatte sich vervielfacht und ergab sechsundfünfzig Bewohner auf Tristan, neben einer kleineren Siedlung von sieben Seelen auf Nightingale Island. Wir hatten keine Schwierigkeit, fast jede Art frischer Lebensmittel zu erhalten, die wir benötigten – Schafe, Schweine, junge Bullen, Kaninchen, Geflügel, Ziegen, die verschiedensten Sorten Fisch und Gemüse waren in Überfluß vorhanden. Nachdem wir nahe der großen Insel bei achtzehn Faden Tiefe Anker geworfen hatten, nahmen wir alles, war wir brauchten, sehr bequem an Bord. Kapitän Guy kaufte Glass auch fünfhundert Robbenfelle und etwas Elfenbein ab. Wir blieben eine Woche hier, in welcher Zeit der Wind vorwiegend aus Nord und West blies und das Wetter etwas diesig war. Am fünften November setzten wir Segel nach Süden und Westen mit der Absicht, eine Inselgruppe, genannt die Auroras, gründlicher zu erforschen, über deren Existenz die Meinungen weit auseinandergingen.

Diese Inseln sollen bereits 1762 durch den Kommandanten der ›Aurora‹ entdeckt worden sein. 1790 segelte Kapitän Manuel de Oyarvido mit der ›Princess‹, die der

Königlich-Philippinischen Gesellschaft gehörte, nach seiner Versicherung geradeswegs zwischen sie. 1794 stach die spanische Korvette ›Atrevida‹ mit der festen Absicht in See, ihre genaue Lage zu ermitteln, und in einem Artikel aus dem Jahre 1809, veröffentlicht durch die Königlich-Hydrographische Gesellschaft von Madrid, wird über diese Expedition folgendes ausgesagt: ›Die Korvette ‚Atrevida' führte in der unmittelbaren Umgebung der Inseln vom einundzwanzigsten bis zum siebenundzwanzigsten Januar alle notwendigen Beobachtungen durch und maß mittels Chronometer den Längenunterschied zwischen diesen Inseln und dem Hafen Soledad auf den Manillas. Es handelt sich um drei Inseln. Sie liegen fast alle auf demselben Meridian, die mittlere ist ziemlich flach, die anderen beiden sind bereits auf eine Entfernung von neun Seemeilen zu sehen.‹ Die an Bord der ›Atrevida‹ gemachten Beobachtungen liefern folgende Ergebnisse hinsichtlich der genauen Lage jeder Insel. Die nördlichste liegt auf einer Breite von 52° 37′ 24″ S und einer Länge von 47° 43′ 15″ W; die mittlere auf einer Breite von 53° 2′ 40″ S und einer Länge von 47° 55′ 15″ W und die südlichste auf einer Breite von 53° 15′ 22″ S und einer Länge von 47° 57′ 15″ W.

Am siebenundzwanzigsten Januar 1820 machte sich Kapitän James Weddell von der britischen Marine aus Staten Land ebenfalls auf die Suche nach den Aurora-Inseln. Er berichtet, daß er höchst sorgsam gesucht habe und nicht nur die vom Kommandanten der ›Atrevida‹ angegebenen Stellen unmittelbar abgefahren, sondern auch die Umgebung in jeder Richtung durchforscht habe, jedoch kein Anzeichen von Land feststellen konnte. Diese sich widersprechenden Erklärungen haben andere Seefahrer veranlaßt, nach den Inseln zu suchen, und so seltsam es klingen mag: Während einige jeden Zoll der See durchsegelt haben, wo man sie vermutet hatte, und sie dennoch nicht fanden, hat es nicht wenige gegeben, die mit Bestimmtheit erklärten, sie gesehen zu haben und sogar dicht an ihren Küsten gewesen zu sein. Kapitän Guys Absicht war nun, alles in seiner Macht Stehende zu tun, um die so seltsam umstrittene Frage endgültig zu klären.*

Wir hielten an unserem Kurs zwischen Süd und West bei veränderlichem Wetter fest, bis wir uns am Zwanzigsten des Monats in dem umstrittenen Gebiet befanden, nämlich auf einer Breite von 53° 15′ S und einer Länge von 47° 58′ W, das heißt, sehr nahe der Stelle, wo den Berichten zufolge die südlichste Insel der Gruppe liegen sollte. Da wir kein Anzeichen von Land entdeckten, fuhren wir weiter westlich des dreiundfünfzigsten Breitengrades Süd bis zum fünfzigsten Meridian West. Sodann segelten wir nördlich bis zum zweiundfünfzigsten Breitengrad Süd, wo wir uns ostwärts wandten und unsere Parallele durch doppelte Höhen, morgens und abends, und die Meridianhöhen der Planeten und des Mondes beibehielten. Als wir auf diese Weise ostwärts zum Meridian der Westküste von Südgeorgien gelangt waren, behielten wir diesen bei, bis wir wieder auf der Breite waren, von der wir aufgebrochen waren. Sodann segelten wir diagonale Kurse durch das ganze dergestalt umrissene Seegebiet, hielten ständig vom Mastkorb Ausschau und wiederholten unsere Untersu-

* Von den Schiffen, die zu verschiedenen Zeiten vorgegeben haben, auf die Aurora-Inseln gestoßen zu sein, seien hier erwähnt die ›San Miguel‹ 1769, die ›Aurora‹ 1774, die Brigg ›Pearl‹ 1779 und die ›Dolores‹ 1790. Sie geben einstimmig eine mittlere Breite von dreiundfünfzig Grad Süd an.

chung mit größter Sorgfalt über einen Zeitraum von drei Wochen, in welchem das Wetter bemerkenswert angenehm und schön war und ohne jeden Dunst. Natürlich waren wir äußerst befriedigt, festzustellen, daß, welche Inseln auch immer in diesen Meeresbreiten zu früheren Zeiten existiert haben mochten, heutzutage dennoch keine Spur von ihnen geblieben war. Seit meiner Heimkehr habe ich inzwischen herausgefunden, daß dasselbe Seegebiet mit gleicher Sorgfalt 1822 von Kapitän Johnson mit dem amerikanischen Schoner ›Henry‹ und durch Kapitän Morrell mit dem amerikanischen Schoner ›Wasp‹ durchforscht worden ist – in beiden Fällen mit gleichem Ergebnis wie dem unsrigen.

Kapitel XVI

Kapitän Guy hatte, nachdem er sich in bezug auf die Auroras Gewißheit verschafft hatte, ursprünglich beabsichtigt, die Magellanstraße zu durchfahren und sodann die Westküste von Patagonien entlang nach Norden zu segeln, aber die auf Tristan da Cunha erhaltenen Auskünfte veranlaßten ihn, sich südlich zu wenden in der Hoffnung, auf einige kleine Inseln zu treffen, die angeblich etwa auf einer Breite von 60° S und einer Länge von 41° 20′ W lagen. Sollte er diese nicht entdecken, plante er, den Südpol anzusteuern, sofern sich die Jahreszeit als günstig erweisen sollte. Dementsprechend segelten wir am zwölften Dezember in diese Richtung. Am Achtzehnten befanden wir uns ungefähr in dem Gebiet, das Glass angegeben hatte, und kreuzten drei Tage lang, ohne irgendeine Spur von den Inseln zu finden, die er erwähnt hatte. Am Einundzwanzigsten war das Wetter ungewöhnlich schön, und wir segelten abermals nach Süden mit der Absicht, diesen Kurs so lange wie möglich beizubehalten. Ehe ich diesen Teil meines Berichts beginne, mag es sich als günstig erweisen, zur Information jener Leser, die den fortschreitenden Entdeckungen in diesen Gebieten nur geringe Aufmerksamkeit geschenkt haben, einen kurzen Überblick über die wenigen Versuche zu geben, die bislang unternommen wurden, um den Südpol zu erreichen.

Kapitän Cook war der erste, von dem wir einen eindeutigen Bericht haben. Er segelte 1772 mit der ›Resolution‹ nach Süden, begleitet von Lieutenant Furneaux auf der ›Adventure‹. Im Dezember befand er sich schon auf achtundfünfzig Grad südlicher Breite und einer Länge von 26° 57′ O. Er traf auf dichte, etwa acht oder zehn Zoll starke Eisfelder, die sich nach Nordwest und Südost ausbreiteten. Das Eis bildete große Flächen und war meist so dicht gepackt, daß das Schiff große Schwierigkeiten hatte, eine Passage zu erzwingen. Zu diesem Zeitpunkt mutmaßte Kapitän Cook an Hand der großen Zahl von Vögeln, die gesichtet wurden, und an Hand anderer Vorzeichen, daß er ganz in der Nähe von Land war. Er hielt an seinem Südkurs fest, obwohl außerordentlich kaltes Wetter einsetzte, bis er auf einer Länge von 38° 14′ O den vierundsechzigsten Breitengrad erreichte. Hier herrschte fünf Tage lang mildes Wetter mit sanften Brisen, und das Thermometer stand auf sechsunddreißig Grad Fahrenheit. Im Januar 1773 überquerten die Schiffe den antarktischen Polarkreis, konnten jedoch nicht viel weiter vordringen, denn bei Erreichen einer Breite von 67° 15′ sahen sie, daß eine ungeheure Eisbarriere, die sich, so weit das Auge reichte, über den südlichen Horizont erstreckte, jede Weiterfahrt unmöglich machte. Das Eis hatte vielerlei Gestalt – und einige große Tafeln von meilenweiter Ausdehnung bildeten eine kompakte, achtzehn oder zwanzig Fuß aus dem Wasser ragende Masse. Die Jahreszeit war schon weit vorgerückt, so bestand keine Hoffnung, diese Hindernisse zu umfahren, weshalb Kapitän Cook jetzt widerstrebend nordwärts steuerte.

Im folgenden November nahm er seine Suche in der Antarktis wieder auf. Bei 59° 40′ Breite stellte er eine starke Strömung fest, die ihn südwärts trieb. Als sich die Schiffe im Dezember auf einer Breite von 67° 23′ und einer Länge von 142° 54′ W befanden, herrschte außerordentliche Kälte, begleitet von schweren Stürmen und Nebel. Hier gab es ebenfalls Vögel die Fülle: den Albatros, den Pinguin und besonders den Peterel. Auf einer Breite von 70° 23′ stießen sie auf einige große Eisinseln, und kurz danach entdeckten sie, daß die Wolken im Süden schneeweiß aussahen, was auf die Nähe eines Eisfelds deutete. Auf einer Breite von 71° 10′ und einer Länge von 106° 54′ wurden die Seefahrer wie zuvor durch eine unermeßlich große Eisfläche, die das ganze Gebiet des südlichen Horizonts ausfüllte, an der Weiterfahrt gehindert. Die Nordkante dieser Fläche war zerklüftet und verwittert und so fest zusammengefügt, daß überhaupt kein Durchkommen war, außerdem streckte sie sich etwa eine Meile nach Süden. Die Eisfläche dahinter war über einige Entfernung vergleichsweise glatt, bis sie schließlich im äußersten Hintergrund an gigantische Ketten von Eisbergen stieß. Mr. J N. Reynolds, dessen unermüdliche Bemühungen und Ausdauer schließlich dazu führten, daß eine nationale Expedition ausgeschickt wurde, teils auch zu dem Zweck, diese Gebiete zu erkunden, äußert sich wie folgt über den Versuch der ›Resolution‹: ›Wir sind nicht überrascht, daß Kapitän Cook nicht weiter als 71° 10′ vorstoßen konnte, aber wir sind erstaunt, daß er auf dem Meridian einen Punkt von 106° 54′ westlicher Länge erreichte. Palmer's-Land liegt südlich der Shetlandinseln auf einer Breite von vierundsechzig Grad und streckt sich weiter nach Süd und West, als je ein Seefahrer vorgedrungen ist. Cook strebte diesem Land zu, als seine Weiterfahrt durch das Eis aufgehalten wurde, was, wir wie befürchten, an diesem Punkt und zu so früher Jahreszeit wie dem sechsten Januar stets der Fall sein muß – und wir wären nicht überrascht, würde ein Teil der beschriebenen Eisberge an die Hauptmasse von Palmer's-Land oder einige andere Landteile grenzen, die weiter südlich und westlich liegen.‹

Alexander von Rußland schickte 1803 die Kapitäne Kreutzenstern und Lisiansky zu einer Weltumseglung auf die Reise. In ihrem Bestreben, südlich zu fahren, gelangten sie nicht weiter als bis auf eine Breite von 59° 58′ und eine Länge von 70° 15′ W. Hier trafen sie auf starke Strömungen, die sie ostwärts trieben. Wale gab es die Fülle, aber von Eis keine Spur. Mr. Reynolds bemerkt zu dieser Reise: Wäre Kreutzenstern zu einer früheren Jahreszeit in diesem Gebiet eingetroffen, so hätte er auf Eis stoßen müssen – es war März, als er die angegebene Breite erreichte. Die dort vorwiegend aus Süd und West wehenden Winde hatten die Eistafeln, unterstützt durch Strömungen, in jene Eisregion getragen, die im Norden durch Neugeorgia, im Osten durch das Sandwich-Land und die Südlichen Orkneys und im Westen durch die Südlichen Shetland-Inseln begrenzt wird.

1822 drang Kapitän James Weddell von der britischen Marine mit zwei sehr kleinen Schiffen weiter nach Süden vor als je ein Seefahrer vor ihm, gleichfalls ohne daß er außergewöhnlichen Schwierigkeiten begegnete. Er berichtet, daß er zwar häufig durch Eis behindert wurde, *ehe* er den zweiundsiebzigsten Breitengrad erreichte, aber als er dort anlangte, war keine Spur mehr davon zu entdekken, und auf einer Breite von 74° 15′ waren keine Eisfelder, nur noch drei Eisinseln zu sehen. Es ist etwas bedenklich, daß Weddell, obwohl große Scharen von Vögeln gesichtet wurden und noch andere übliche Anzeichen von Land vorhanden waren und obwohl südlich der Shetland-Inseln vom Mastkorb unbekannte Küsten zu sehen waren, die sich südwärts streckten, dennoch den Gedanken verwirft, daß in den Polargebieten des Südens Land existieren könne.

Am 11. Januar 1823 stach Kapitän Benjamin Morrell mit dem amerikanischen Schoner ›Wasp‹ von Kerguelen-Land mit dem Ziel in See, so weit südlich wie möglich vorzudringen. Am ersten Februar befand er sich auf einer Breite von 64° 52′ und einer Länge von 118° 27′. Der folgende Abschnitt ist der Tagebucheintragung unter diesem Datum entnommen. ›Der Wind frischte bald zu einer Elf-Knoten-Brise auf, und wir nutzten diese Gelegenheit, nach Westen zu steuern; da wir indes überzeugt waren, daß um so weniger Eis zu befürchten sein werde, je weiter wir über den vierundsechzigsten Breitengrad nach Süden führen, steuerten wir ein wenig in diese Richtung, bis wir den antarktischen Polarkreis überquert hatten und uns auf einer Breite von 69° 15′ O befanden. Hier gab es *kein Packeis*, wurden auch nur sehr wenige Eisinseln gesichtet.‹

Unter dem Datum des vierzehnten März finde ich noch diese Eintragung: ›Die See war nun völlig frei von Packeis, und wir sichteten höchstens ein Dutzend Eisinseln.

Gleichzeitig betrug die Temperatur von Luft und Wasser mindestens dreizehn Grad mehr (war sie milder), als wir zwischen dem sechzigsten und zweiundsechzigsten südlichen Breitengrad gemessen hatten. Wir befanden uns jetzt auf einer Breite von 70° 14′ S, und die Lufttemperatur maß siebenundvierzig Grad Fahrenheit, die des Wassers vierundvierzig. In dieser Situation stellte ich eine Abweichung der Magnetnadel von 14° 27′ östlich fest, per Azimut. Ich habe den antarktischen Polarkreis mehrmals und auf verschiedenen Breitengraden in südlicher Richtung überquert und jedesmal bemerkt, daß sowohl die Luft- als auch die Wassertemperatur immer mehr anstieg, je weiter ich über den fünfundsechzigsten Grad südlicher Breite hinausgelangte, und daß sich die Abweichung im gleichen Verhältnis verringerte. Während wir nördlicher dieser Breite, sagen wir, zwischen sechzig und fünfundsechzig Grad Süd, häufig große Schwierigkeiten hatten, zwischen den ungeheueren und fast zahllosen Eisinseln, von denen einige einen Umfang von ein bis zwei Meilen aufwiesen und mehr denn fünfhundert Fuß aus dem Wasser ragten, für das Schiff eine Durchfahrt zu finden.‹

Da Kapitän Morrell fast kein Heizmaterial und Wasser mehr hatte, es ihm ferner an geeigneten Instrumenten fehlte und die Jahreszeit gleichfalls fortgeschritten war, mußte er zurücksegeln, ohne zu versuchen, weiter westwärts vorzustoßen, obwohl die See völlig offen vor ihm lag. Er äußerte die Ansicht, daß er hätte weiterfahren und, wenn nicht den Pol selbst, so doch den fünfundachtzigsten Breitengrad erreichen können, hätten diese allwaltenden Erwägungen ihn nicht zur Umkehr gezwungen. Ich habe seine Gedanken über diese Angelegenheiten hier ziemlich breit dargelegt, damit der Leser Gelegenheit habe zu sehen, wie weit sie durch meine eigene folgende Erfahrung bestätigt wurden.

1831 segelte Kapitän Biscoe im Auftrag der Herren Enderby, Walfangschiffseigner in London, mit der Brigg ›Lively‹ nach der Südsee, begleitet von dem Kutter ›Tula‹. Am achtundzwanzigsten Februar sichtete er auf einer Breite von 66° 30′ S und einer Länge von 47° 31′ O Land und ›konnte durch den Schnee deutlich die schwarzen Gipfel einer in ostsüdöstlicher Richtung verlaufenden Bergkette erkennen.‹ Er blieb den ganzen folgenden Monat in der Gegend, war jedoch infolge des ungestümen Wetters außerstande, sich der Küste weiter als auf zehn Seemeilen zu nähern. Da es sich als unmöglich erwies, zu dieser Jahreszeit weitere Erkundungen durchzuführen, kehrte er nach Norden zurück, um auf Van Diemen's Land zu überwintern.

Anfang 1832 stach er abermals südwärts in See und war am vierten Februar bereits südöstlich auf einer Breite von 67° 15′ und einer Länge von 69° 29′ W anzutreffen. Hier stieß er bald auf eine Insel nahe dem Vorgebirge des Landes, das er zuerst entdeckt hatte. Am Einundzwanzigsten des Monats glückte es ihm, darauf zu landen und sie im Namen Williams IV. in Besitz zu nehmen, wobei er ihr zu Ehren der englischen Königin den Namen Adelaide gab. Als diese Einzelheiten der Royal Geographical Society of London zur Kenntnis gegeben wurden, zog diese Körperschaft den Schluß, ›daß es einen fortlaufenden Landblock gibt, der sich von 47° 30′ östlicher bis 69° 29′ westlicher Länge erstreckt und von sechsundsechzig bis siebenundsechzig Grad südlicher Breite verläuft‹. Mr. Reynolds bemerkt zu dieser Schlußfolgerung: ›Wir halten keineswegs dafür, daß diese Annahme richtig ist; auch lassen

Biscoes Entdeckungen keine solche Schlußfolgerung zu. Innerhalb dieser Grenzen fuhr Weddell auf einem Meridian östlich von Georgia, dem Sandwich-Land und den Südorkney- und Shetland-Inseln weiter nach Süden.‹ Man wird sehen, daß meine eigene Erfahrung auf sehr direkte Weise die Unrichtigkeit der Schlußfolgerung bezeugt, zu der die Gesellschaft gelangte.

Dies sind die hauptsächlichsten Versuche, die unternommen wurden, um in eine hohe südliche Breite vorzudringen, und man wird jetzt sehen, daß der antarktische Polarkreis vor der Reise der ›Jane‹ auf nahezu dreihundert Längengraden überhaupt noch nicht überquert worden war. So lag natürlich ein weites Entdeckungsfeld vor uns, und ich hörte mit allergrößtem Interesse Kapitän Guy seinen Entschluß verkünden, kühn nach Süden vorzustoßen.

Kapitel XVII

Als wir die Suche nach Glass' Inseln aufgegeben hatten, behielten wir unseren Südkurs vier Tage lang bei, ohne auf irgendwelches Eis zu stoßen. Am Sechsundzwanzigsten mittags befanden wir uns auf einer Breite von 63° 23′ S und einer Länge von 41° 25′ W. Nun erblickten wir mehrere große Eisinseln und eine Packeistafel von jedoch nicht allzu großer Ausdehnung. Die Winde wehten allgemein aus Südost oder Nordost, waren aber sehr leicht. Wann immer wir Westwind hatten, was selten der Fall war, wurde er gewißlich von einer Regenbö begleitet. Es schneite mehr oder weniger jeden Tag. Das Thermometer stand am Siebenundzwanzigsten auf fünfunddreißig Grad F.

1. Januar 1828. – An diesem Tag sahen wir uns völlig vom

Eis eingeschlossen, und unsere Aussichten waren in der Tat unerquicklich. Während des ganzen Vormittags wehte ein starker Sturmwind von Nordost und trieb große Schollen Treibeis mit solcher Heftigkeit gegen Ruder und Gillung, daß wir alle um die Folgen bangten. Gegen Abend wütete der Sturm noch immer grimmig, ein großes Eisfeld vor uns barst und ermöglichte es uns, mit vollen Segeln eine Durchfahrt durch die kleineren Schollen in das dahinter liegende offene Wasser zu erzwingen. Während wir uns dieser Fläche näherten, holten wir die Segel nach und nach ein, und als wir schließlich klargekommen waren, drehten wir mit einem einfach gerefften Focksegel bei.

2. *Januar.* – Wir hatten jetzt recht erträgliches Wetter. Zu Mittag befanden wir uns nach Passieren des antarktischen Polarkreises auf einer Breite von 69° 10′ S und einer Länge von 42° 20′ W. In südlicher Richtung war sehr wenig Eis auszumachen, obwohl große Felder davon hinter uns lagen. Heute konstruierten wir aus einem großen, eisernen, etwa zwanzig Gallonen fassenden Topf und einer Schnur von zweihundert Faden eine Art Tiefenlot. Damit stellten wir fest, daß die Strömung uns mit einer Geschwindigkeit von etwa einer Viertelmeile pro Stunde nach Norden trieb. Die Lufttemperatur betrug jetzt etwa dreiunddreißig Grad F. Hier vermerkten wir eine Abweichung von 14° 28′ östlich, per Azimut.

5. *Januar.* – Wir konnten unseren Südkurs noch ohne allzu große Behinderung beibehalten. Heute morgen jedoch wurden wir auf einer Breite von 73° 15′ O und einer Länge von 42° 10′ W wieder durch eine ungeheure Fläche festen Eises zum Stillstand gebracht. Dessenungeachtet sahen wir südlich viel offenes Wasser und zweifelten nicht,

dies letztendlich erreichen zu können. Nachdem wir die Kante der Eistafel entlang nach Osten gefahren waren, gelangten wir schließlich an eine etwa eine Meile breite Durchfahrt, wo wir uns bis zum Sonnenuntergang hindurchmanövrierten. Die See, in der wir uns nun befanden, war dicht von Eisinseln übersät, trug jedoch kein Packeis, und wir fuhren unverzagt weiter wie bisher. Die Kälte schien nicht zuzunehmen, obwohl es jetzt sehr häufig schneite und dann und wann Hagelböen von großer Heftigkeit niedergingen. Gewaltige Scharen von Albatrossen flogen von Südost nach Nordwest heute über unseren Schoner hinweg.

7. Januar. – Die See blieb noch immer ziemlich offen, so daß wir unseren Kurs ohne Mühe beibehalten konnten. Im Westen sahen wir einige Eisberge unglaublicher Größe, und am Nachmittag fuhren wir sehr nahe an einem davon vorbei, dessen Spitze sich mindestens vierhundert Faden über der Wasseroberfläche befand. Der Umfang seiner Basis betrug wahrscheinlich eine dreiviertel Seemeile, und aus den Klüften an seinen Flanken sprudelten mehrere Sturzbäche. Wir hatten diese Eisinsel noch zwei Tage in Sicht, erst dann verschwand sie in einer Nebelwand.

10. Januar. – Heute am frühen Morgen hatten wir das Unglück, einen Mann zu verlieren. Es war ein Amerikaner namens Peter Vredenburgh, in New York gebürtig, einer der schätzenswertesten Leute an Bord des Schoners. Als er über den Bug stieg, glitt er aus und fiel zwischen zwei Eisschollen, ohne wieder an die Oberfläche zu kommen. Am Mittag dieses Tages befanden wir uns auf einer Breite von 78° 30′ und einer Länge von 40° 15′ W. Die Kälte war nun außerordentlich, und ständig überfielen uns Hagelböen von Nord und Ost. In dieser Richtung sahen wir auch einige größere Eisberge, und im Osten schien der ganze Horizont von einem Eisfeld blockiert zu sein, das sich in Schichten auftürmte, eine Eismasse über der anderen. Während des Abends trieb etwas Treibholz vorbei, und große Mengen von Vögeln flogen über uns hinweg, darunter Nellies, Peterels, Albatrosse und ein großer Vogel mit leuchtend blauem Federkleid. Die Abweichung per Azimut betrug hier weniger als zuvor bei Überqueren des Polarkreises.

12. Januar. – Unser Vordringen nach Süden erschien wieder zweifelhaft, da in Richtung des Pols nichts anderes zu sehen war als eine offensichtlich grenzenlose Eistafel, unterstützt von einem wahren Gebirge zerklüfteten Eises, bei dem sich eine Klippe düster über der anderen türmte. Wir segelten bis zum Vierzehnten weiter westwärts in der Hoffnung, einen Eingang zu finden.

14. Januar. – Heute morgen erreichten wir die Westspitze des Eisfeldes, das uns behindert hatte, und als wir es luvwärts umschifften, kamen wir an eine offene See ohne jede Spur von Eis. Beim Loten mit zweihundert Faden stellten wir eine Südströmung mit einer Geschwindigkeit von einer halben Meile pro Stunde fest. Die Lufttemperatur betrug siebenundvierzig, die des Wassers vierunddreißig Grad F. Wir segelten jetzt südwärts, ohne daß unsere Fahrt in irgendeiner Weise unterbrochen wurde, bis wir uns am Sechzehnten mittags auf einer Breite von 81° 21′ und einer Länge von 42° W befanden. Hier loteten wir abermals und stellten eine fortdauernde Südströmung mit einer Geschwindigkeit von einer dreiviertel Meile pro Stunde fest. Die Abweichung per Azimut hatte sich verringert, die Lufttemperatur war mild und angenehm, das

Thermometer zeigte einundfünfzig Grad F. Zu diesem Zeitpunkt war kein Stück Eis zu entdecken. Alle Mann an Bord waren nun überzeugt, daß wir den Südpol erreichen würden.

17. Januar. – Ein Tag voller Ereignisse. Unzählige Vogelschwärme flogen über uns hinweg nach Süden, und wir schossen ein paar Tiere von Deck aus ab. Eines davon, eine Art Pelikan, ergab eine vorzügliche Mahlzeit. Gegen Mittag wurde vom Mastkorb backbord voraus eine kleine Eistafel gesichtet, auf der sich ein großes Tier zu befinden schien. Da das Wetter gut und nahezu ruhig war, befahl Kapitän Guy, zwei Boote auszusetzen, um zu sehen, was es war. Dirk Peters und ich begleiteten den Maat in dem größeren Boot. Als wir uns dem Eis näherten, erkannten wir, daß es von einem riesigen Exemplar der Gattung des arktischen Eisbären besetzt war, das hinsichtlich der Größe das gewaltigste dieser Tiere indes weit übertraf. Da wir gut bewaffnet waren, hatten wir keine Bedenken, es sofort anzugreifen. Einige Schuß wurden in schneller Folge abgefeuert, von denen die meisten offensichtlich den Kopf und Körper trafen. Keineswegs abgeschreckt, stürzte sich das Ungeheuer jedoch vom Eis ins Wasser und schwamm mit offenem Rachen zu dem Boot, in dem sich Peters und ich befanden. Infolge der Verwirrung, die uns angesichts dieser unerwarteten Wendung der Dinge ergriffen hatte, war niemand gerüstet, sofort einen zweiten Schuß abzufeuern, und der Bär brachte es tatsächlich zuwege, seinen gewaltigen Körper zur Hälfte über unser Boot zu werfen und einen der Männer am Kreuz zu packen, ehe wirksame Mittel gefunden wurden, ihn zurückzustoßen. In dieser äußersten Not rettete uns nur Peters' Geistesgegenwart und Gewandtheit vor der Vernichtung. Er sprang dem riesigen Tier auf den Rücken, stieß ihm die Messerklinge ins Genick und erreichte auch gleich das Rückenmark. Die Bestie plumpste leblos und ohne sich zu widersetzen in die See und schleuderte Peters im Fallen über Bord. Dieser kam bald wieder zu sich, man warf ihm ein Tau zu, und er machte den toten Bären fest, ehe er wieder ins Boot kletterte. Im Triumph kehrten wir nun zu dem Schoner zurück, unsere Beute im Schlepp. Der Bär maß in seiner größten Ausdehnung volle fünfzehn Fuß. Sein Fell war vollständig weiß, sehr rauh und dicht gekräuselt. Die Augen waren blutrot und größer als die des arktischen Eisbären, die Schnauze war auch mehr gerundet und erinnerte fast an die einer Bulldogge. Das Fleisch war zart, schmeckte jedoch sehr nach Tran und Fisch; gleichwohl verzehrten die Männer es später mit Begierde und erklärten, daß es ihnen ausgezeichnet schmecke.

Kaum hatten wir unsere Beute längsseits genommen, als der Mann im Mastkorb freudig ausrief: »*Steuerbord voraus Land in Sicht!*« Alle Mann waren nun äußerst wachsam, und da gerade zur rechten Zeit eine Brise von Nord und Ost aufkam, befanden wir uns bald dicht unter der Küste. Es war eine flache Felseninsel von etwa einer Seemeile Umfang und bis auf eine Art dorniger Birnbäume bar jeder Vegetation. Nähert man sich ihr von Norden, erkennt man eine eigenartige Felsenkette, die in die See ragt und stark an von Stricken umschnürte Baumwollballen erinnert. Westlich hinter dieser Felsenwand liegt eine schmale Bucht, an deren Ufersaum unsere Boote eine bequeme Landemöglichkeit hatten.

Wir brauchten nicht lange, um jeden Teil der Insel zu erkunden, indes fanden wir mit einer Ausnahme nichts, was unsere Beachtung verdient hätte. An der Südspitze lasen wir nahe der Küste und halb unter einem Haufen lockeren Gesteins verborgen ein Stück Holz auf, das wohl einmal der Bug eines Kanus gewesen war. Offensichtlich hatte man versucht, daran herumzuschnitzen, und Kapitän Guy glaubte, die Gestalt einer Schildkröte zu erkennen, aber ich sah keine besondere Ähnlichkeit. Außer dem Bug, sofern es einer war, entdeckten wir kein anderes Anzeichen, daß je ein lebendes Wesen hier gewesen war. In der Umgebung der Küste trieben vereinzelt kleine Eistafeln, aber es waren sehr wenig. Die genaue Position der kleinen Insel (der Kapitän Guy zu Ehren des anderen Miteigentümers des Schoners den Namen Bennett's Islet gab) ist mit einer Breite von 82° 50′ S und mit einer Länge von 42° 20′ W anzugeben.

Wir waren nun mehr als acht Grad weiter nach Süden vorgedrungen denn je ein Seefahrer zuvor, und die See lag noch völlig offen vor uns. Auch fanden wir, daß die Abweichung gleichmäßig absank, während wir weitersegelten, und, was noch überraschender war, daß die Lufttemperatur und später auch die des Wassers anstieg. Das Wetter wäre sogar als angenehm zu bezeichnen gewesen, und wir hatten eine stete, aber sehr sanfte Brise konstant von einem bestimmten nördlichen Punkt des Kompasses festgestellt. Der Himmel war meist klar, dann und wann nur tauchte am südlichen Horizont ein feiner Dunstschleier auf – indes war dieser stets von kurzer Dauer. Lediglich zwei Schwierigkeiten boten sich unserem Blick: Langsam mangelte es uns an Heizmaterial, und einige Leute der Mannschaft zeigten Symptome von Skorbut. Diese Erwägungen ließen es Kapitän Guy geraten erscheinen, die Rückkehr ins Auge zu fassen, und er sprach häufig davon. Zuversichtlich, wie ich war, daß wir bei Beibehaltung des

Kurses bald irgendeine Art Land erreichen würden, wobei ich nach den gegenwärtigen Anzeichen allen Grund hatte anzunehmen, daß dieses nicht von so unfruchtbarer Natur sein werde wie in höheren arktischen Breiten, betonte ich ihm gegenüber sehr inständig die Nützlichkeit, die Richtung, die wir eingeschlagen hatten, zumindest noch für einige Tage beizubehalten. Eine so verführerische Gelegenheit, die große Streitfrage in bezug auf einen antarktischen Kontinent zu lösen, hatte sich dem Menschen bislang nie geboten, und ich muß gestehen, daß ich vor Entrüstung schier aus der Haut fuhr ob der kleinmütigen und so zur Unzeit vorgebrachten Andeutungen unseres Kommandanten. Ich glaube in der Tat, daß das, was ihm in dieser Hinsicht zu sagen ich nicht umhin konnte, doch die Wirkung hatte, ihn zur Weiterfahrt zu veranlassen. Während ich daher die so unglückseligen und blutigen Ereignisse, die mein Ratschlag unmittelbar zur Folge hatte, nur im höchsten Maße beklagen kann, sei mir dennoch erlaubt, eine gewisse Befriedigung darüber zu empfinden, daß ich zumindest in entferntem Maße förderlich gewesen bin, dem Auge der Wissenschaft eines der aufregendsten Geheimnisse zu enthüllen, das je seine Aufmerksamkeit auf sich gezogen hat.

Kapitel XVIII

18. Januar. – Heute morgen* fuhren wir bei demselben angenehmen Wetter wie zuvor weiter südlich. Die See war völlig glatt, die Luft bei Nordostwind erträglich warm, die Wassertemperatur dreiundfünfzig Grad F. Wir brachten unser Lotgerät wieder in Ordnung und stellten bei einer Tiefe von hundertundfünfzig Faden eine Strömung fest, die uns mit einer Geschwindigkeit von einer Meile pro Stunde auf den Pol zutrieb. Diese ständige Südtendenz von Wind und Strömung rief in einigen Quartieren des Schoners ein gewisses Maß von Nachdenklichkeit, ja sogar Unruhe hervor, und ich sah deutlich, daß Kapitän Guy in nicht geringem Maße davon beeindruckt wurde. Er war jedoch sehr darauf bedacht, sich nicht lächerlich zu machen, und ich fand schließlich eine Gelegenheit, ihn ob seiner Besorgnis auszulachen. Die Abweichung war jetzt sehr geringfügig. Im Verlauf des Tages sichteten wir einige

* Die Begriffe ›Morgen‹ und ›Abend‹, die ich in meinem Bericht benutzt habe, um Unübersichtlichkeit weitestgehend auszuschließen, dürfen natürlich nicht im üblichen Sinne verstanden werden. Seit geraumer Zeit schon hatten wir überhaupt keine Nacht mehr, herrschte ständig Tageslicht. Die Daten beziehen sich durchweg auf die nautische Zeit, und die Peilung muß nach Kompaß verstanden werden. Auch möchte ich an dieser Stelle bemerken, daß ich im ersten Teil dessen, was hier geschrieben steht, keinen Anspruch auf absolute Genauigkeit in bezug auf die Daten oder geographischen Höhen und Breiten erheben kann, da ich über den Zeitraum, den dieser erste Teil behandelt, nicht regelmäßig Tagebuch geführt habe, sondern erst danach. In vielen Fällen habe ich mich völlig auf mein Erinnerungsvermögen verlassen.

große Wale der echten Gattung, und unzählige Scharen von Albatrossen flogen über unser Schiff. Auch fischten wir einen Busch voller roter Beeren wie jene des Hagedorns aus dem Wasser sowie den Körper eines eigenartig aussehenden Landtiers. Es war drei Fuß lang und nur sechs Zoll hoch, hatte vier sehr kurze Beine und an den Füßen lange, scharlachrot leuchtende Krallen, die in ihrer Substanz einer Koralle ähnelten. Der Körper war mit glattem, seidigem Haar bedeckt und völlig weiß. Der Schwanz lief spitz zu wie bei einer Ratte und war ungefähr anderthalb Fuß lang. Der Kopf erinnerte an den einer Katze mit Ausnahme der Ohren – sie hingen herab wie bei einem Hund. Die Zähne leuchteten ebenso scharlachrot wie die Krallen.

19. Januar. – Heute sichteten wir auf einer Breite von 83° 20′ und einer Länge von 43° 5′ W (und bei einer außerordentlich dunkel gefärbten See) vom Mastkorb abermals Land und stellten bei näherer Betrachtung fest, daß es zu einer Gruppe sehr großer Inseln gehörte. Die Küste ragte steil auf, und das Innere schien dicht bewaldet zu sein, ein Umstand, der bei uns große Freude auslöste. Etwa vier Stunden nach der ersten Entdeckung des Landes warfen wir bei zehn Faden Tiefe und sandigem Meeresboden eine Seemeile von der Küste entfernt Anker, da eine hohe Brandung mit starker Wellenkräuselung eine weitere Annäherung wenig ratsam erscheinen ließ. Nun wurden die zwei größten Boote ausgeschickt, und eine wohlbewaffnete Gruppe (zu der auch Peters und ich gehörten) machte sich auf, um in dem Riff, das die Insel zu umgeben schien, nach einer Öffnung Ausschau zu halten. Nachdem wir einige Zeit gesucht hatten, entdeckten wir einen Zugang, den zu durchfahren wir gerade im Begriff waren, als wir vier große Kanus von der Küste ablegen sahen, besetzt mit Männern, die gleichfalls wohlbewaffnet zu sein schienen. Wir warteten, daß sie sich uns nähern würden, und da sie sich mit großer Schnelligkeit vorwärts bewegten, waren sie bald in Rufweite. Kapitän Guy hielt nun ein weißes Taschentuch hoch, das er an einem Ruderblatt befestigt hatte, worauf die Fremden sofort anhielten und mit einemmal lautes Geschnatter einsetzte, vermischt mit gelegentlichen Freudenrufen, bei denen wir nur die Worte *Anamoo-moo!* und *Lama-Lama!* verstanden. Dies währte mindestens eine halbe Stunde, so daß wir genug Gelegenheit hatten, ihr Äußeres zu betrachten.

Die vier Kanus, die in der Länge etwa fünfzig Fuß und in der Breite fünf Fuß maßen, waren von insgesamt einhundertundzehn Wilden besetzt. Sie hatten etwa die gewöhnliche Statur der Europäer, waren jedoch muskulöser und von sehniger, kräftiger Gestalt. Ihre Gesichter waren pechschwarz, das Haar war dicht und langgelockt. Als Kleidung dienten ihnen die zottigen und seidigen Felle eines uns unbekannten schwarzen Tieres, die mit einigem Geschick so zugeschnitten waren, daß sie sich den Körperformen anpaßten, wobei das Haar außer am Hals, an den Handgelenken und Fußknöcheln nach innen gekehrt war. Ihre Waffen bestanden hauptsächlich aus Knüppeln, die aus dunklem und offensichtlich sehr schwerem Holz gefertigt waren. Wir entdeckten jedoch auch einige Speere mit Feuersteinspitzen und einige Fangschlingen. Die Böden der Kanus waren von schwarzen, etwa hühnereigroßen Steinen bedeckt.

Als sie ihre Ansprache beendet hatten (denn es war klar, daß das Geschnatter eine solche darstellen sollte), stand einer von ihnen, anscheinend der Häuptling, am Bug seines Kanus auf und gab uns Zeichen, mit unseren Booten bei ihm längsseits zu gehen. Wir taten, als verstünden wir diesen Hinweis nicht, denn wir hielten es für ratsamer, den Abstand zwischen uns möglichst beizubehalten, da ihre Zahl die unsrige um mehr als das Vierfache übertraf. Als der Häuptling dies erkannte, befahl er den drei anderen Kanus zurückzubleiben, während er sich uns mit seinem näherte. Kaum hatte er uns erreicht, sprang er an Bord des größten unserer Boote, ließ sich neben Kapitän Guy nieder und wies auf den Schoner, wobei er ständig die Worte *Ana-moo-moo!* und *Lama-Lama!* wiederholte. Wir fuhren nun zum Schiff zurück, und die vier Kanus folgten uns.

Als wir längsseits gingen, zeigte der Häuptling Symptome größter Überraschung und Freude, klatschte in die Hände, auf seine Schenkel und die Brust und lachte überlaut. Seine Begleiter taten es ihm nach, und einige Minuten lang war der Lärm dieser Freudebekundungen so außerordentlich, daß es uns nachgerade betäubte. Als die Ruhe schließlich wiederhergestellt war, befahl Kapitän Guy, daß die Boote hochgehievt wurden, eine notwendige Vorsichtsmaßnahme, und gab dem Häuptling (dessen Name Too-wit lautete, wie wir sehr bald herausfanden) zu verstehen, daß wir nicht mehr als zwanzig seiner Männer auf einmal an Deck lassen konnten. Er schien mit dieser Maßnahme völlig zufrieden zu sein und gab den Kanus entsprechende Anweisungen, worauf eines von ihnen näher kam und die übrigen etwa fünfzig Yards entfernt blieben. Zwanzig der Wilden kamen nun an Bord und begannen über sämtliche Decks zu schwärmen und in der Takelage herumzuklettern; sie taten, als ob sie auf dem Schiff zu Hause wären, und untersuchten jeden Gegenstand äußerst gründlich.

Es war ganz offensichtlich, daß sie nie zuvor einen Menschen der weißen Rasse zu Gesicht bekommen hatten – vor dessen Hautfarbe sie in der Tat zurückzuschrecken schienen. Sie glaubten, daß die ›Jane‹ ein lebendes Wesen sei, achteten ängstlich darauf, sie nicht mit den Spitzen ihrer Speere zu verletzen, und drehten diese vorsorglich nach oben. In einem Fall amüsierte sich unsere Mannschaft besonders über das Verhalten von Too-wit. Der Koch spaltete nahe der Kombüse etwas Holz, hieb seine Axt versehentlich in das Deck und verursachte einen Einschnitt beträchtlicher Tiefe. Sofort kam der Häuptling herbeigestürzt, stieß ihn ziemlich grob beiseite und begann halb zu weinen, halb zu heulen, wohl um sein Mitgefühl zu bekunden für den Schmerz, den der Schoner seines Erachtens jetzt erleiden mußte; er streichelte und tätschelte den Spalt mit der Hand und wusch ihn mit Seewasser aus einem Eimer, der daneben stand. Das war ein Grad von Unwissenheit, auf den wir nicht gefaßt waren, ich meinerseits konnte indes nicht umhin, Too-wits Verhalten zum Teil doch als gekünstelt anzusehen.

Nachdem die Besucher, so gut sie konnten, ihre Neugier in bezug auf die an Deck befindliche Ausrüstung befriedigt hatten, durften sie nach unten gehen, wobei sich ihr Staunen ins Grenzenlose steigerte. Ihre Verwunderung schien jetzt viel zu tief zu sein, um sie in Worten auszudrücken, denn sie streiften in absoluter Stille umher, die nur durch unterdrückte Stoßseufzer gestört wurde. Die Waffen boten ihnen viel Nahrung zu Spekulationen, und wir ließen es zu, daß sie sie in die Hand nahmen und in Ruhe untersuchten. Ich glaube nicht, daß sie die geringste Ahnung in bezug auf den wirklichen Verwendungszweck hatten, sie betrachteten sie wohl eher als Kultgegenstände, da sie sahen, welche Sorgfalt wir ihnen widmeten und mit welcher Aufmersamkeit wir jede Bewegung unserer Gäste verfolgten, während sie sie handhabten. Bei den großen Kanonen verdoppelte sich ihr Staunen. Sie näherten sich ihnen mit jedem Anzeichen tiefster Ehrfurcht und Ehrerbietung, unterließen jedoch, sie genauer zu untersuchen. In der Kajüte hingen zwei große Spiegel, und hier wurde der Gipfel der Verwirrung erreicht. Too-wit war der erste, der auf sie zutrat, aber er sah sie erst dann richtig, als er bereits mitten in der Kajüte stand, das Gesicht dem einen, den Rücken dem anderen zugewandt. Als er den Blick hob und sich in dem Glas widergespiegelt fand, glaubte ich, der Wilde werde den Verstand verlieren, und als er sich kurz herumdrehte, um zurückzuweichen, und sich ein zweites Mal auf der gegenüberliegenden Seite sah, fürchtete ich, er werde auf der Stelle tot umfallen. Keine Überredungskunst konnte ihn veranlassen, noch einmal hineinzusehen; vielmehr warf er sich auf den Fußboden, begrub sein Gesicht in den Händen und verharrte so, daß wir gezwungen waren, ihn an Deck zu schleppen.

Allen Wilden wurde auf diese Weise Zutritt an Bord des Schiffes gewährt, stets zwanzig auf einmal. Too-wit durfte die ganze Zeit über hier bleiben. Wir entdeckten bei ihnen keine Neigung zu Diebstahl, auch vermißten wir keinen einzigen Gegenstand, nachdem sie wieder weggefahren waren. Während ihres ganzen Besuchs gebärdeten sie sich äußerst freundlich. Dennoch gab es in ihrem Verhalten einige Dinge, die zu begreifen wir unmöglich fanden; zum Beispiel konnten wir sie nicht dazu bringen, sich einigen sehr harmlosen Gegenständen zu nähern, solchen wie den Segeln des Schoners, einem Ei, einem aufgeschlagenen Buch oder einer Pfanne Mehl. Wir versuchten herauszufinden, ob sie irgendwelche Gegenstände bei sich hatten, welche als Handelsobjekte von Nutzen sein könnten, fanden es jedoch außerordentlich schwer, uns verständlich zu machen. Dessenungeachtet entdeckten wir, daß es auf den Inseln Unmengen jener großen Schildkröten von den Galapagos gab – was uns außerordentlich verwunderte. Wir sahen eine davon in Too-wits Kanu, ferner eine Art *biche de mer* in den Händen eines der Wilden, der sie mit großer Begierde in ihrem natürlichen Zustand verschlang. Diese Anormalitäten – denn das waren sie, zieht man den Breitengrad in Betracht – veranlaßten Kapitän Guy, eine gründliche Erkundung des Landes für wünschenswert zu halten in der Hoffnung, daß sich aus dieser Entdeckung ein gewinnbringendes Unternehmen ergeben könnte. Wie begierig ich für meinen Teil auch war, etwas mehr über diese Inseln zu erfahren, neigte ich dennoch mehr dazu, die Fahrt unverzüglich in südlicher Richtung fortzusetzen. Wir hatten jetzt schönes Wetter, indes konnte niemand vorhersagen, wie lange es anhalten würde; und da wir uns bereits auf dem vierundachtzigsten Breitengrad befanden, mit einer offenen See vor uns, einer Strömung, die uns kräftig nach Süden trieb, und günstigem Wind, fehlte es mir an der Geduld, einem Vorschlag Gehör zu schenken, wonach wir hier länger verweilen sollten, als für die Gesundheit der Mannschaft und die Anbordnahme eines angemessenen Vorrats an Brennstoffen und frischen Lebensmitteln erforderlich war. Ich hielt dem Kapitän vor, daß wir diese Inselgruppe bequem auf dem Rückweg aufsuchen und hier überwintern könnten, falls wir durch Eis blockiert wurden. Er schloß sich letztendlich meiner Meinung an (denn ich hatte auf eine Weise, deren ich mir kaum bewußt war, viel Einfluß auf ihn erlangt), und so wurde schließlich entschieden, daß wir uns hier lediglich eine Woche zur Ergänzung der Vorräte aufhalten würden, selbst wenn wir *biche de mer* fänden, und dann weiter nach Süden fahren würden, solange wir konnten. Wir trafen dementsprechend jede notwendige Vorbereitung, steuerten die ›Jane‹ unter Anleitung von Too-wit durch das Riff in Sicherheit und warfen etwa eine Meile vom Ufer entfernt in einer vortrefflichen, völlig von Land eingeschlossenen Bucht an der Südostküste der Hauptinsel bei einer Tiefe von zehn Faden und schwarzem, sandigem Grund Anker. Am Ende der Bucht seien drei schöne Quellen mit gutem Wasser zu finden, sagte man uns, und wir sahen den Reichtum an Holz in der Umgebung. Die vier Kanus folgten uns bei der Einfahrt, hielten sich jedoch in respektvoller Entfernung. Too-wit selbst blieb an Bord und lud uns, als wir Anker geworfen hatten, ein, ihn an Land zu begleiten und sein Dorf im Inneren zu besuchen. Kapitän Guy stimmte dem zu; zehn Wilde wurden als Geiseln an Bord behalten, und eine Gruppe von uns, zwölf an der Zahl, machte sich bereit, dem Häuptling zu folgen. Wir ließen uns angelegen sein, uns gut zu bewaffnen, dabei jedoch nicht irgendwelches Mißtrauen wachzurufen. Der Schoner hatte die Kanonen ausgefahren und die Enternetze hochgezogen, auch war jede andere geeignete Vorkehrung getroffen worden, um uns gegen Überraschungen zu schützen. Dem Obermaat war Weisung erteilt, während unserer Abwesenheit keine Person an Bord zu lassen, und, falls wir binnen zwölf Stunden nicht zurück sein sollten, den Kutter mit einer Drehbrasse um die Insel fahren und nach uns suchen zu lassen.

Jeder Schritt, den wir landeinwärts taten, bestärkte uns in der Überzeugung, daß wir uns in einer Region befanden, welche sich von jeder bisher durch zivilisierte Menschen besuchten wesentlich unterschied. Wir sahen nichts, das uns von früher vertraut gewesen wäre. Die Bäume ähnelten keinem Gewächs weder der heißen noch der gemäßigten oder nördlichen kalten Zonen und glichen in keiner Weise denen der unteren südlichen Breiten, die wir bereits durchfahren hatten. Schon die Felsen waren neu in ihrer Masse, Farbe und Schichtung, und selbst die Flüsse hatten, so völlig unglaublich es scheinen mag, so wenig gemein mit denen anderer Klimazonen, daß wir Bedenken trugen, das Wasser zu kosten, und uns in der Tat nur schwer zu der Überzeugung durchringen konnten, daß ihre Eigenschaften gänzlich denen der Natur entsprächen. An einem kleinen Bach, der unseren Weg kreuzte (der erste, den wir erreichten), blieben Too-wit und seine Begleiter stehen, um zu trinken. Wegen des eigenartigen Charakters des Wassers lehnten wir ab, es zu kosten, weil wir es für vergiftet hielten, und es dauerte geraume Zeit, ehe wir zu der Erkenntnis gelangten, daß alle Wasserläufe auf der ganzen Inselgruppe so aussahen. Ich bin ratlos, wie ich eine genaue Vorstellung vom Wesen dieser Flüssigkeit vermitteln könnte, und vermag dies nicht ohne viel Worte zu tun. Obgleich sie geschwind in alle Abschüssigkeiten rann, wie gewöhnliches Wasser auch tun würde, zeigte sie dennoch nur dann die wohlbekannte *Klarheit*, wenn sie in einer Kaskade herabstürzte. Gleichwohl war sie tatsächlich ebenso glasklar wie jedes Kalksteinwasser, das es auf der Welt gibt, der Unterschied bestand nur im Anschein. Auf den ersten Blick und besonders an Stellen, die weniger abschüssig waren, ähnelte es in seiner Konsistenz eher einer dickflüssigen Suspension von Gummiarabikum in üblichem Wasser. Aber von all seinen außergewöhnlichen Eigenschaften war nur diese am wenigsten bemerkenswert. Es war *nicht* farblos, aber auch keineswegs gleichmäßig gefärbt – vielmehr bot es dem Auge im Vorüberfließen jede mögliche Schattierung von Purpur wie die Farbtönung schillernder Seide. Diese Mannigfaltigkeit in der Schattierung wurde in einer Art und Weise hervorgebracht, die in den Köpfen unserer Leute eine ebenso tiefe Verwirrung auslöste, wie der Spiegel es im Falle von Too-wit getan hatte. Als wir davon ein Becken voll gesammelt und sich richtig hatten setzen lassen, erkannten wir, daß die ganze Menge Flüssigkeit aus einer Anzahl deutlich wahrnehmbarer Fasern bestand, von denen jede eine andere Färbung hatte; daß diese Fasern sich nicht vermischten; und daß ihre Kohäsion vollkommen war in bezug auf die eigenen Partikel untereinander und unvollkommen in bezug auf benachbarte Fasern. Strich man mit einer Messerklinge hindurch, so schloß sich das Wasser sofort dahinter wie bei uns, auch wurden nach Zurückziehen des Messers alle Spuren, die es beim Durchgleiten hinterlassen hatte, augenblicklich gelöscht. Wurde die Klinge jedoch genau zwischen zwei Fasern hindurchgeführt, so trat eine völlige Trennung ein, welche von der Kohäsionskraft nicht sofort wieder beseitigt werden konnte. Die Phänomene dieses Wassers bildeten das erste eindeutige Glied jener langen Kette offensichtlicher Wunder, von denen umgeben zu sein mir letztendlich beschieden war.

Kapitel XIX

Wir benötigten nahezu drei Stunden, um das Dorf zu erreichen, da es über neun Meilen landeinwärts entfernt lag und der Weg durch zerklüftetes Gelände führte. Auf unserem Marsch wurde die Gruppe von Too-wit (alle einhundertundzehn Wilde aus den Kanus) ständig durch kleinere Trupps von zwei bis sechs oder sieben Mann verstärkt, die sich uns wie zufällig an verschiedenen Wegbiegungen anschlossen. Darin schien so viel Systematik zu liegen, daß ich nicht umhin konnte, Mißtrauen zu empfinden, und Kapitän Guy meine Befürchtungen auch mitteilte. Indes war es jetzt zu spät zurückzugehen, und wir schlußfolgerten, daß unsere beste Sicherheit darin bestand, Too-wits guten Absichten völlig zu vertrauen. Wir gingen demzufolge weiter, wobei wir die Manöver der Wilden mit wachem Auge verfolgten und nicht zuließen, daß sie uns voneinander trennten, indem sie sich dazwischenschoben. Auf diese Weise durchquerten wir eine tiefe Schlucht und erreichten schließlich die einzige Ansammlung von Behausungen auf der Insel, wie man uns zu verstehen gab. Als wir dieser ansichtig wurden, stieß der Häuptling einen lauten Ruf aus und wiederholte mehrfach das Wort *Klock-klock*, welches wir für den Namen des Dorfes oder vielleicht die allgemeine Bezeichnung für Dorf hielten.

Die Behausungen waren von höchst armseliger Natur, wie man sich nur vorstellen kann, glichen nicht einmal denen der untersten wilden Rassen, die die Menschheit je kennengelernt hat, und waren auch nicht nach einem einheitlichen Plan angelegt. Einige von ihnen (wir fanden später, daß sie den *Wampoos* oder *Yampoos*, den Großen des Landes, gehörten) bestanden aus einem Baum, der etwa vier Fuß von der Wurzel aufwärts gefällt worden war und über den man ein großes, schwarzes Fell geworfen hatte, das in losen Falten zu Boden hing. Darunter hatte sich der Wilde eingenistet. Andere waren mittels unbehauener Äste errichtet worden, an denen noch das welke

Laub haftete und die in einem Winkel von fünfundvierzig Grad an einem fünf oder sechs Fuß hoch aufgehäuften Lehmwall von unregelmäßiger Gestalt lehnten. Andere wiederum waren nur Löcher, senkrecht in die Erde gegraben und mit ähnlichen Zweigen zugedeckt, die entfernt wurden, wenn der Bewohner hineinschlüpfen wollte, und wieder darübergeschoben wurden, sobald er darinnen war. Einige waren zwischen Astgabeln aufrechtstehender Bäume gebaut, wobei die oberen Äste teilweise durchgesägt waren, so daß sie sich über die unteren neigten und auf diese Weise einen dichteren Schutz gegen das Wetter bildeten. Die größere Anzahl bestand indes aus kleinen, flachen Höhlen, offensichtlich in die Bruchfläche einer steil aufragenden, dunklen Felsenkante gehauen, die an Walkererde erinnerte und das Dorf von drei Seiten umgrenzte. Vor der Tür jeder dieser primitiven Höhlen lag ein kleiner Felsstein, den der Bewohner sorgsam vor den Eingang schob, sobald er seinen Wohnsitz verließ, aus welchem Grund, konnte ich nicht ermitteln, da der Stein selbst nie groß genug war, um mehr als ein Drittel der Öffnung zu verschließen.

Dieses Dorf, sofern es den Namen überhaupt verdiente, lag in einem ziemlich tiefen Tal, und man konnte sich ihm nur von Süden nähern, da die steile Kante, von der ich soeben gesprochen habe, jeden Zugang aus anderer Richtung verwehrte. Mitten durch das Tal trug ein brodelnder Fluß dasselbe magisch wirkende Wasser, welches bereits beschrieben wurde. Wir sahen verschiedene seltsame Tiere bei den Behausungen, die alle völlig domestiziert zu sein schienen. Das größte dieser Geschöpfe erinnerte in seiner Körperform und mit dem Rüssel an unser gemeines Hausschwein, der Schwanz war jedoch buschig, und die Beine waren schlank wie die der Antilope. Es bewegte sich ausnehmend linkisch und unsicher, und nie sahen wir, daß es zu rennen versuchte. Wir bemerkten auch mehrere Tiere von sehr ähnlicher Erscheinung, jedoch größerer Körperlänge, und mit schwarzer Wolle bedeckt. Eine große Vielzahl zahmen Geflügels lief umher, es schien die Hauptnahrung der Eingeborenen darzustellen. Zu unserer Verwunderung gewahrten wir unter diesen Vögeln völlig gezähmte schwarze Albatrosse, die wohl in regelmäßigen Zeitabständen zur See flogen, um Nahrung zu holen, jedoch immer ins Dorf als ihrer Heimstatt zurückkehrten und die südliche Küste der nahen Umgebung als Nistplatz benutzten. Dort gesellten sich ihnen wie gewöhnlich ihre Freunde, die Pelikane, zu, ohne ihnen indes zu den Behausungen der Wilden zu folgen. Unter den anderen Arten zahmen Geflügels waren Enten, die sich sehr wenig von der Kanevasente unseres eigenen Landes unterschieden, schwarze Tölpel und ein großer Vogel, dem Bussard äußerlich nicht unähnlich, aber kein Fleischfresser. An Fischen schien es einen großen Überfluß zu geben. Während unseres Besuchs sahen wir eine Menge gedörrte Lachse, Klippenbarsche, blaue Tümmler, Makrelen, Schwarzfische, Glattrochen, Seeaale, Elefantenfische, Meeräschen, Seezungen, Papageienfische, Schweinsfische, Knurrhähne, Seehechte, Flundern, Pfeilhechte und unzählige andere Arten. Auch bemerkten wir, daß die meisten von ihnen den Fischen nahe der Gruppe der Lord-Auckland-Inseln auf einer Breite von einundfünfzig Grad Süd glichen. Die Galapagosschildkröte war gleichfalls in Mengen vorhanden. Wilde Tiere sahen wir nur wenige, und keines davon war sehr groß oder von einer Gattung, die uns vertraut gewesen wäre. Ein oder zwei Schlangen von beeindrukkendem Aussehen kreuzten unseren Weg, aber die Eingeborenen schenkten ihnen wenig Aufmerksamkeit, und wir schlossen daraus, daß sie nicht giftig waren.

Als wir uns mit Too-wit und seiner Gruppe dem Dorf näherten, kam uns unter lautem Geschrei, aus dem wir nur die ständig wiederholten Worte *Anamoo-moo!* und *Lama-Lama!* heraushören konnten, eine riesige Menschenmenge entgegengeströmt. Wir waren sehr überrascht, zu sehen, daß, von ein oder zwei Ausnahmen abgesehen, alle Neuhinzukommenden völlig nackt waren und nur die Männer aus den Kanus Felle trugen. Auch schienen sich alle Waffen des Landes ausschließlich im Besitz der letzteren zu befinden, denn bei den Dorfbewohnern konnten wir nichts dergleichen entdecken. Eine große Zahl Frauen und Kinder war darunter, wobei erstere keineswegs dessen entrieten, was als individuelle Schönheit bezeichnet werden könnte. Sie waren gerade und groß gewachsen, wohlproportioniert und bewegten sich mit einer Grazie und Ungezwungeheit, die in einer zivilisierten Gesellschaft nicht zu finden ist. Ihre Lippen waren jedoch wie die der Männer dick und wulstig, so daß sie nie die Zähne entblößten, auch wenn sie lachten. Ihr Haar war feiner als das der Männer. Unter diesen nackten Dorfbewohnern befanden sich vielleicht zehn oder zwölf, die wie die Gruppe von Too-wit mit schwarzen Fellen bekleidet und mit Lanzen und schweren Knüppeln bewaffnet waren. Diese schienen bei den anderen großen Einfluß zu haben und wurden stets mit dem Titel *Wampoo* angeredet. Sie bewohnten auch die aus schwarzen Fellen errichteten Paläste. Der von Too-wit befand sich in der Mitte des Dorfes und war viel größer und doch etwas besser konstruiert als die der anderen dieser Art. Der Baum, der als Hauptstütze diente, war in einer Höhe von etwa zwölf Fuß über der Wurzel gekappt worden, und kurz unter der Trennstelle waren einige Zweige belassen worden, die dazu dienten, die Umhüllung zu erweitern und gleichzeitig zu verhindern, daß sie um den Stamm flatterte. Auch war die Hülle, die aus vier sehr großen Fellen bestand, welche von Holzspeilen zusammengehalten wurden, am Boden durch Pflöcke gesichert, die durch sie hindurch in die Erde getrieben waren. Eine Unmenge von trockenen Blättern auf dem Fußboden bildete eine Art Teppich.

Wir wurden äußerst feierlich zu dieser Hütte geleitet, und nach uns drängten soviel Eingeborene wie möglich herein. Too-wit nahm auf den Blättern Platz und gab uns durch Zeichen zu verstehen, wir sollten seinem Beispiel folgen. Dies taten wir auch und befanden uns augenblicklich in einer besonders unbehaglichen, wenn nicht sogar kritischen Situation. Wir saßen am Boden, zwölf an der Zahl, während die Wilden, mindestens vierzig, so dicht um uns herumhockten, daß wir, wäre es zu irgendeiner Art Tumult gekommen, es als unmöglich befunden hätten, von unseren Waffen Gebrauch zu machen oder auch nur aufzuspringen. Dieses Gedränge herrschte nicht nur innerhalb des Zeltes, sondern auch außerhalb, wo wahrscheinlich jeder Bewohner der ganzen Insel zugegen war und die Menge nur durch unablässige Bemühungen und laute Schreie von Too-wit daran gehindert wurde, uns totzutrampeln. Unsere Sicherheit bestand jedoch hauptsächlich darin, daß sich Too-wit mitten unter uns befand, und wir beschlossen, dicht bei ihm zu bleiben, da dies die beste Chance bot, uns Unheil vom Leib zu halten, indem wir beim ersten Anzeichen eines feindseligen Vorhabens sofort Hand an ihn legen würden.

Nach allgemeinem Durcheinander war die Ruhe in gewissem Maße wiederhergestellt, worauf der Häuptling uns eine sehr lange Rede hielt, anscheinend fast die gleiche, die er bereits im Kanu von sich gegeben hatte, mit der Ausnahme, daß die *Anamoo-moos!* nun etwas kräftiger erschollen als die *Lama-Lamas!* Wir lauschten in völliger Stille, bis der laute Wortschwall sein Ende gefunden hatte, worauf Kapitän Guy antwortete, dabei den Häuptling seiner ewigen Freundschaft und Gunst versicherte und das, was er zu sagen hatte, mit der Überreichung eines Geschenks beendete, welches aus mehreren blauen Perlenketten und einem Messer bestand. Bei den ersteren rümpfte der Monarch zu unserer großen Überraschung höchst verächtlich die Nase; aber das Messer löste bei ihm grenzenlose Befriedigung aus, und er ordnete sofort das Mittagessen an. Dies wurde über die Köpfe der Anwesenden ins Zelt gereicht und bestand aus den noch zuckenden Eingeweiden einer unbekannten Tiergattung, wahrscheinlich eines der dünnbeinigen Schweine, die wir bei unserer Annäherung an das Dorf erspäht hatten. Als er sah, daß wir in Verlegenheit waren, wie wir verfahren sollten, wollte er uns wohl ein Beispiel geben und begann, Yard für Yard der verlockenden Speise zu verzehren, bis wir es wirklich nicht länger ertragen konnten und deutliche Symptome einer Rebellion unseres Magens zeigten, die bei Seiner Majestät solches Maß von Verblüffung auslösten, wie sie nur von jener bei den Spiegeln übertroffen wurde. Wir lehnten jedoch ab, den vor uns ausgebreiteten Delikatessen zuzusprechen, und mühten uns sehr, ihm begreiflich zu machen, daß wir überhaupt keinen Appetit hätten, da wir gerade von einem herzhaften *déjeuner* kämen.

Als der Monarch seine Mahlzeit beendet hatte, begannen wir in einer Art Kreuzverhör auf die erfinderischste Weise, die wir nur ausdenken konnten, zu erkunden, welcherart die Hauptprodukte des Landes wären und ob uns einige davon Gewinn bringen würden. Schließlich schien er eine Vorstellung davon zu haben, was wir meinten, und erbot sich, uns zu einem Küstenabschnitt zu begleiten, wo die *biche de mer* (er wies auf ein Exemplar dieses Tieres) in großen Mengen zu finden sei, wie er uns versicherte. Wir begrüßten diese frühzeitige Gelegenheit, dem Druck der Menge zu entrinnen und bekundeten unsere Bereitwilligkeit, aufzubrechen. Nun verließen wir das Zelt und folgten dem Häuptling, von der ganzen Einwohnerschaft des Dorfes begleitet, zur südöstlichen Spitze der Insel, nicht weit von der Bucht, wo unser Schiff vor Anker lag. Hier warteten wir etwa eine Stunde, bis die vier Kanus von einigen der Wilden zu unserem Standort gebracht worden waren. Unsere ganze Gruppe bestieg eines davon, und wir paddelten den Rand des bereits erwähnten Riffs und sodann eines noch weiter draußen liegenden entlang, wo wir eine viel größere Menge von *biche de mer* erblickten, als die ältesten Fahrensleute von uns je in jenen Gruppen der unteren Breiten gesehen hatten, die für diesen Handelsartikel am berühmtesten sind. Wir hielten uns nur so lange in der Nähe dieser Riffe auf, um uns zu überzeugen, daß wir notfalls sehr leicht ein Dutzend Schiffe mit diesem Tier beladen konnten, worauf wir längsseits des Schoners gingen und uns von Too-wit trennten, nachdem wir ihm das Versprechen abgenommen hatten, im Verlauf von vierundzwanzig Stunden so viele Kanevasenten und Galapagos-Schildkröten herzubringen, wie seine Kanus fassen konnten. Während dieses ganzen Abenteuers konnten wir im Verhalten der Eingeborenen nichts erkennen, was geeignet gewesen wäre, Verdacht zu wecken, sieht man einmal von der systematischen Art und Weise ab, in der ihre Zahl sich während unseres Weges vom Schoner zum Dorf mehrte.

Kapitel XX

Der Häuptling war so gut wie sein Wort, und wir waren bald überreichlich mit frischen Vorräten versorgt. Die Schildkröten gehörten zu den vortrefflichsten, die wir je gesehen hatten, und die Enten übertrafen unsere besten Arten von Wildgeflügel, denn sie waren ausnehmend zart, saftig und von angenehmem Geschmack. Außerdem brachten uns die Wilden, nachdem wir ihnen unseren Wunsch begreiflich gemacht hatten, große Mengen von braunem Sellerie und Skorbutkraut samt einer Kanuladung von frischem Fisch und etwas Dörrfisch. Der Sellerie war wirklich ein Hochgenuß, und das Skorbutkraut erwies sich von unschätzbarem Nutzen, um diejenigen unserer Männer wieder zu Kräften zu bringen, die Symptome dieser Krankheit gezeigt hatten. In sehr kurzer Zeit hatten wir keinen einzigen Namen mehr auf der Krankenliste. Auch besaßen wir nun eine Menge frischer Vorräte anderer Natur, von denen vielleicht eine Art Schalentier erwähnt werden sollte, von Gestalt der Miesmuschel ähnlich, jedoch mit dem Geschmack der Auster. Garnelen und Steingarnelen waren gleichfalls im Überfluß vorhanden, außerdem Albatros- und andere Vogeleier mit dunkler Schale. Wir nahmen ferner einen großen Vorrat Fleisch von jenem Schwein an Bord, das ich zuvor erwähnt habe. Die meisten Männer befanden es für eine schmackhafte Speise, meines Erachtens war es jedoch fischig und auch anderweitig unangenehm. Als Entgelt für diese guten Sachen beschenkten wir die Eingeborenen mit blauen Perlen, Messingbechern, Nägeln, Messern und Stücken roten Tuchs, und sie zeigten sich hochentzückt über den Tausch. Wir veranstalteten am Ufer, genau unter den Kanonen des Schoners, einen regulären Markt, wo unser Tauschhandel mit allen Zeichen guten Vertrauens betrieben und ein Maß von Ordnung bewahrt wurde, welches das Verhalten der Wilden im Dorf von *Klock-klock* nie hätte erwarten lassen.

Die Dinge entwickelten sich mehrere Tage lang dergestalt sehr freundschaftlich, wobei Gruppen von Eingeborenen häufig an Bord des Schoners kamen und Gruppen unserer Leute häufig an Land gingen, weite Exkursionen in das Landesinnere durchführten und in keiner Weise belästigt wurden. Angesichts der Leichtigkeit, mit der das Schiff dank der freundlichen Disposition der Inselbewohner mit *biche de mer* beladen werden konnte, und angesichts der Bereitwilligkeit, mit der sie uns beim Einsammeln der Tiere behilflich waren, beschloß Kapitän Guy, mit Too-wit in Verhandlungen zu treten zwecks Errichtung geeigneter Baulichkeiten, in denen wir den Artikel zubereiten könnten, und zwecks Hilfeleistung seitens des Häuptlings und seines Stammes, um soviel wie möglich zu sammeln, während der Kapitän selbst das schöne Wetter nutzen wollte, um die Reise nach Süden fortzusetzen. Als dem Häuptling dieses Projekt unterbreitet wurde, schien er sehr geneigt zu sein, eine Übereinkunft zu schließen. Zur vollsten Zufriedenheit beider Parteien wurde ein entsprechender Vertrag geschlossen, wonach sie vereinbarten, daß der Schoner nach Beendigung der notwendigen Vorbereitungen, wie zum Beispiel Abmessen des geeigneten Geländes und Errichtung eines Teils der Gebäude sowie der Ausführung einiger anderer Arbeiten, für die unsere gesamte Mannschaft erforderlich war, seine Fahrt fortsetzen solle, wobei er drei Mann der Besatzung auf der Insel zurücklassen würde, um die Ausführung des Projekts zu überwachen und die Eingeborenen im Trocknen von *biche de mer* zu unterweisen. Was die Bedingungen anbetraf, so sollten sich diese nach den Bemühungen der Wilden während unserer Abwesenheit richten. Die Eingeborenen sollten für eine bestimmte Anzahl Pikul *biche de mer*, die bei unserer Rückkehr fertig zu sein hatte, eine vereinbarte Menge von blauen Perlen, Messern, rotem Tuch und so weiter erhalten.

Eine Beschreibung der Art dieses bedeutenden Handelsartikels und der Methode seiner Zubereitung mag für meine Leser vielleicht von einigem Interesse sein, und ich kann keine geeignetere Stelle finden, eine entsprechende Darstellung einzufügen, als diese hier. Die folgende umfassende Schilderung des Wesentlichen wurde einer zeitgenössischen Geschichte über eine Fahrt in die Südsee entnommen:

›Es ist jene *mollusca* aus dem Indischen Meer, die im Handel unter dem französischen Namen *bouche de mer* (ein Leckerbissen aus dem Meer) bekannt ist. Wenn ich mich nicht sehr irre, nennt der berühmte Cuvier sie *gasteropoda pulmonifera*. Sie ist in großen Mengen an der Küste der Pazifikinseln zu finden und wird besonders für den chinesischen Markt gesammelt, wo sie einen bedeutenden Preis erzielt, vielleicht einen ebenso hohen wie die sattsam bekannten eßbaren Vogelnester, welche eigentlich aus der gallertartigen Masse zubereitet werden, die durch eine bestimmte Gattung Schwalben dem Körper dieser *molluscae* entnommen wurde. Sie haben keine Schale, keine Beine oder andere hervorstehenden Teile außer einem *absorbierenden* und einem *exkretorischen* Organ, die sich gegenüberliegen. Mittels ihrer elastischen Flanken kriechen sie jedoch ähnlich den Raupen oder Würmern im flachen Wasser umher, wo sie im Seichten von einer bestimmten Art Schwalben entdeckt werden, deren scharfer Schnabel, in das weiche Tier gestoßen, eine gummiartige, fasrige Substanz entnimmt, die durch Trocknung zu den festen Wänden ihrer Nester verarbeitet werden kann. Daher der Name *gasteropoda pulmonifera*.

Diese Molluske ist länglich und von unterschiedlicher Größe, drei bis achtzehn Zoll; ich habe auch einige gesehen, die mindestens zwei Fuß maßen. Sie waren nahezu rund, an der Seite, die dem Meeresgrund zugewandt ist, ein wenig abgeflacht, und ein bis acht Zoll dick. Zu bestimmten Jahreszeiten kriechen sie im flachen Wasser umher, wahrscheinlich zum Zweck der Begattung, da wir sie dann oft paarweise finden. Sobald die Sonne die größte Kraft erlangt und das Wasser lauwarm gemacht hat, nähern sie sich dem Ufer und geraten dabei oft an derart flache Stellen, daß sie zur Ebbe auf dem Trocknen und der Sonnenhitze ausgesetzt liegenbleiben. Sie bringen ihre Jungen jedoch nie im flachen Wasser zur Welt, wie wir auch nie etwas von ihrer Nachkommenschaft gesehen haben, und die voll ausgewachsenen Tiere kommen stets aus tiefem Wasser, wie beobachtet wurde. Ihre Nahrung besteht hauptsächlich aus jener Klasse der Pflanzentiere, die die Korallen erzeugen.

Die *biche de mer* wird gewöhnlich in drei oder vier Fuß tiefem Wasser gesammelt, ans Ufer gebracht und an einem Ende mit dem Messer aufgeschlitzt, wobei der Einschnitt nach Größe der Molluske ein Zoll oder mehr beträgt. Die Eingeweide werden durch diese Öffnung herausgedrückt und sie ähneln sehr denen jedes anderen kleinen Bewohners der Tiefe. Die Restsubstanz wird sodann gewaschen und bis zu einem bestimmten Grad gekocht, der nicht über- und auch nicht unterschritten werden darf. Anschließend werden die *biche de mer* für vier Stunden in der Erde vergraben, sodann abermals kurze Zeit gekocht und danach entweder über dem Feuer oder von der Sonne getrocknet. Die unter Sonneneinwirkung getrockneten sind am wertvollsten. Allein, in der Zeit, in der ein Pikul (133⅓ lbs.) auf diese Weise trocknet, kann ich mittels Feuer dreißig Pikul trocknen. Ist dies einmal richtig geschehen, können sie an trockenem Ort zwei oder drei Jahre ohne jedes Risiko aufbewahrt werden, jedoch sollte man sie alle paar Monate, sagen wir, viermal im Jahr, überprüfen, um nachzusehen, ob sie vielleicht unter Feuchtigkeit gelitten haben.

Wie zuvor schon festgestellt, betrachten die Chinesen *biche de mer* als eine sehr große Delikatesse und glauben, daß sie das Körpersystem auf wunderbare Weise kräftigt, nährt und erneuert, falls es von übermäßiger Sinnenfreude erschöpft ist. Die erste Qualität erzielt in Kanton einen hohen Preis, wo ein Pikul für neunzig Dollar feilgeboten wird; die zweite Qualität bringt fünfundsiebzig Dollar, die dritte fünfzig, die vierte dreißig, die fünfte zwanzig, die sechste zwölf, die siebente acht und die achte vier Dollar. Kleine Ladungen werden indes in Manila, Singapur und Batavia oft mehr bringen.‹

Nachdem dergestalt eine Übereinkunft getroffen war, schickten wir uns an, sofort alles Notwendige für die Errichtung der Baulichkeiten und die Rodung des Bodens an

Land zu bringen. Nahe der Ostküste der Bucht war eine große, ebene Fläche gewählt worden, die sowohl reichlich Holz als auch Wasser bot und von den Hauptriffen, wo die *biche de mer* beschafft werden sollte, bequem zu erreichen war. Wir machten uns nun alle voller Eifer ans Werk und hatten zur großen Verwunderung der Wilden sehr bald eine genügende Anzahl Bäume für unsere Zwecke gefällt und unverzüglich für die Gerüste der Häuser behauen, deren Errichtung in zwei oder drei Tagen so weit fortgeschritten war, daß wir die restliche Arbeit getrost den drei Männern anvertrauen konnten, die wir beabsichtigten hierzulassen. Dies waren John Carson, Alfred Harris und Peterson (alle aus London, wie ich glaube), die ihre Dienste in dieser Sache freiwillig angeboten hatten.

Am letzten Tag des Monats war alles für die Abfahrt bereit. Wir hatten jedoch eingewilligt, dem Dorf einen formellen Abschiedsbesuch abzustatten, und Too-wit bestand so hartnäckig darauf, daß wir unser Versprechen hielten, da uns das Wagnis nicht ratsam erschien, ihn durch eine letztendliche Absage zu beleidigen. Ich glaube, keiner von uns hegte zu dieser Zeit den geringsten Zweifel an der Vertrauenswürdigkeit der Wilden. Sie waren uns einer wie der andere mit größtem Anstand begegnet, hatten uns bei unserer Arbeit bereitwillig unterstützt, ihre Waren häufig ohne Entgelt angeboten und niemals, in keinem Fall, auch nur einen einzigen Gegenstand gestohlen, obwohl der hohe Wert, den sie den von uns mitgebrachten Waren beimaßen, durch die außergewöhnlichen Freudebekundungen offenbar wurde, mit denen sie jedes Geschenk entgegennahmen, das wir ihnen machten. Insbesondere die Frauen waren höchst gefällig in jeder Beziehung gewesen, und man hätte uns insgesamt betrachtet den argwöhnischsten Exemplaren der Gattung Mensch zurechnen müssen, hätten wir uns seitens eines Volkes, das uns so gut behandelt hatte, auch nur eines Quentchens Perfidie versehen. Eine sehr kurze Zeit genügte, um darzutun, daß dieses scheinbar freundliche Entgegenkommen nur Ergebnis eines in aller Stille geschmiedeten Plans für unsere Vernichtung war und daß die Inselbewohner, denen wir so ungewöhnliche Wertschätzung entgegenbrachten, zu den barbarischsten, heimtükkischsten und blutdürstigsten Unholden gehörten, die je das Antlitz des Erdballs verunziert haben.

Am ersten Februar gingen wir an Land, um dem Dorf unseren Abschiedsbesuch abzustatten. Obwohl wir, wie bereits gesagt, nicht den leisesten Verdacht hegten, wurde dennoch keine geeignete Vorsichtsmaßnahme vernachlässigt. Sechs Leute wurden auf dem Schoner belassen mit der Weisung, keinem der Wilden zu erlauben, daß er sich während unserer Abwesenheit unter welchem Vorwand auch immer dem Schiff näherte, und ständig an Deck zu bleiben. Die Enternetze waren aufgezogen, die Kanonen mit doppelter Trauben- und Kartätschladung versehen und die Drehbrassen mit Kartätschen aus Musketenkugeln geladen worden. Der Schoner lag etwa eine Meile vom Ufer entfernt vor Anker, und kein Kanu konnte sich ihm von irgendeiner Seite nähern, ohne deutlich gesehen zu werden und sofort dem vollen Feuer unserer Drehbrassen ausgesetzt zu sein.

Die sechs an Bord Belassenen abgerechnet, betrug die an Land gehende Gruppe insgesamt zweiunddreißig Mann. Wir waren bis an die Zähne bewaffnet und trugen Musketen, Pistolen und Entersäbel; außerdem besaß ein jeder eine Art langes Seemannsmesser, das in gewisser

Weise dem Bowiemesser ähnelte, wie es jetzt in unseren westlichen und südlichen Landesteilen so oft in Gebrauch ist. Etwa einhundert Schwarzfellkrieger nahmen uns bei der Landung in Empfang, mit der Absicht, uns auf unserem Weg zu begleiten. Wir bemerkten jedoch mit einiger Überraschung, daß sie jetzt keinerlei Waffen trugen; über diesen Umstand befragt, antwortete Too-wit lediglich: *Mattee non we pa pa sie* – was bedeuten sollte, es bedürfe der Waffen nicht, wo alle Brüder seien. Wir nahmen dies als günstiges Vorzeichen und gingen weiter.

Bald hatten wir die Quelle und das kleine Flüßchen, von dem ich zuvor gesprochen habe, hinter uns und betraten nun die enge Schlucht, die die Kette von Specksteinbergen durchschnitt, zwischen denen das Dorf lag. Diese Schlucht war sehr steinig und uneben, so daß wir bei unserem ersten Besuch in *Klock-klock* nur mit beträchtlicher Mühe hindurchgeklettert waren. Die Gesamtlänge des Einschnitts mag anderthalb oder wahrscheinlich zwei Meilen betragen haben. Er wand sich in jeder möglichen Richtung durch die Berge (da er in weit zurückliegender Zeit offensichtlich ein Flußbett dargestellt hatte) und verlief kaum einmal zwanzig Yards geradeaus ohne eine abrupte Kehre. Die senkrechte Höhe der Flanken dieses engen Tales würde in seiner ganzen Ausdehnung durchschnittlich siebzig oder achtzig Fuß gemessen haben, dessen bin ich sicher; an einigen Abschnitten stiegen sie zu einer erstaunlichen Höhe auf und verdunkelten den Paß so vollständig, daß nur wenig Tageslicht eindringen konnte. Die allgemeine Breite betrug etwa vierzig Fuß und verringerte sich stellenweise in einem Maße, daß sie die Passage von fünf oder sechs nebeneinandergehenden Personen bereits nicht mehr zuließ. Kurzum, in der ganzen

Welt konnte es keine geeignetere Stelle für die Errichtung eines Hinterhalts geben, und es war nicht mehr als natürlich, daß wir sorgsam auf unsere Waffen achteten, als wir die Schlucht betraten. Denke ich jetzt an unsere unerhörte Torheit, so scheint Hauptgegenstand meiner Verwunderung zu sein, wie wir uns überhaupt, unter welchen Umständen auch immer, so vollständig in die Gewalt von unbekannten Wilden begeben konnten, um zuzulassen, daß sie bei der Durchquerung dieser Schlucht sowohl vor als auch hinter uns marschierten. Genau das aber war die Marschordnung, die wir blindlings einnahmen im törichten Vertrauen auf die Stärke unserer Gruppe, die Tatsache, daß Too-wit und seine Leute nicht bewaffnet waren, auf die Zuverlässigkeit unserer Feuerwaffen (deren Effektivität den Wilden noch ein Geheimnis war) und vor allem auf den lange aufrechterhaltenen Anschein von Freundschaft, den diese infamen Unholde uns gegenüber gezeigt hatten. Fünf oder sechs von ihnen gingen uns voran, als wollten sie den Weg weisen, und waren emsig beschäftigt, größere Steine und Schotter von dem Pfad zu räumen. Als nächstes kam unsere Gruppe. Wir gingen dicht nebeneinander und achteten darauf, nicht getrennt zu werden. Sodann folgte die Hauptschar der Wilden unter ungewöhnlicher Beachtung von Ordnung und Anstand.

Dirk Peters, ein Mann namens Wilson Allen und ich befanden sich rechts von unseren Gefährten und betrachteten während des Marsches die eigentümliche Schichtung des Steilhanges über uns. Eine Spalte in dem weichen Gestein erregte unsere Aufmerksamkeit. Sie war breit genug, daß eine Person darin Platz fand, ohne sich hineinzwängen zu müssen, verlief etwa achtzehn oder zwanzig Fuß gerade hinein in den Berg und fiel sodann nach links ab. Die Höhe der Erdspalte betrug vielleicht sechzig oder siebzig Fuß, soweit wir das aus der Hauptschlucht sehen konnten. Aus Rissen wucherten ein oder zwei verkümmerte Sträucher, sie trugen eine bestimmte Art Haselnüsse, die eingehender zu untersuchen ich nicht umhin konnte, zu welchem Zweck ich rasch hinstürmte, mit einem Griff fünf oder sechs der Nüsse pflückte und sodann schnell zurückkehrte. Als ich mich umwandte, sah ich, daß Peters und Allen mir gefolgt waren. Ich wollte, daß sie umkehrten, da für zwei Personen nicht Platz genug war, aneinander vorbeizukommen, und versicherte ihnen, daß sie einige der Nüsse haben sollten. Sie machten dementsprechend kehrt und kletterten zurück, wobei Allen nahe dem Ausgang der Spalte war, als ich plötzlich eine Erschütterung verspürte, die an nichts erinnerte, was ich je zuvor erlebt hatte, und in mir die verschwommene Vorstellung wachrief, sofern ich damals überhaupt etwas zu denken vermochte, daß der Erdball in seinen Grundfesten plötzlich auseinandergerissen wurde und der Tag der Auflösung des Universums angebrochen war.

Kapitel XXI

Als ich meine in Verwirrung geratenen Sinne wieder beisammen hatte, fand ich mich nahezu erstickt und in äußerster Dunkelheit in einem Haufen lockeren Erdreichs wühlend, das von allen Seiten schwer auf mich rutschte und drohte, mich zu begraben. Äußerst beunruhigt von dieser Vorstellung, suchte ich verzweifelt, mich aus dieser Lage zu befreien, was mir schließlich auch glückte. Einige Augenblicke rührte ich mich nicht und versuchte zu erfassen, was mir widerfahren war und wo ich mich befand. Alsbald hörte ich ein tiefes Stöhnen dicht an meinem Ohr und danach die halberstickte Stimme von Peters, der mich in Gottes Namen um Hilfe rief. Ich kroch ein oder zwei Schritt vorwärts, worauf ich direkt über Kopf und Schultern meines Gefährten fiel, der, wie ich bald herausfand, bis zum Gürtel in einer Masse lockeren Erdreichs steckte und verzweifelte Anstrengungen machte, sich aus dieser Umklammerung zu befreien. Ich räumte die Erde um ihn herum mit aller Energie, die ich aufbringen konnte, weg, und schließlich gelang es mir, ihn herauszuziehen.

Sobald wir uns soweit von unserer Angst und Überraschung erholt hatten, um unsere Meinungen besonnen austauschen zu können, gelangten wir beide zu dem Schluß, daß die Wände der Spalte, in die wir uns gewagt hatten, durch ein Erdbeben oder wahrscheinlich durch ihr eigenes Gewicht über uns eingestürzt und wir folglich für immer verloren, weil lebendig begraben waren. Lange Zeit gaben wir uns, auf dem Rücken liegend, der heftigsten Angst und Verzweiflung hin, wie diejenigen sie sich nicht im gleichen Maße vorstellen können, die sich nie in ähnlicher Lage befunden haben. Ich glaube fest, daß kein Unglück, was sich je im Verlauf der Menschheitsgeschichte ereignete, geeigneter erscheint, jenes Höchstmaß geistiger und körperlicher Qual hervorzurufen denn ein Fall wie der unsrige – dergestalt lebendig begraben zu sein. Die absolute Finsternis, die das Opfer umgibt, der schreckliche Druck auf die Lungen, die erstickenden Gerüche der feuchten Erde vereinen sich mit den entsetzlichen Überlegungen, daß wir uns jenseits der entferntesten Grenzen der Hoffnung befinden und daß solcherart die den Toten zuerkannte Rolle ist, das menschliche Herz mit einem

Maß entsetzlicher Furcht und Bestürzung zu erfüllen, wie sie nicht ertragen – und niemals erfaßt werden kann.

Peters schlug endlich vor, wir sollten doch versuchen, das Ausmaß unseres Unglücks genau zu ermitteln und unser Gefängnis abzutasten. Immerhin könne eine winzige Möglichkeit bestehen, bemerkte er, daß uns irgendeine Öffnung geblieben war, durch die wir entkommen konnten. Ich griff begierig nach dieser Hoffnung, raffte mich auf und versuchte, mir durch das lockere Erdreich einen Weg zu bahnen. Kaum hatte ich auch nur einen Schritt getan, als ich Licht schimmern sah, und zwar genug, um mich zu überzeugen, daß wir jedenfalls nicht sofort aus Luftmangel sterben müßten. Wir faßten nun einigen Mut und ermunterten einander, auf das beste zu hoffen. Nachdem wir über einen Schotterhaufen geklettert waren, der unser weiteres Vordringen in Richtung des Lichtscheins behindert hatte, kamen wir leichter voran und spürten auch ein gewisses Nachlassen des außerordentlichen Drucks auf die Lungen, der uns gefoltert hatte. Alsbald waren wir in der Lage, die Dinge um uns besser zu erkennen, und wir entdeckten, daß wir kurz vor dem Ende der geraden Strecke der Erdspalte waren, wo sie sich jäh nach links wandte. Nach einigen weiteren Anstrengungen erreichten wir die Biegung, von wo zu unserer unaussprechlichen Freude ein langer Spalt oder Riß ein großes Stück allgemein in einem Winkel von etwa fünfundvierzig Grad, stellenweise jedoch auch viel steiler, nach oben führte. Wir konnten diese Öffnung nicht in ihrer gesamten Ausdehnung überblicken, aber da ein ziemlich starker Lichtschein von oben hereindrang, zweifelten wir kaum, an ihrem oberen Ende (sofern wir es erreichen konnten) einen ungehinderten Durchschlupf ins Freie zu finden.

Nun erinnerte ich mich, daß wir unser drei gewesen waren, die von der Hauptschlucht aus in die Spalte geklettert waren, und daß unser Gefährte Allen noch fehlte. Wir beschlossen sofort, unseren Spuren folgend umzukehren und nach ihm zu forschen. Nach langer Suche und immer in Gefahr, daß weiteres Erdreich über uns einstürzen könnte, rief mir Peters schließlich zu, daß er den Fuß unseres Gefährten zu fassen bekommen habe und daß dessen ganzer Körper tief unter Schutt begraben sei, ohne daß für uns eine Möglichkeit bestehe, ihn herauszuziehen. Ich fand, daß alles, was er sagte, nur zu sehr der Wahrheit entsprach und Allens Leben natürlich auch schon längst ausgelöscht war. Mit schmerzerfülltem Herzen überließen wir den Toten daher seinem Schicksal und begaben uns abermals zur Biegung.

Die Breite der Kluft genügte kaum, uns durchzulassen, und nach ein oder zwei erfolglosen Bemühungen, hinaufzugelangen, begannen wir abermals zu verzweifeln. Ich habe zuvor gesagt, daß die Hügelkette, durch welche die Hauptschlucht führte, aus einer Art weichem Felsgestein bestand, das an Speckstein erinnerte. Die Seiten der Kluft, die wir nun zu erklimmen versuchten, waren von derselben Beschaffenheit und so ausnehmend schlüpfrig, weil naß, daß wir selbst an den weniger steilen Abschnitten kaum Halt darauf fanden, und an einigen Stellen, wo der Anstieg nahezu senkrecht hinaufführte, wurde diese Schwierigkeit naturgemäß noch vergrößert, und in der Tat hielten wir die Wand eine Zeitlang für unbezwingbar. Die Verzweiflung verlieh uns jedoch neuen Mut, und dadurch, daß wir mit unseren Bowiemessern Stufen in den weichen Stein schnitten und uns unter Einsatz unseres Lebens zu kleinen, hervorspringenden Punkten einer härteren Art des schieferartigen Gesteins schwangen, die hier und da aus der übrigen Gesteinsmasse herausragten, erreichten wir schließlich eine natürliche Plattform, von der aus wir am äußersten Ende einer dicht bewaldeten Schlucht einen Fetzen blauen Himmels erkennen konnten. Als wir nun mit etwas mehr Muße auf die Strecke zurückblickten, die wir schon hinter uns gebracht hatten, sahen wir deutlich aus der Gestaltung ihrer Flanken, daß sie einer späteren Formation zuzurechnen sei, und schlußfolgerten, daß die Erschütterung, welcher Art sie auch gewesen sein mochte und die so unerwartet über uns hereingebrochen war, zur gleichen Zeit auch diesen Weg zu unserer Rettung freigelegt hatte. Ganz erschöpft von der Anstrengung und in der Tat so schwach, daß wir kaum stehen oder sprechen konnten, schlug Peters nun vor, wir sollten versuchen, durch das Abfeuern der Pistolen, die noch in unseren Gürteln steckten – die Musketen und Entersäbel hatten wir im lockeren Erdreich auf dem Grund des Schlundes verloren –, unsere Gefährten herbeizurufen, damit sie uns retteten. Die folgenden Ereignisse zeigten, daß wir, hätten wir die Pistolen abgefeuert, dies bitter bereut hätten, aber glücklicherweise war in mir inzwischen doch ein halber Verdacht aufgekeimt, daß man uns übel mitgespielt hatte; so unterließen wir es, den Wilden unseren Aufenthalt kundzutun.

Als wir uns etwa eine Stunde ausgeruht hatten, arbeiteten wir uns langsam den Spalt hinauf und hatten noch gar kein so großes Stück zurückgelegt, als wir mehrere furchtbare Schreie hörten. Schließlich erreichten wir, was als Erdoberfläche bezeichnet werden konnte, denn unser Pfad hatte nach Verlassen der Plattform unter einem Bogengang von hohen Felsen und Laubwerk entlanggeführt, der weit oben über uns ragte. Mit großer Vorsicht näherten wir uns der schmalen Öffnung, von welcher wir einen ungehinderten Überblick über die Umgebung hatten, wobei sich uns das ganze schreckliche Geheimnis der Erderschütterung in einem Moment und mit einem Blick offenbarte.

Der Ort, von dem wir Ausschau hielten, war nicht weit vom Gipfel des höchsten Berges in der Kette der Specksteinfelsen entfernt. Die Schlucht, in die unsere zweiunddreißig Mann starke Gruppe einmarschiert war, verlief fünfzig Fuß links von uns. Aber auf mindestens einhundert Yards war der Kanal oder das Bett dieser Schlucht mit chaotischen Bruchstücken von über einer Million Tonnen Erdreich und Geröll angefüllt, die absichtlich hineingewälzt worden waren. Die Mittel, welche diese gewaltige Masse in Bewegung gesetzt hatten, waren ebenso einfach wie offensichtlich, da zuverlässige Spuren des mörderischen Werks geblieben waren. An mehreren Stellen entlang der Oberkante auf der Ostseite der Schlucht (wir befanden uns jetzt auf der Westseite) konnte man sehen, daß Holzpfähle in die Erde gerammt waren. An diesen Stellen hatte das Erdreich nicht nachgegeben; aber an der gesamten Vorderseite des Steilhangs, von dem die Masse herabgestürzt war, deuteten Löcher im Boden, ähnlich jenen, welche ein Bohrer bei Felssprengungen verursacht, darauf hin, daß Pfähle gleich denen, die wir stehen sahen, in einem Abstand von höchstens einem Yard über die ganze Länge von vielleicht dreihundert Fuß und etwa zehn Fuß hinter der Oberkante der Kluft in die Erde gerammt gewesen waren. Starke Seile aus Weinlaubranken waren an den Pfählen befestigt, die noch auf dem Berg standen, und es war offensichtlich, daß solche Seile auch an allen anderen Pfählen angebracht gewesen waren. Die eigenartige Schichtung dieser Specksteinberge habe ich bereits erwähnt; und die soeben gelieferte Beschreibung des schmalen und tiefen Spalts, durch den wir unsere Flucht vor dem lebendig Begrabensein bewerkstelligt hatten, wird eine weitere Vorstellung ihrer Wesensmerkmale vermitteln. Diese war solcherart, daß fast jede natürliche Erschütterung den Boden ganz gewiß in senkrechte Mauern oder Wände aufspalten würde, die zueinander parallel liefen; schon ein sehr geringfügiger Aufwand von künstlichen Hilfsmitteln würde genügen, die gleiche Wirkung zu erzielen. Die Wilden hatten sich in Verfolgung ihrer tükkischen Absichten dieser Schichtung bedient. Es kann kein Zweifel bestehen, daß durch die fortlaufende Reihe von Pfählen ein teilweiser Aufbruch des Bodens herbeigeführt worden war, wahrscheinlich bis zu einer Tiefe von ein oder zwei Fuß, indem jeweils ein Wilder an jedem der Seile zog (die an den Spitzen der Pfähle angebracht waren und sich von der Oberkante der Schlucht nach hinten spannten) und dergestalt eine gewaltige Hebelwirkung erzielt wurde, die in der Lage war, auf ein gegebenes Signal die ganze Vorderseite des Berges in die Tiefe des Abgrunds hinunterzuschleudern. Das Schicksal unserer armen Gefährten war nun nicht länger ungewiß. Wir allein waren diesem Sturm übermächtiger Vernichtung entronnen. Wir waren die einzigen lebenden Weißen auf der Insel.

Kapitel XXII

So wie sich unsere Situation jetzt darstellte, war sie kaum weniger grauenvoll als zu dem Zeitpunkt, wo wir gewähnt hatten, lebendig begraben zu sein. Uns bot sich keine andere Perspektive, als durch die Wilden vom Leben zum Tod befördert zu werden oder ein elendes Dasein in Gefangenschaft zu fristen. Ganz gewiß konnten wir uns in der Sicherheit der Berge und, als letzte Zuflucht, in dem Erdspalt, dem wir soeben entstiegen waren, eine Zeitlang ihren Blicken entziehen; indes würden wir bestimmt entweder während des langen Polarwinters infolge der Kälte und des Hungers umkommen oder bei dem Bemühen, unsere Not zu lindern, letztendlich entdeckt werden.

Das ganze Land um uns schien von Wilden zu wimmeln, die in Scharen von den im Süden gelegenen Inseln auf flachen Flößen herübergekommen waren, wie wir jetzt erkannten, zweifellos mit dem Ziel, bei der Inbesitznahme und Ausplünderung der ›Jane‹ Hilfe zu leisten. Das Schiff lag noch ruhig in der Bucht vor Anker, die Männer an Bord waren sich ganz offensichtlich der ihnen drohenden Gefahr überhaupt nicht bewußt. Wie verlangte es uns in diesem Augenblick, bei ihnen zu sein! Entweder um ihnen zu helfen, die Flucht zu ergreifen, oder bei dem Versuch einer Verteidigung mit ihnen unterzugehen. Wir sahen keine Möglichkeit, sie vor der Gefahr auch nur zu warnen, ohne uns selbst der sofortigen Vernichtung preiszugeben, bei nur geringer Hoffnung, ihnen nützlich zu sein. Wohl hätte ein Pistolenschuß genügen können, ihnen kundzutun, daß ein Unheil hereingebrochen war; jedoch konnte der Knall ihnen unmöglich mitteilen, daß ihre einzige Aussicht auf Rettung darin lag, sofort den Hafen zu verlassen – und ihnen auch nicht sagen, daß keine Prinzipien der Ehre sie nun verpflichteten zu bleiben und daß ihre Gefährten nicht mehr unter den Lebenden weilten. Hörten sie den Schuß, so konnten sie sich nicht besser wappnen, dem Feind entgegenzutreten, der sich nun zum Angriff rüstete, als sie die ganze Zeit schon gewappnet gewesen waren. So würde unser Schießen keinen Nutzen bringen, nur unendlichen Schaden anrichten, weshalb wir nach reiflichem Überlegen davon abließen.

Unser nächster Gedanke war, zu versuchen, auf schnellstem Wege dem Schiff zuzustreben, uns eines der vier Kanus zu bemächtigen, die am Ende der Bucht lagen, und einen Durchbruch zum Schiff zu erzwingen. Indes trat sehr bald zutage, daß an eine erfolgreiche Durchführung dieses verzweifelten Unternehmens nicht zu denken war. Das Land wimmelte buchstäblich von Eingeborenen, wie ich zuvor schon gesagt habe, die sich im Gebüsch und in der Tiefe der Berge versteckten, um vom Schoner nicht gesehen zu werden. Vor allem hielt sich ganz in unserer Nähe die gesamte Gruppe der Schwarzfellkrieger mit Too-wit an der Spitze auf, wartete anscheinend nur auf Verstärkung, um den Angriff auf die ›Jane‹ zu beginnen, und blockierte den einzigen Weg, auf dem wir hoffen konnten, die Küste an geeigneter Stelle zu erreichen. Die am Ende der Bucht liegenden Kanus waren gleichfalls von Wilden bemannt, die zwar unbewaffnet waren, ihre Waffen jedoch zweifellos in Reichweite hatten. So waren wir, wenn auch wider Willen, gezwungen, in unserem Versteck auszuharren und bloße Zuschauer des Konflikts zu werden, der alsbald folgte.

In etwa einer halben Stunde sahen wir an die sechzig oder siebzig Holzflöße oder Flachboote mit Auslegern, gefüllt mit Wilden, die südliche Bucht des Hafens umrunden. Sie schienen außer kurzen Knüppeln und Steinen, die auf dem Boden der Flöße lagen, keine Waffen zu besitzen. Unmittelbar danach erschien eine andere noch größere Abteilung auf der gegenüberliegenden Seite und gleichermaßen gerüstet. Die vier Kanus füllten sich nun ebenfalls schnell mit Eingeborenen, die plötzlich aus den Büschen am Ende der Bucht auftauchten, und stießen schnell ab, um sich den anderen Gruppen anzuschließen. So sah sich die ›Jane‹ in kürzerer Zeit, als ich mir genommen habe, dies zu berichten, und wie durch Zauberbann plötzlich von einer ungeheuren Menge von Desperados umzingelt, die ganz offensichtlich erpicht waren, sich ihrer um jeden Preis zu bemächtigen.

Wir zweifelten keinen Augenblick daran, daß sie bei ihrem Unternehmen Erfolg haben würden. Wie entschlossen sich die sechs an Bord belassenen Männer auch zur Verteidigung des Schiffes einsetzen würden, sie reichten zur richtigen Bedienung der Kanonen bei weitem nicht aus, wie sie auch keineswegs einen Kampf unter so ungleichem Kräfteverhältnis durchstehen konnten. Ich vermochte mir kaum vorzustellen, daß sie überhaupt Widerstand leisten würden, aber darin täuschte ich mich, denn ich sah sie alsbald Springtaue auf die Ankerkette legen und die Steuerbordseite des Schiffes den Kanus zuwenden, die zu dieser Zeit bereits auf Pistolenschußweite heran waren, während die Flöße fast eine Viertelstunde windwärts fuhren. Aus mir unbekanntem Grund, höchstwahrscheinlich infolge der Aufregung, die unsere armen Freunde empfanden, als sie sich in so aussichtsloser Lage fanden, ging der Schuß völlig daneben. Kein einziges Kanu wurde getroffen, kein einziger Wilder verletzt, da die Kugeln zu kurz einschlugen oder über ihre Köpfe *ricochetierten*. Die einzige Wirkung, die sie erzielten, bestand in der Verwirrung ob des unerwarteten Donners und Rauchs, die so stark war, daß ich einige Augenblicke fast daran glaubte, die Wilden würden ihr Vorhaben aufgeben und zum Ufer zurückkehren. Aller Wahrscheinlichkeit nach hätten sie dies wohl auch getan, hätten unsere Leute der Breitseite eine Salve aus Handfeuerwaffen folgen lassen, die, da die Kanus jetzt so nahe bei der Hand waren, ihre Wirkung gewiß nicht verfehlt hätten; zumindest hätte dies genügt, diese Gruppe von einem weiteren Vordringen abzuhalten, bis die Unsrigen auch den Flößen eine Breitseite hätten zuteil werden lassen können. Statt dessen ließen sie zu, daß sich die Kanugruppe von ihrem Schreck erholte, Umschau hielt und entdeckte. daß keine Zerstörung angerichtet worden war, während unsere Leute nach Steuerbord stürzten, um für die Flöße bereit zu sein.

Das Backbordfeuer zeitigte eine ungemein schreckliche Wirkung. Das Streufeuer der mit Doppelladung versehenen großen Kanonen zerschmetterte sieben oder acht der Flöße in tausend Stücke und tötete vielleicht dreißig oder vierzig der Wilden auf der Stelle, während mindestens hundert von ihnen ins Wasser geschleudert wurden, die meisten davon furchtbar verwundet. Der Rest, vor Entsetzen wie von Sinnen, trat sofort einen überstürzten Rückzug an und nahm sich nicht einmal die Zeit, die verstümmelten Gefährten aufzulesen, die überall herumschwammen, jammerten und laut um Hilfe riefen. Indes kam dieser großartige Erfolg zu spät, um unsere todgeweihten Männer zu retten. Die Kanugruppe befand sich bereits in einer Stärke von mehr als einhundertfünfzig Mann an Bord des Schoners, da es den meisten von ihnen geglückt war, über die Ketten und Enternetze hinaufzuklettern, noch ehe die Lunten an die Backbordkanonen gelegt werden konnten. Nichts vermochte ihrem wilden Zorn jetzt zu widerstehen. Unsere Männer wurden sofort niedergeschlagen, überwältigt, zertrampelt und im Nu völlig in Stücke zerissen.

Als die Wilden auf den Flößen dies sahen, überwanden sie ihre Ängste und kamen in Scharen zum Plündern an Bord. Fünf Minuten später bot die ›Jane‹ ein in der Tat erbärmliches Schauspiel von Verwüstung und unbändigem Zerstörungsdrang. Die Deckplanken wurden aufgehackt und herausgerissen und das Tauwerk, die Segel und alles Bewegliche an Deck wie durch Zauberkraft abgerissen, während die Unholde durch Schieben am Heck und durch Schleppzug mit den Kanus und auch an den Seiten, da sie ja zu Tausenden um das Schiff schwammen, es schließlich zum Ufer brachten (nachdem man die Ankerkette hatte schießen lassen) und dienstfertig Too-wit überlieferten, der während des ganzen Unternehmens wie ein kluger General einen sicheren, ihm Überblick gewährenden Standort zwischen den Bergen bezogen hatte und jetzt, da der Sieg zu seiner Befriedigung errungen war, geruhte, mit seinen Schwarzfellkriegern herabzusteigen und seinen Teil von der Beute zu beanspruchen.

Too-wits Abstieg versetzte uns in die Lage, unser Versteck zu verlassen und den Berg in der Nähe der Schlucht zu erkunden. Etwa fünfzig Yards von ihrem Schlund entfernt sahen wir eine Quelle, wo wir den brennenden Durst stillen konnten, der uns jetzt peinigte. Nicht weit davon entfernt entdeckten wir einige der vorhin bereits erwähnten Haselnußsträucher. Wir kosteten die Nüße und befanden sie als schmackhaft, sie ähnelten im Aroma fast der gewöhnlichen englischen Haselnuß. Unverzüglich sammelten wir unsere Hüte voll, verwahrten sie in dem Erdspalt und kehrten zurück, um mehr zu holen. Während wir emsig damit beschäftigt waren, sie einzusammeln, alarmierte uns ein Rascheln in den Büschen, und wir waren drauf und dran, uns in unser Versteck zurückzustehlen, als ein großer, schwarzer Vogel von der Art der Rohrdommel schwerfällig und langsam über dem Strauchwerk aufstieg. Ich war dermaßen erschrocken, daß ich nichts unternehmen konnte, aber Peters besaß Geistesgegenwart genug, hinzulaufen, bevor der Vogel uns entrinnen konnte, und ihn am Hals zu packen. Sein Flattern und Schreien war fürchterlich, und wir dachten schon daran, ihn fliegen zu lassen, damit der Lärm nicht einige der Wilden herbeirufen würde, die vielleicht noch in der Nähe lauerten. Ein Stich mit dem Bowiemesser brachte ihn jedoch schließlich zu Boden, und wir schleppten ihn in die Bergschlucht und schätzten uns glücklich, daß wir auf alle Fälle dergestalt einen Lebensmittelvorrat gewonnen hatten, der eine Woche lang ausreichen würde.

Sodann stiegen wir abermals hinaus, um uns umzusehen, und wagten uns eine beträchtliche Strecke den Südhang des Berges hinab, fanden jedoch nichts weiter, was uns hätte als Nahrung dienen können. So sammelten wir eine große Menge trockenes Holz und kehrten zurück, da wir ein oder zwei große Gruppen Eingeborener den Weg zu ihrem Dorf einschlagen sahen, beladen mit dem Plündergut des Schiffes, die, so befürchteten wir, uns vielleicht entdecken könnten, wenn sie unten am Berg vorüberzogen.

Unsere nächste Sorge war, unser Versteck so sicher wie möglich zu machen. Zu diesem Zweck legten wir etwas

Strauchwerk über die Öffnung, die ich vorhin bereits als diejenige erwähnt habe, durch die wir den Fleck blauen Himmels sahen, nachdem wir aus der Tiefe des Erdschlundes zur Plattform gelangt waren. Wir beließen nur eine sehr kleine Öffnung, gerade groß genug, um uns einen Ausblick auf die Bucht zu gestatten, und ohne das Risiko, von unten entdeckt zu werden. Als dies vollbracht war, beglückwünschten wir uns zu so sicherem Zufluchtsort, denn wir waren jetzt jeder Beobachtung völlig entzogen, solange wir uns nicht auf den Berg wagten. Nichts deutete darauf hin, daß die Wilden diese Höhle je aufgesucht hatten; indes bedachten wir aber auch die Wahrscheinlichkeit, daß der Spalt, durch den wir sie erreicht hatten, soeben erst durch den Absturz der gegenüberliegenden Felsenkante geschaffen worden war, und die Tatsache, daß kein anderer Weg zu erkennen war, zu ihr zu gelangen, und empfanden nun weniger Freude bei dem Gedanken, gegen Belästigungen gefeit zu sein, da wir fürchteten, daß uns überhaupt keine Möglichkeit für den Abstieg blieb. Wir beschlossen, den Gipfel des Berges gründlich zu erforschen, sobald sich dafür eine günstige Gelegenheit bot. In der Zwischenzeit überwachten wir die Bewegungen der Wilden durch unser Schlupfloch.

Sie hatten das Schiff bereits vollständig in ein Wrack verwandelt und trafen nun Vorbereitungen, es anzustekken. Kurze Zeit später sahen wir mächtige Rauchwolken aus dem Hauptniedergang quellen, und alsbald stand das ganze Vorderdeck in Flammen. Takelung, Masten und alles, was von den Segeln geblieben war, fingen unverzüglich Feuer, das sich auch schnell über die Decks ausbreitetete. Noch blieb eine zahlreiche Menge Wilder auf ihren Plätzen am Schiff und hämmerten mit großen Steinen,

Äxten und Kanonenkugeln gegen die Bolzen und andere Eisen- oder Kupfergegenstände. In unmittelbarer Nähe des Schoners, am Strand, in den Kanus und auf den Flößen befanden sich insgesamt mindestens zehntausend Eingeborene, diejenigen nicht mitgerechnet, die scharenweise beutebeladen landeinwärts stapften oder den benachbarten Inseln zustrebten. Wir sahen nun eine Katastrophe voraus und wurden keineswegs enttäuscht. Zuerst erfolgte ein kleiner Schlag (den wir in unserem Auslug ebenso deutlich spürten, als hätten wir einen leichten Stromstoß empfangen), indes von keinem sichtbaren Anzeichen einer Explosion begleitet. Die Wilden waren offenbar erschrocken und hielten einen Augenblick in ihren Tätigkeiten und ihrem Geschrei inne. Sie waren gerade im Begriff, damit wieder anzufangen, als plötzlich dicke Rauchschwaden an Deck aufstoben, die an eine schwere, schwarze Gewitterwolke erinnerten – sodann schoß aus den Eingeweiden des Schiffes eine mächtige Säule lebendigen Feuers anscheinend eine Viertelmeile in die Höhe – sodann folgte eine jähe, konzentrische Ausbreitung des Feuers – sodann stellte die ganze Atmosphäre wie durch Zauberhand mit einemmal ein wildes Chaos von Holz, Metall und menschlichen Körperteilen dar – und schließlich erreichte uns die Druckwelle mit ihrer größten Wucht und stieß uns augenblicklich um, während die Berge das Echo des Tumults tausendfach zurückwarfen und ein dichter Regen kleinster Bruchstücke der Schiffstrümmer in der ganzen Umgebung niederprasselte.

Das Gemetzel unter den Wilden übertraf unsere kühnsten Erwartungen bei weitem, und sie ernteten jetzt in der Tat voll und ganz die Früchte ihres Verrats. Etwa tausend kamen durch die Explosion ums Leben, während zumindest eine gleichgroße Zahl grausam verstümmelt wurde. Die ganze Fläche der Bucht war buchstäblich übersät mit den um ihr Leben kämpfenden und ertrinkenden Unholden, und an der Küste standen die Dinge sogar noch schlimmer. Sie schienen äußerst entsetzt zu sein über die Jähe und Vollständigkeit ihrer Niederlage und machten keine Anstrengungen, einander zu helfen. Schließlich beobachteten wir ein völliges Umschlagen ihrer Verhaltensweise. Etwas schien sie auf einmal aus einem Zustand absoluter Benommenheit zu grenzenloser Erregung emporzureißen, wild stürzten sie umher und liefen mit einem höchst seltsamen Ausdruck, einer Mischung aus Schrekken, Wut und höchster Neugier, in den Gesichtern zu einer bestimmten Stelle am Strand und wieder zurück, wobei sie aus Leibeskräften *Tekeli-li! Tekeli-li!* schrien.

Alsbald sahen wir eine große Gruppe in den Bergen verschwinden, von wo sie kurze Zeit später mit Holzpfählen zurückkehrten. Sie brachten diese dorthin, wo sich die Menge am meisten drängte, sich jedoch jetzt teilte, so daß wir einen Blick auf den Gegenstand all dieser Aufregung werfen konnten. Wir sahen etwas Weißes am Boden liegen, konnten jedoch nicht sogleich erkennen, was es war. Schließlich entdeckten wir, daß es sich um den Kadaver des seltsamen Tieres mit den scharlachroten Zähnen und Krallen handelte, den der Schoner am achtzehnten Januar aus der See gefischt hatte. Kapitan Guy hatte den Körper konserviert, um ihn auszustopfen und mit nach England zu nehmen. Ich entsann mich, wie er einige diesbezügliche Anweisungen gegeben hatte, ehe wir die Insel ausgemacht hatten, dann war das tote Tier in die Kajüte gebracht und in einem Kasten verwahrt worden. Die Explosion hatte es nun ans Ufer geschleudert, aber warum es unter den Wilden so große Unruhe hervorrief, überstieg unser Begriffsvermögen. Obwohl sie sich in geringer Entfernung um den Körper des Tieres drängten, schien niemand von ihnen gewillt, sich ihm weiter zu nähern. Nach und nach rammten die Männer nun die Pfähle in einem Kreis um den Kadaver in den Boden, und kaum war diese Maßnahme beendet, stürmte die ganze zahlreiche Versammlung mit lautem Geschrei von *Tekeli-li! Tekeli-li!* ins Innere der Insel.

Kapitel XXIII

Während der unmittelbar folgenden sechs oder sieben Tage blieben wir in unserem Versteck auf dem Berg und verließen es nur gelegentlich unter Beachtung höchster Vorsicht, um Wasser und Nüsse zu holen. Wir hatten auf der Plattform eine Art Wohnbereich geschaffen und aus trockenen Blättern eine Lagerstatt errichtet; drei große, flache Steine dienten als Feuerstätte und Tisch. Feuer zu entfachen bereitete uns keine Schwierigkeit, wir rieben zwei Stück trockenen Holzes aneinander, ein weiches und ein hartes. Der Vogel, den wir gerade zum richtigen Zeitpunkt gefangen hatten, lieferte uns eine vorzügliche Speise, wenn er auch etwas zäh war. Es war kein Meeresvogel, sondern eine Art Rohrdommel mit pechschwarzen und gräulichen Federn und, im Verhältnis zur Körpermasse, kleinen Flügeln. Später sahen wir drei Exemplare derselben Gattung in der Nähe der Schlucht, die wohl nach dem einen suchten, das wir gefangen hatten; da sie sich jedoch nie niederließen, hatten wir keine Möglichkeit, sie zu fassen.

Solange dieser Vogel uns zur Nahrung diente, litten wir

nicht unter unserer Lage, aber bald war er aufgezehrt, und es wurde unbedingt erforderlich, daß wir nach etwas Eßbarem Ausschau hielten. Die Nüsse wollten den nagenden Hunger nicht stillen, auch verursachten sie bei uns heftige Magenschmerzen und, wenn wir ihnen zu sehr zugesprochen hatten, starken Kopfschmerz. Östlich des Berges hatten wir in Ufernähe mehrere große Schildkröten gesehen und erkannt, daß wir sie leicht fangen könnten, gelänge es uns, sie zu erreichen, ohne daß die Eingeborenen uns entdeckten. So beschlossen wir, einen Abstieg zu wagen.

Wir begannen damit, daß wir den Südhang hinabstiegen, der die geringsten Schwierigkeiten zu bieten schien, hatten jedoch gerade hundert Yards zurückgelegt, als ein weiterer Abstieg (wie wir nach dem Aussehen des Berggipfels vorausgeahnt hatten) durch einen Seitenzweig der Schlucht, in der unsere Gefährten umgekommen waren, völlig unmöglich gemacht wurde. Wir gingen nun etwa eine Viertelmeile an ihrer Kante entlang, worauf wir abermals durch einen Abgrund ungeheurer Tiefe aufgehalten wurden und, da wir unseren Weg an seinem Rand entlang nicht fortsetzen konnten, gezwungen waren, unsere Schritte zur Hauptschlucht zurückzuwenden.

Nun stießen wir nach Osten vor, aber mit genau dem gleichen Ergebnis. Nach stundenlangem Umherklettern, wobei wir mehrfach riskierten, den Hals zu brechen, entdeckten wir, daß wir lediglich in eine riesige Grube von schwarzem Granit hinabgestiegen waren, deren Sohle von feinem Staub bedeckt war und aus der der einzige Ausstieg über jenen steinigen Pfad führte, den wir herabgeklettert waren. Wir erklommen ihn nun wieder mühsam und versuchten es an der Nordkante des Berges. Hier mußten wir unser Unternehmen mit größtmöglicher Vorsicht betreiben, da die geringste Unbesonnenheit uns voll und ganz den Blicken der Wilden im Dorf preisgegeben hätte. Daher krochen wir auf Händen und Knien weiter und waren gelegentlich sogar gezwungen, uns voll auszustrecken und am Strauchwerk vorwärts zu ziehen. Auf diese bedachtsame Weise hatten wir nur eine geringe Strecke zurückgelegt, als wir an eine Schlucht gelangten, die weit tiefer war als jene, welche wir zuvor gesehen hatten, und direkt in die Hauptschlucht mündete. So wurden unsere Befürchtungen vollauf bestätigt, und wir fanden uns von jeglichem Zugang zu der Welt unter uns abgeschnitten. Gänzlich erschöpft von unseren Bemühungen, begaben wir uns auf dem kürzesten Weg zurück zu unserer Plattform, fielen auf unsere Lagerstatt aus Blättern und sanken für mehrere Stunden in süßen, tiefen Schlummer.

Nach diesem fruchtlosen Suchen waren wir mehrere Tage damit beschäftigt, jeden Teil des Berggipfels zu erkunden, um uns über seine tatsächlichen Hilfsquellen Kenntnis zu verschaffen. Wir entdeckten, daß er uns keine Nahrung liefern würde, ausgenommen die ungesunden Haselnüsse und eine widerliche Art von Skorbutkraut, das an einer kleinen Stelle von höchstens vier Ruten im Quadrat wuchs und bald aufgezehrt sein würde. Am fünfzehnten Februar war kein Blatt davon mehr übrig, soweit ich mich entsinnen kann, und auch die Nüsse wurden knapp. Unsere Situation konnte deshalb kaum beklagenswerter sein.* Am Sechzehnten wanderten wir abermals die Wälle

* Dieser Tag ist deshalb denkwürdig, weil wir im Süden mehrere riesige Ringe gräulichen Dampfes sahen, von denen ich bereits gesprochen habe.

unseres Gefängnisses entlang in der Hoffnung, eine Möglichkeit des Entkommens zu finden, aber ohne Erfolg. Wir stiegen auch in die Schlucht hinunter, in der wir überwältigt worden waren, von der schwachen Hoffnung getragen, in diesem Gang eine Öffnung zur Hauptschlucht zu finden. Auch hierin wurden wir enttäuscht, obwohl wir eine Muskete fanden und mit nach oben nahmen.

Am Siebzehnten brachen wir mit dem festen Entschluß auf, die schwarze Granitschlucht gründlicher zu erkunden, in die wir auf unserer ersten Suche geraten waren. Wir erinnerten uns, daß wir nur flüchtig in einen der Spalte an der Seite dieser Grube geblickt hatten, und waren begierig, ihn zu erforschen, obwohl wir nicht viel Hoffnung hegten, hier eine Öffnung zu entdecken.

Die Sohle der Höhle zu erreichen bereitete uns wie schon vorher keine großen Schwierigkeiten, und wir waren nun besonnen genug, sie mit einiger Aufmerksamkeit zu inspizieren. In der Tat war sie einer der eigentümlichsten Orte, die man sich vorstellen kann, und es fiel uns schwer zu glauben, daß allein die Natur sie so geschaffen habe. Die Grube war von ihrem östlichen bis zum westlichen Ende etwa fünfhundert Yards lang, sofern man alle Windungen mitrechnete. Die Weite von Ost nach West in gerader Linie betrug kaum mehr als vierzig oder fünfzig Yards (wie ich annehme, da mir keine Mittel für eine genaue Vermessung zu Gebote standen). Bei unserem ersten Abstieg in die Kluft, das heißt einhundert Fuß unter dem Gipfel des Berges, hatten die Wände des Abgrunds kaum Ähnlichkeit aufgewiesen und schienen zu keiner Zeit verbunden gewesen zu sein, da die Oberfläche der einen aus Speckstein bestand und die der anderen aus Mergel, dem ein metallisches Granulat beigemischt war. Die durchschnittliche Breite oder der Abstand zwischen den zwei Klippen betrug hier wahrscheinlich sechzig Fuß, indes schien keine regelmäßige Formation vorzuliegen. Als wir jedoch über die soeben erwähnte Grenze weiter hinabstiegen, verringerte sich der Abstand sehr plötzlich, und die Wände verliefen jetzt parallel zueinander, gleichwohl waren sie auch auf dem folgenden Abschnitt in ihrer Substanz und Oberflächengestaltung verschieden. Als wir uns nur noch fünfzig Fuß über der Sohle befanden, stellten wir eine vollkommene Regelmäßigkeit fest. Die Wände waren jetzt völlig gleich in Substanz, Farbe und Seitenrichtung, das Material ein sehr schwarzer und glänzender Granit, und die Entfernung zwischen den zwei Wänden betrug an allen sich gegenüberliegenden Punkten exakt zwanzig Yards. Man wird den genauen Verlauf der Kluft am besten an Hand einer Skizze erkennen, welche ich an Ort und Stelle anfertigte, denn ich hatte glücklicherweise mein Taschenbuch und einen Bleistift bei mir, die ich auch während der langen Kette der folgenden Abenteuer höchst sorgsam aufbewahrt habe, welcher Tatsache ich nun eine Gedächtnisstütze in vielen Dingen verdanke, die sonst aus meiner Erinnerung verdrängt worden wären.

Bild 1

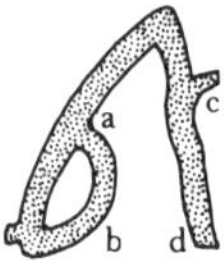

Bild 2

Dieses Bild (s. Bild 1) gibt die allgemeinen Umrisse der Kluft wieder, ohne die kleineren Seitenhöhlen, deren es mehrere gab, wobei jeder eine gleichgroße Auswölbung gegenüber entsprach. Die Sohle der Schlucht war drei oder vier Zoll hoch mit einem fast nicht tastbaren Pulver bedeckt, unter dem ebenfalls schwarzer Granit war, wie wir fanden. Am rechten unteren Ende scheint sich eine kleine Öffnung zu befinden; dies ist der oben erwähnte Spalt, und ihn genauer als vordem zu untersuchen war Ziel unseres zweiten Besuchs. Wir drangen nun entschlossen ein, schnitten eine Menge Brombeersträucher weg, die uns behinderten, und entfernten einen großen Haufen scharfer Feuersteine, deren Form ein wenig an Pfeilspitzen erinnerte. Ein schwacher Lichtschein vom entfernteren Ende ermutigte uns indes fortzufahren. Wir zwängten uns schließlich etwa dreißig Fuß weiter voran und entdeckten, daß der Boden der Öffnung, die sich als flacher, gleichmäßiger Bogen wölbte, von demselben feinen Pulver bedeckt war wie der der Hauptschlucht. Ein starker Lichtstrahl fiel nun auf uns, und hinter einer scharfen Biegung befanden wir uns in einer weiteren hohen Kammer, die in jeder Hinsicht derjenigen ähnelte, welche wir soeben verlassen hatten, und nur etwas länglicher war. Ihr allgemeiner Umriß wird hier wiedergegeben (siehe Bild 2).

Die Gesamtlänge dieser Felsenkluft von der Öffnung a und um die Kurve b zum Ende d beträgt fünfhundertfünfzig Yards. Am Punkt c entdeckten wir eine kleine Öffnung ähnlich derjenigen, durch die wir aus der anderen Kluft herausgekommen waren, und diese war auf die gleiche Weise von Brombeersträuchern überwuchert und von einer Menge weißer Pfeilspitzenfeuersteine verstopft. Wir zwängten uns durch, stellten eine Länge von etwa vierzig

Fuß fest und gelangten in eine dritte Kluft. Diese war ebenfalls genau wie die erste, abgesehen von ihrer länglichen Gestalt, die solcherart war (siehe Bild 3).

Die Gesamtlänge der dritten Kluft betrug dreihundertundzwanzig Yards, wie wir feststellten. Am Punkt a war eine etwa sechs Fuß breite Öffnung, die sich fünfzehn Fuß in den Felsen schnitt und in einem Mergelbett endete. Dahinter folgte keine weitere Kluft, wie wir erwartet hatten. Gerade wollten wir diesen Spalt wieder verlassen, in den nur sehr wenig Licht eindrang, als Peters mich auf eine Reihe eigenartig aussehender Einkerbungen in der Oberfläche des Mergels aufmerksam machte, der das Ende des *cul-de-sac* bildete. Schon bei einer sehr geringfügigen Aufbietung von Vorstellungskraft konnte man die linke oder nördlichste dieser Einkerbungen für eine beabsichtigte, gleichwohl grobe Darstellung eines Menschen halten, der mit ausgestreckten Armen aufrecht steht. Die übrigen Einkerbungen wiesen eine gewisse Ähnlichkeit zu alphabetischen Lettern auf, jedenfalls neigte Peters der müßigen Ansicht zu, daß sie wirklich so etwas darstellten.

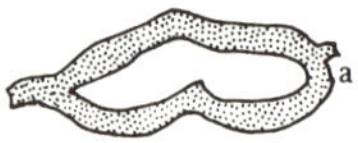

Bild 3

Bild 5

Bild 4

Ich überzeugte ihn schließlich dadurch von seinem Irrtum, daß ich seine Aufmerksamkeit auf den Boden des Spalts lenkte, wo wir Stück für Stück einige große Flocken Mergel auflasen, die offensichtlich durch eine Erdbewegung von jener Wand gebrochen worden waren, wo wir die Einkerbungen entdeckt hatten, und deren hervorstehende

Punkte genau in diese paßten. So ließ sich nachweisen, daß sie das Werk der Natur waren. Bild 4 gibt eine genaue Kopie des Ganzen wieder.

Nachdem wir uns vergewissert hatten, daß diese eigenartigen Höhlen keine Möglichkeit boten, unserem Gefängnis zu entrinnen, traten wir enttäuscht und entmutigt den Rückweg zum Gipfel des Berges an. Während der nächsten vierundzwanzig Stunden ereignete sich nichts Erwähnenswertes, sieht man davon ab, daß wir bei Untersuchung des Bodens östlich der dritten, gleichfalls schwarzen Granitschlucht zwei dreieckige Löcher von großer Tiefe entdeckten. Dort hineinzusteigen hielten wir nicht der Mühe wert, da sie lediglich wie natürliche Brunnen aussahen, nur ohne Abfluß. Ihr Umfang betrug jeweils etwa zwanzig Yards und ihre Gestalt wie auch die relative Lage in bezug zur dritten Kluft ist auf Skizze 5 dargestellt.

Kapitel XXIV

Am Zwanzigsten des Monats, als wir es für völlig unmöglich erachteten, uns länger von Haselnüssen zu ernähren, deren Genuß bei uns die qualvollsten Schmerzen hervorrief, beschlossen wir, einen verzweifelten Versuch zu wagen und den Südhang des Berges hinabzusteigen. Die Vorderseite des Abhanges bestand hier aus einer sehr weichen Art Speckstein, obwohl sie auf ihrer ganzen Ausdehnung (einer Tiefe von mindestens einhundertundfünfzig Fuß) nahezu senkrecht abfiel und an einigen Stellen sogar überhing. Nach langem Suchen entdeckten wir einen schmalen Sims etwa zwanzig Fuß unter dem Rand des Abgrunds, zu dem Peters hinabspringen konnte, wobei ich ihm mittels unserer zusammengeknoteten Taschentücher Hilfe leistete, so gut ich es vermochte. Mit etwas mehr Schwierigkeit gelangte auch ich hinunter, und da erkannten wir, daß es möglich war, den ganzen Abstieg auf die gleiche Weise zu bewerkstelligen, in der wir aus der Erdspalte geklettert waren, als der Einsturz des Berges uns lebendig begraben hatte – nämlich indem wir mit unseren Messern Stufen in die Oberfläche des Specksteins schnitten. Das außerordentliche Wagnis dieses Vorhabens läßt sich kaum ermessen; da es für uns jedoch keinen anderen Ausweg gab, waren wir entschlossen, es auf uns zu nehmen.

Auf dem Sims, wo wir standen, wuchsen einige Haselnußbüsche, und an einem davon befestigten wir unser Seil aus Tüchern. Das andere Ende wurde um Peters' Hüfte gebunden, dann ließ ich ihn über die Kante des Abgrunds hinab, bis die Tücher straff hingen. Er begann nun, ein (mindestens acht oder zehn Zoll) tiefes Loch in den Speckstein zu schneiden, wobei er den Fels darüber bis zur Höhe eines Fußes abschrägte, so daß er mit dem Pistolenknauf einen genügend starken Pflock in die so bearbeitete Oberfläche treiben konnte. Danach zog ich ihn etwa vier Fuß hoch, wo er ein dem unteren ähnliches Loch einschnitt, abermals einen Holzpflock hineintrieb und so eine Stütze für beide Füße und Hände hatte. Nun löste ich die Tücher von dem Busch und warf ihm das Ende zu, welches er an dem Pflock im obersten Loch befestigte, wonach er sich vorsichtig zu einer Stelle etwa drei Fuß unter dem letzten hinabließ, das heißt, bis zur vollen Reichweite der Tücher. Hier grub er ein weiteres Loch und trieb einen neuen Pflock ein. Sodann zog er sich hoch, um seine Füße in das soeben ausgeschnittene Loch zu setzen, und hielt sich mit den Händen an dem darüber befindlichen Pflock fest. Nun war es nötig, die Tücher von dem ersten Pflock zu lösen, um sie an dem zweiten zu befestigen, und da erkannte er, daß es falsch gewesen war, die Löcher in so großem Abstand auszuschneiden. Nach ein oder zwei erfolglosen und gefährlichen Versuchen, den Knoten zu erreichen (wobei er sich mit der linken Hand festhalten mußte, während er sich mühte, ihn mit der rechten zu lösen), schnitt er das Seil kurzerhand durch und ließ sechs Zoll davon an dem Pflock hängen. Nachdem er die Tücher nun an dem zweiten Pflock befestigt hatte, ließ er sich zu einem Punkt unter dem dritten hinab, wobei er sorgsam darauf achtete, nicht zu weit nach unten zu gleiten. Durch dieses Verfahren (welches ich selbst niemals hätte ersinnen können und das wir allein Peters' Findigkeit und Entschlossenheit verdankten) gelang es meinem Gefährten schließlich, unter gelegentlicher Zuhilfenahme von Vorsprüngen an der Klippe, ohne weiteren Zwischenfall den Boden zu erreichen.

Es dauerte einige Zeit, ehe ich genug Mut aufbringen konnte, ihm zu folgen, aber schließlich versuchte ich es. Peters hatte vor dem Abstieg sein Hemd ausgezogen, und dies ergab zusammen mit meinem eigenen das Seil, das für das Abenteuer benötigt wurde. Nachdem ich die in der Kluft gefundene Muskete hinabgeworfen hatte, befestigte ich dieses Seil an den Büschen und ließ mich schnell hinab, um durch die Energie meiner Bewegungen die Furcht zu bannen, derer ich auf keine andere Weise Herr werden konnte. Dies genügte völlig für die ersten vier oder fünf Stufen, obwohl ich spürte, wie mein Vorstellungsvermögen durch den Gedanken an die ungeheure Tiefe, die noch zu bewältigen war, und die unsichere Beschaffenheit der Pflöcke und Specksteinlöcher, die meine einzige Stütze darstellten, auf ganz entsetzliche Weise angeregt wurde. Vergeblich bemühte ich mich, diese Überlegungen zu bannen und meine Augen ständig auf die glatte Fläche der Klippe vor mir zu richten. Je intensiver ich mich bemühte, *nicht zu denken*, desto lebhafter und erschreckend klarer wurden meine Vorstellungen. Schließlich brach jenes kritische Stadium der Phantasie an, das in allen ähnlichen Fällen so gefährlich ist, jene Krise, in welcher wir beginnen, die Gefühle vorweg zu empfinden, mit denen wir stürzen *werden* – und uns die Übelkeit und den Schwindel, den letzten Kampf, die halbe Ohnmacht und letztendlich die Bitternis des Fallens und Kopfüberstürzens auszumalen. Nun beobachtete ich, daß diese Phantasievorstellungen ihre eigene Realität schufen und alle eingebildeten Schrecknisse mich tatsächlich bedrängten. Ich spürte, wie meine Knie heftig gegeneinanderschlugen, während meine Finger allmählich, aber sicher ihren Griff lösten. Ein Klingen war in meinen Ohren, und ich sagte mir: ›Das ist dein Totengeläut!‹ Nun verzehrte mich ein unbändiges Verlangen, nach unten zu schauen. Ich konnte, ich wollte meinen Blick nicht länger auf die Klippe heften, und mit einem wilden, unbeschreiblichen Gefühl, halb Entsetzen, halb sich lösende Beklemmung, sah ich tief hinunter in den Abgrund. Einen Augenblick lang krallten sich meine Finger krampfhaft um ihren Halt, während mir mit der Bewegung die schwächstmögliche Vorstellung letztlicher Rettung schemenhaft durch den Kopf ging – im nächsten Moment war meine ganze Seele durchdrungen von einem *Verlangen, zu stürzen*, von einer Sehnsucht, einer Gier, einer völlig unkontrollierbaren Leidenschaft. Ich löste mit einemmal meinen Griff um den Pflock, wandte mich halb von der Wand ab und verharrte einen Augenblick, gegen den kahlen Fels taumelnd. Dann aber begann mein Gehirn zu wirbeln; eine schrille, phantomhafte Stimme gellte in meinen Ohren; eine düstere, teuflische und schattenhafte Gestalt stand unmittelbar unter mir, mein Herz barst, seufzend sank ich in die Tiefe und fiel in ihre Arme.

Ich war ohnmächtig geworden, und Peters hatte mich aufgefangen, als ich fiel. Er hatte mein Verhalten von seinem Standort am Fuß der Klippe beobachtet, die mir drohende Gefahr erkannt und sich bemüht, mir auf jede erdenkliche Weise Mut einzuflößen; meine Geistesverwirrung war indes so groß gewesen, daß sie mich gehindert hatte, zu hören, was er sagte, oder mir überhaupt bewußt zu sein, daß er zu mir sprach. Schließlich sah er mich taumeln, stieg eilig wieder zu meiner Hilfe empor und erreichte mich gerade rechtzeitig, um mich vor dem Absturz zu bewahren. Hätte ich mich mit meinem vollen Gewicht fallen lassen, so wäre das aus Leinen bestehende Seil unweigerlich gerissen und ich in den Abgrund gestürzt; wie die Dinge lagen, brachte er es zuwege, mich sanft hinunterzulassen, wo ich eine Weile ungefährdet hing, bis meine Lebensgeister zurückkehrten. Dies dauerte etwa fünfzehn Minuten. Als ich zu mir kam, war meine Furcht völlig gewichen; ich fühlte mich wie neugeboren und erreichte mit ein wenig weiterer Hilfe seitens meines Gefährten auch sicher den Grund.

Wir befanden uns nicht weit von der Schlucht, die unseren Freunden zum Grab wurde, südlich der Stelle, wo der Berg eingestürzt war. Der Ort war von eigenartiger Wildheit, und sein Anblick brachte mir die Beschreibungen in Erinnerung, die Reisende von jenen trostlosen Regionen gegeben haben, welche den Ort des verwüsteten Babylon bezeichnen. Ganz zu schweigen von den Ruinen der zerklüfteten Klippe, deren chaotische Barriere den Ausblick nach Norden kennzeichnete, wobei die Erdoberfläche in jeder anderen Richtung von großen Hügeln übersät war, anscheinend Bruchstücken einiger gigantischer Kunststrukturen, obwohl sie im Detail keine Ähnlichkeit zu Kunstwerken aufwiesen. Überall lagen Schlakke und große unförmige Blöcke von schwarzem Granit, vermischt mit anderen aus Mergel,* beide überzogen von metallischem Granulat. In dem ganzen, trostlosen Gebiet, das wir überblicken konnten, war nicht die geringste Spur von Vegetation zu entdecken. Wir sahen mehrere riesige Skorpione und verschiedene Reptilien, wie sie in diesen hohen Breiten anderenorts nicht zu finden sind.

Da unser unmittelbares Ziel die Nahrungssuche war, beschlossen wir, uns zum Ufer zu begeben, das nicht mehr als eine halbe Meile entfernt lag, um dort Schildkröten zu fangen, von denen wir mehrere aus unserem Versteck auf dem Berg beobachtet hatten. Wir hatten etwa einhundert Yards zurückgelegt, wobei wir uns zwischen riesigen Felsen und Hügeln vorsichtig einen Weg bahnten, als an einer scharfen Wegbiegung fünf Wilde aus einer kleinen Höhle auf uns zugestürzt kamen und Peters sofort durch einen Schlag mit dem Knüppel niederstreckten. Als er am Boden lag, fiel die ganze Gruppe über ihn her, um sich ihres Opfers zu versichern, wodurch sie mir Zeit ließen, mich von meinem Schreck zu erholen. Noch besaß ich die Muskete, aber der Lauf war arg beschädigt worden, als ich sie in den Abgrund hatte fallen lassen, so daß ich sie als nutz-

* Der Mergel war auch schwarz; überhaupt haben wir auf der Insel nirgends hellgefärbte Substanzen irgendwelcher Art bemerkt.

los beiseite schleuderte und lieber meinen Pistolen vertraute, um deren einwandfreien Zustand ich stets besorgt gewesen war. Damit ging ich gegen unsere Angreifer vor und feuerte sie nacheinander in schneller Folge ab. Zwei Wilde fielen, und einer, der gerade im Begriff war, Peters seinen Speer in den Leib zu stoßen, sprang auf, ohne seine Absicht zu verwirklichen. Nachdem mein Gefährte dergestalt befreit worden war, hatten wir keine weiteren Schwierigkeiten. Auch er besaß seine Pistolen noch, unterließ jedoch in weiser Voraussicht, von ihnen Gebrauch zu machen, sondern vertraute seiner großen Körperkraft, die die jedes anderen Menschen, welchen ich je gekannt habe, weit übertraf. Er nahm einem der Wilden, die am Boden lagen, den Knüppel ab und zerschmetterte den drei übriggebliebenen damit den Schädel, wobei er sie mit einem einzigen Hieb der Waffe auf der Stelle tötete, so daß wir nun unangefochtene Herren des Kampfplatzes waren.

Diese Geschehnisse waren so schnell vorübergegangen, daß wir kaum an ihre Realität glauben mochten und noch in einer Art stumpfer Betrachtung über den Körpern der Toten standen, als der Widerhall von Geschrei in einiger Entfernung uns zur Besinnung brachte. Es war klar, daß die Wilden durch das Pistolenfeuer alarmiert worden waren und wir nun wenig Chancen hatten, unentdeckt zu bleiben. Um zurück zur Klippe zu gelangen, hätten wir in die Richtung laufen müssen, aus der das Geschrei kam, und selbst wenn es uns gelungen wäre, den Fuß der Felswand zu erreichen, wären wir niemals imstande gewesen, emporzuklettern, ohne gesehen zu werden. Unsere Lage war äußerst prekär, und noch waren wir unschlüssig, auf welchem Weg wir uns zur Flucht wenden sollten, als einer der Wilden, auf den ich geschossen hatte und den ich für tot hielt, plötzlich behend aufsprang und zu entkommen versuchte. Wir holten ihn jedoch ein, noch ehe er viele Schritte getan hatte, und waren im Begriff, ihn zu töten, als Peters darauf verwies, daß es uns von einigem Nutzen sein könne, wenn wir ihn zwängen, sich uns bei unserem Fluchtversuch anzuschließen. Wir schleppten ihn deshalb mit, nachdem wir ihm begreiflich gemacht hatten, daß wir ihn erschießen würden, falls er Widerstand leiste. In wenigen Minuten war er uns völlig ergeben und rannte neben uns her, als wir zwischen die Felsen stürmten und dem Ufer zustrebten.

Bis jetzt hatten die Unebenheiten des Geländes, das wir durchquerten, die See unserer Sicht entzogen, abgesehen von einigen kleinen Durchblicken, und als wir sie dann das erste Mal richtig sehen konnten, war sie vielleicht zweihundert Yards entfernt. Wir liefen auf den offenen Strand hinaus und erblickten zu unserem großen Entsetzen eine gewaltige Schar von Eingeborenen aus dem Dorf und aus allen Teilen der Insel herbeiströmen, wobei sie durch Gesten ihren außerordentlichen Ingrimm bekundeten und wie wilde Tiere heulten. Schon waren wir im Begriff, unsere Schritte zurückzuwenden und den Rückzug in die Tiefe des Berglandes zu versuchen, als wir hinter einem großen, ins Wasser vorspringenden Felsen die Bugs von zwei Kanus hervorlugen sahen. Dorthin rannten wir nun aus Leibeskräften und fanden, bei ihnen angelangt, daß sie unbewacht und unbeladen waren, sieht man von drei großen Galapagosschildkröten und der üblichen Anzahl Paddel für sechzig Ruderer ab. Sofort nahmen wir eines davon in Besitz, zwangen unseren Gefangenen an Bord und schoben es mit aller Kraft, die wir aufbringen konnten, in die See.

Wir waren jedoch noch keine fünfzig Yards vom Ufer entfernt, als wir unsere Besonnenheit soweit zurückerlangt hatten, die große Unterlassung zu erkennen, deren wir uns schuldig gemacht hatten, indem wir das andere Kanu in der Gewalt der Wilden gelassen hatten, die zu diesem Zeitpunkt höchstens doppelt so weit vom Strand entfernt waren wie wir und schnell heraneilten, um die Verfolgung aufzunehmen. Keine Zeit war zu verlieren. Es war bestenfalls eine verlorene Hoffnung, die wir hegten, aber eine andere hatten wir nicht. Wohl war sehr zu bezweifeln, ob wir selbst bei äußerster Anstrengung rechtzeitig zurückkommen konnten, um sie daran zu hindern, sich des Kanus zu bemächtigen, aber noch gab es eine Chance. Hatten wir Erfolg, so konnten wir uns retten, den Versuch nicht zu wagen hätte bedeutet, uns dem unausweichlichen Gemetzel zu überliefern.

Bug und Heck des Kanus waren gleich gestaltet, so wechselten wir, statt es zu wenden, beim Paddeln nur die Blickrichtung. Sobald die Wilden dies gewahrten, verdoppelten sie ihr Geschrei wie ihre Geschwindigkeit und näherten sich mit unbegreiflicher Schnelligkeit. Wir paddelten indes mit aller Kraft der Verzweiflung und langten an dem umstrittenen Punkt an, als gerade erst ein Eingeborener ihn erreicht hatte. Dieser Mann zahlte einen hohen Preis für seine uns so überlegene Behendigkeit. Peters schoß ihm eine Pistolenkugel durch den Kopf, als er sich dem Ufer näherte. Die Spitze der Gruppe, der dieser Mann vorausgelaufen war, war vielleicht noch zwanzig oder dreißig Schritt entfernt, als wir das Kanu packten. Zuerst wollten wir es ins tiefe Wasser ziehen, wo die Wilden es nicht mehr erreichen konnten, aber da wir es fest im Sand liegend vorfanden und keine Zeit zu verlieren war, schlug Peters durch ein oder zwei wuchtige Hiebe mit dem Musketenkolben ein großes Stück vom Bug und der einen Seite heraus. Dann stießen wir ab. Zwei der Eingeborenen hatten inzwischen unser Boot zu fassen bekommen und weigerten sich beharrlich, es loszulassen, so daß wir gezwungen waren, uns ihrer mittels unserer Messer zu entledigen. Jetzt waren wir frei und steuerten geschwind auf die offene See zu. Die Hauptgruppe der Wilden erhob bei Erreichen des zertrümmerten Kanus das ungeheuerlichste Geschrei der Wut und Enttäuschung, das man sich vorstellen kann. Wahrhaftig schienen diese Unholde nach allem, was ich von ihnen sehen konnte, die tückischste, heuchlerischste, rachsüchtigste, blutdürstigste und absolut teuflischste Menschenrasse auf unserem Erdball zu sein. Wir hätten ganz eindeutig keine Gnade zu erwarten gehabt, wären wir in ihre Hände gefallen. Sie unternahmen einen wahnwitzigen Versuch, uns in dem leckgeschlagenen Kanu zu folgen, erkannten jedoch die Nutzlosigkeit, machten ihrem Ingrimm abermals in langanhaltendem, gräßlichem Gebrüll Luft und rannten wieder in die Berge.

Wohl waren wir dergestalt einer unmittelbaren Gefahr entronnen, allein unsere Lage war noch düster genug. Nach unserer Kenntnis verfügten die Wilden über vier Kanus von der Art, wie wir jetzt hatten, und in dem Moment waren wir uns nicht mehr der Tatsache bewußt, daß zwei davon durch die Explosion der ›Jane Guy‹ zerschmettert worden waren (das erfuhren wir erst später von unserem Gefangenen). So rechneten wir noch immer mit einer Verfolgung, sobald unsere Feinde die (etwa drei Meilen entfernte) Bucht erreicht haben würden, wo die Boote gewöhnlich lagen. In dieser Befürchtung unternahmen wir alle Anstrengungen, die Insel hinter uns zu lassen, schossen schnell durchs Wasser und zwangen auch den Gefangenen, ein Paddel zu ergreifen. In etwa einer halben Stunde hatten wir wahrscheinlich fünf oder sechs Meilen südwärts zurückgelegt, als wir eine große Flotte von flachkieligen Kanus oder Flößen aus der Bucht kommen sahen, die offensichtlich die Verfolgung aufnehmen wollten. Sie kehrten jedoch alsbald zurück, da sie die Aussichtslosigkeit ihres Unternehmens einsahen.

Kapitel XXV

Wir fanden uns nun in der Weite und Trostlosigkeit des antarktischen Ozeans wieder, auf einer Breite von über vierundachtzig Grad, in einem gebrechlichen Kanu und mit keinen anderen Vorräten als den drei Schildkröten versehen. Auch konnte der lange Polarwinter nicht als noch in weiter Ferne liegend angesehen werden, so daß wir uns gut überlegen mußten, welchen Kurs wir nehmen sollten. Sechs oder sieben Inseln waren in Sicht, die zu derselben Gruppe gehörten und voneinander etwa fünf oder sechs Seemeilen entfernt waren, aber wir beabsichtigten nicht, uns auf eine davon zu wagen. Während wir mit der ›Jane Guy‹ von Norden gesegelt kamen, hatten wir allmählich die rauhesten Eisregionen hinter uns gelassen – wie wenig dies indes mit den allgemein verbreiteten Ansichten, die Antarktis betreffend, übereinstimmen mochte, war eine Tatsache, die zu leugnen die Erfahrung uns nicht gestatten würde. Deshalb wäre es eine Torheit gewesen, hätten wir versucht, dorthin zurückzukehren – besonders zu so später Jahreszeit. Somit schien nur eine

Richtung Hoffnung auf Rettung zu bieten. Wir beschlossen, kühn nach Süden zu steuern, wo es zumindest wahrscheinlich war, daß wir Land entdeckten, und noch wahrscheinlicher, daß wir ein milderes Klima vorfanden.

Bisher hatte uns die Antarktis, gleich dem Nördlichen Eismeer, eigentümlicherweise keine heftigen Stürme oder übermäßig rauhes Wetter beschert; aber unser Kanu war, mild ausgedrückt, von gebrechlicher Konstruktion, obwohl groß, und wir gingen emsig zu Werke, es so sicher zu machen, wie die begrenzten Mittel, die uns zur Verfügung standen, dies erlaubten. Der Boden des Bootes bestand aus keinem besseren Material als Borke – der Borke eines unbekannten Baumes. Die Rippen waren aus haltbarem Weidenholz, wohlgeeignet für den Zweck, zu dem es verwendet war. Wir registrierten eine Länge von fünfzig Fuß vom Vordersteven bis zum Heck, eine Breite von vier bis sechs Fuß und eine gleichmäßige Tiefe von viereinhalb Fuß. Diese Boote unterschieden sich in ihrer Gestalt also wesentlich von denen anderer Bewohner des südlichen Ozeans, mit welchen zivilisierte Nationen bekannt geworden waren. Niemals waren wir geneigt gewesen, sie für Erzeugnisse jener unwissenden Inselbewohner zu halten, in deren Besitz sie sich befanden, und wir erfuhren einige Tage nach diesem Zeitpunkt durch Befragung unseres Gefangenen, daß sie in der Tat von Bewohnern einer Inselgruppe südwestlich des Landes, wo wir sie vorgefunden hatten, hergestellt worden und zufällig in die Hände unserer Barbaren gefallen waren. Was wir für die Sicherheit unseres Bootes tun konnten, war in der Tat sehr wenig. An beiden Enden entdeckten wir einige breite Risse, und wir brachten es zuwege, sie mit Fetzen einer Wolljacke zuzustopfen. Mit Hilfe der überflüssigen Paddel, deren sehr viele im Boot lagen, bauten wir eine Art Gerüst um den Bug, um so die Kraft jedweder Sturzseen zu brechen, die uns in diesen Breiten zu überfluten drohten. Wir errichteten auch zwei Masten, setzten zwei Paddel einander gegenüber an jedem Dollbord, was uns der Notwendigkeit einer Segelstange enthob. An diesen Masten befestigten wir ein Segel, das wir aus unseren Hemden hergestellt hatten – mit einiger Schwierigkeit, da wir auf diesem Gebiet keine wie immer geartete Hilfe von unserem Gefangenen erhalten konnten, obwohl er ansonsten willig genug gewesen war, uns bei allen anderen Tätigkeiten zur Hand zu gehen. Der Anblick des Leinens schien ihn auf eine sehr eigentümliche Weise zu beeindrucken. Wir konnten ihn nicht dazu bringen, sich ihm zu nähern oder es zu berühren, er schauderte zurück, als wir versuchten, ihn dazu zu zwingen, und schrie immer wieder: *»Tekeli-li!«*

Nachdem wir unsere Vorkehrungen in bezug auf die Sicherheit des Kanus beendet hatten, setzten wir für den Augenblick Segel nach Südsüdost mit dem Ziel, die südlichste Insel der in Sicht befindlichen Gruppe anzusteuern. Als dies geschehen war, wandten wir den Bug genau nach Süden. Das Wetter konnte keineswegs als unangenehm bezeichnet werden. Wir hatten vorherrschend einen sehr sanften Wind aus Nord, eine glatte See und ständig Tageslicht. Keinerlei Eis war zu sehen, *wie ich überhaupt nach Verlassen des Breitengrads von Bennett's Islet keine Spur mehr davon entdeckt habe.* In der Tat war die Wassertemperatur hier viel zu warm, als daß es in irgendeiner Menge hätte existieren können. Nachdem wir die größte unserer Schildkröten getötet und dadurch nicht nur Nahrung, sondern auch einen reichlichen Wasservorrat gewonnen hatten, behielten wir unseren Kurs ohne irgendeinen Zwischenfall für vielleicht sieben oder acht Tage bei und müssen in diesem Zeitraum eine große Strecke nach Süden zurückgelegt haben, da wir den Wind ständig im Rücken hatten und eine sehr starke Strömung uns fortgesetzt in die Richtung trieb, die wir anstrebten.

1. März. – * Viele ungewöhnliche Erscheinungen deuteten darauf hin, daß wir in eine Region voll des Unbekannten eindrangen. Eine hohe Kette leichten, grauen Höhenrauchs hing ständig über dem südlichen Horizont, brach hin und wieder in hochragenden Streifen auf, schoß bald von Ost nach West, bald von West nach Ost und stellte dann wieder einen glatten, ebenmäßigen Gipfel dar, kurz gesagt, sie wies all die wild-wirren Variationen der *Aurora borealis* auf. Die durchschnittliche Höhe dieses Rauches, wie sie von unserer Position aus erschien, betrug etwa fünfundzwanzig Grad. Die Temperatur der See schien kurz anzusteigen, auch änderte sie sehr deutlich ihren Farbton.

2. März. – Durch wiederholte Befragung unseres Gefangenen gelangten wir heute in Kenntnis vieler Eigentümlichkeiten der Insel des Massakers, ihrer Bewohner und Sitten – aber wie könnte ich den Leser *jetzt* damit aufhalten? Indes kann ich sagen, daß wir von der Existenz von acht Inseln der Gruppe erfuhren – daß sie von einem gemeinsamen König namens *Tsalemon* oder *Psalemoun* regiert wurden, der auf einer der kleinsten Inseln residierte;

* Aus einleuchtenden Gründen kann ich bei diesen Daten keinen Anspruch auf strengste Genauigkeit erheben. Sie werden hauptsächlich mit dem Ziel angeführt, den Bericht übersichtlich zu machen, und entsprechen den Angaben in meinen Bleistiftnotizen.

daß die schwarzen Felle, die die Kleidung der Krieger darstellten, von Tieren gewaltiger Größe herrührten, die nur in einem Tal nahe dem Königshof anzutreffen waren – daß die Bewohner der Inselgruppe keine Boote, sondern nur die flachkieligen Holzflöße herstellten; die vier Kanus waren die einzigen dieser Art in ihrem Besitz, und sie hatten sie durch bloßen Zufall von einer großen Insel im Süden erhalten – daß sein eigener Name Nu-Nu lautete – daß er keine Kenntnis von Bennett's Islet hatte – und daß die Insel, die er verlassen hatte, *Tsalal* genannt wurde. Die Wörter *Tsalemon* und *Tsalal* wurden am Anfang mit einem langgezogenen Zischlaut ausgesprochen, den wir nicht nachzuahmen vermochten, selbst nach wiederholten Bemühungen, und das gleiche galt für den Schrei der schwarzen Rohrdommel, die wir auf dem Berggipfel gegessen hatten.

3. März. – Die Temperatur des Wassers war jetzt wirklich bemerkenswert, es wechselte in schneller Folge den Farbton und war auch nicht länger durchsichtig, sondern von milchiger Konsistenz und Färbung. In unserer unmittelbaren Nähe war es gewöhnlich glatt und niemals so bewegt, daß das Kanu in Gefahr war – aber wir waren überrascht, häufig zur Rechten und zur Linken in verschiedenen Entfernungen eine plötzliche weit um sich greifende Bewegung der Wasseroberfläche festzustellen – der, wie wir schließlich entdeckten, stets jenes wilde Flakkern in der Region der Rauchbildung südlich von uns vorausging.

4. März. – Da die Brise von Nord merklich nachließ, entnahm ich meiner Jackentasche ein weißes Taschentuch, um damit die Fläche unseres Segels zu erweitern. Nu-Nu saß an meiner Seite, und das Leinen schlug zufällig in sein

Gesicht, worauf er von heftigen Zuckungen befallen wurde. Danach saß er schläfrig und abgestumpft da und murmelte immer wieder dumpf »*Tekeli-li! Tekeli-li!*« vor sich hin.

5. März. – Der Wind hatte vollständig aufgehört, jedoch war deutlich festzustellen, daß wir noch immer unter dem Einfluß einer kräftigen Strömung schnell nach Süden glitten. In der Tat könnte es jetzt begreiflich erscheinen, daß wir einige Unruhe empfanden angesichts der Wendung, die die Ereignisse nahmen – gleichwohl spürten wir keine. Peters' Miene ließ nichts dergleichen erkennen, obwohl er zuweilen einen Ausdruck zeigte, den ich nicht ergründen konnte. Der Polarwinter schien hereinzubrechen – aber er tat es ohne seine Schrecken. Ich spürte eine körperliche und geistige Erstarrung – es war ein traumähnliches Empfinden –, aber das war alles.

6. März. – Der graue Rauch stand nun viele Grad höher über dem Horizont und verlor allmählich seine graue Färbung. Die Temperatur des Wassers war beträchtlich, fast unangenehm, und seine milchige Farbtönung deutlicher denn je zuvor. Eine heftige Wellenbewegung fand heute sehr dicht neben dem Kanu statt. Wie gewöhnlich ging ihr ein wildes Aufblitzen an der Spitze des Rauchkegels voraus sowie eine flüchtige Teilung seiner Basis. Ein feines, weißes Pulver, das an Asche erinnerte – jedoch gewiß keine war –, fiel über dem Kanu und in weitem Umkreis auf dem Wasser nieder, während das Flackern zwischen dem Höhenrauch erlosch und die See sich wieder beruhigte. Nu-Nu warf sich mit dem Gesicht nach unten im Kanu zu Boden, und kein Zureden konnte ihn dazu bringen, wieder aufzustehen.

7. März. – Heute befragten wir Nu-Nu über die Motive, die seine Landsleute dazu getrieben hatten, alle unsere Gefährten zu vernichten, aber er schien zu sehr von äußerstem Entsetzen überwältigt zu sein, als daß er uns eine vernünftige Antwort hätte geben können. Noch immer lag er eigensinnig auf dem Boden des Bootes, und als wir unsere Fragen nach dem Motiv wiederholten, vollführte er lediglich einige idiotische Gesten. So hob er zum Beispiel mit dem Zeigefinger die Oberlippe und zeigte die darunterliegenden Zähne. Sie waren schwarz. Nie zuvor hatten wir die Zähne eines Bewohners von Tsalal gesehen.

8. März. – Heute trieb eines jener weißen Tiere vorbei, deren Erscheinen am Strand von Tsalal bei den Wilden eine so heftige Aufregung verursacht hatte. Gern hätte ich es herausgefischt, aber da befiel mich plötzlich eine große Teilnahmslosigkeit, und ich unterließ es. Die Temperatur des Wassers stieg noch immer, und man konnte die Hand nicht länger darin lassen. Peters sprach wenig, und ich wußte nicht, was ich von seiner Apathie halten sollte. Nu-Nu atmete, weiter nichts.

9. März. – Ununterbrochen gingen jetzt ringsum Unmengen jener ascheartigen Substanz nieder. Die Rauchkette im Süden hatte sich ungeheuer hoch über dem Horizont erhoben und begann, eine deutlichere Form anzunehmen. Ich kann sie mit nichts anderem als einem endlosen Katarakt vergleichen, der von einer riesigen und weit entfernten Barriere im Himmel lautlos in die See stürzte. Der gigantische Vorhang breitete sich über den gesamten südlichen Horizont aus, kein Laut war zu hören.

21. März. – Eine plötzliche Dunkelheit senkte sich über uns, aber aus den milchigen Tiefen des Ozeans stieg ein schillernder Lichtschein und glitt am Schanzkleid des

Bootes entlang. Wir wurden nahezu erdrückt von dem weißen Ascheregen, der auf uns und das Kanu niederging, jedoch schmolz, wenn er ins Wasser fiel. Der Gipfel des Katarakts hatte sich gänzlich in der Finsternis und Entfernung aufgelöst. Gleichwohl näherten wir uns ihm augenscheinlich mit entsetzlicher Geschwindigkeit. Ab und zu sah man in dem Wasserfall breite Risse klaffen, jedoch immer nur kurz, und aus diesen Rissen, in denen verschwommene Bilder chaotisch umherhuschten, wehten ungestüme und kräftige, jedoch geräuschlose Winde, die den fluoreszierenden Ozean in ihrer Bahn aufwühlten.

22. März. – Die Dunkelheit hatte bedeutend zugenommen und wurde nur durch das Leuchten des Wassers gemildert, das von dem weißen Vorhang vor unseren Augen zurückgeworfen wurde. Viele gigantische und farblose Vögel kamen jetzt ständig von jenseits des Schleiers angeflogen und schrien ihr ewiges *Tekeli-li!*, während sie unseren Blicken entschwanden. Darauf bewegte sich Nu-Nu kurz auf dem Boden des Bootes, aber als wir ihn berührten, erkannten wir, daß er seinen Geist aufgegeben hatte. Nun stürzten wir in die Umarmung des Katarakts, wo sich ein Schlund öffnete, um uns aufzunehmen. Aber da erhob sich auf unserem Weg eine verhüllte, menschliche Gestalt, viel, viel gewaltiger in den Proportionen als jeder Sterbliche. Und die Hautfarbe dieser Gestalt glich dem vollkommenen Weiß des Schnees.

Bemerkung

Die Öffentlichkeit ist bereits durch die Tagespresse über die Umstände in Kenntnis gesetzt worden, die mit Mr. Pyms kürzlichem, so unerwartetem und schmerzlichem Tod in Zusammenhang stehen. Es steht zu befürchten, daß die wenigen verbleibenden Kapitel, die seinen Bericht hätten abschließen sollen und von ihm zurückgehalten wurden, während die hier vorliegenden zwecks nochmaliger Durchsicht bereits in der Druckerei waren, infolge des Unglücksfalls, durch den er selbst ums Leben kam, unwiderbringlich verlorengegangen sind. Indes ist auch möglich, daß dies nicht der Fall ist und daß die Papiere, sofern letztendlich aufgefunden, der Öffentlichkeit zugänglich gemacht werden.

Nichts wurde unversucht gelassen, dem Mangel abzuhelfen. Der Gentleman, dessen Name im Vorwort erwähnt wurde und der nach der dort gemachten Feststellung als befähigt angesehen werden könnte, das Vakuum zu füllen, hat diese Aufgabe abgelehnt – und dies aus stichhaltigen Gründen, die mit der allgemeinen Ungenauigkeit der ihm zugänglich gemachten Details und seinem Zweifel an der absoluten Wahrhaftigkeit der letzten Teile des Berichts zusammenhängen. Peters, von dem einige Informationen zu erwarten gewesen wären, lebt noch und ist in Illinois wohnhaft, indes gegenwärtig nicht anzutreffen. Vielleicht kann er hiernach aufgesucht werden, wobei er dann zweifellos Material für einen Schluß von Mr. Pyms Bericht beisteuern wird.

Der Verlust der zwei oder drei abschließenden Kapitel (denn es waren nur zwei oder drei) ist um so mehr zu bedauern, da sie – darüber besteht kein Zweifel – Material über den Pol selbst oder zumindest über Regionen in seiner unmittelbaren Nähe enthielten und da die Feststellungen des Autors in bezug auf diese Regionen außerdem in Kürze durch die Regierungsexpedition, die sich jetzt für eine Reise in den südlichen Ozean rüstet, bestätigt oder widerlegt werden können.

Zu einem Punkt in dem Bericht können wohl einige Bemerkungen dargeboten werden; und es würde dem Verfasser dieses Nachworts großes Vergnügen bereiten, wenn das, was er hier bemerken kann, geeignet sein würde, dem höchst eigentümlichen Bericht, der jetzt veröffentlicht wird, in gewisssem Maße Glaubwürdigkeit zu verleihen. Wir beziehen uns hier auf die Felsspalte, die auf der Insel Tsalal gefunden wurde, und auf all die Skizzen auf den Seiten 246 und 248.

Mr. Pym hat den Darstellungen der Felsspalte keinen Kommentar beigefügt und behauptet von den *Einkerbungen*, die er am äußersten Ende der östlichsten dieser Spalte gefunden hat, ganz eindeutig, daß ihre Ähnlichkeit zu alphabetischen Buchstaben nur scheinbar sei und sie kurzum bestimmt *keine solchen* seien. Diese Behauptung wird in einer so schlichten Weise aufgestellt und durch eine so schlüssige Demonstration bekräftigt (man denke an das Einpassen der im Staub gefundenen Fragmente in die Einkerbungen in der Wand), daß wir gezwungen sind, dem Schreiber dieser Zeilen ernsthaft zu glauben; und kein vernünftiger Leser sollte anderes vermuten. Aber da die Tatsachen bezüglich *aller* Skizzen höchst eigentümlich sind (besonders wenn man sie im Zusammenhang mit den Feststellungen betrachtet, die im Hauptteil des Berichts gemacht werden), mag es günstig sein, ein oder zwei Worte über sie alle zu sagen – dies in Sonderheit auch, da die fraglichen Fakten zweifellos der Aufmerksamkeit von Mr. Poe entgangen sind.

Verbindet man die Skizzen 1, 2, 3 und 5 miteinander in genau derselben Folge, wie die Felsspalte sich aneinanderreihten, und entfernt man die kleinen Seitenzweige oder Bogen (die, wie man sich erinnern wird, nur als Kommunikationsmittel zwischen den zwei Hauptkammern dienten und absolut verschiedenen Charakters waren), so bilden sie die Wurzel eines äthiopischen Wortes – nämlich ጸለመ፡ ›schattig sein‹, von dem alle Modulationen von Schatten oder Dunkelheit herrühren.

In bezug auf die ›linken oder nördlichsten‹ Einkerbungen in Skizze 4 ist es mehr als wahrscheinlich, daß Peters' Ansicht richtig war und daß das hieroglyphe Erscheinungsbild tatsächlich ein Kunstwerk sein sollte und als Darstellung einer menschlichen Gestalt gedacht war. Der Leser hat die Zeichnung vor Augen und kann die angedeutete Ähnlichkeit erkennen oder nicht; aber die restlichen Einkerbungen bestätigen Peters' Gedanken in hohem Maße. Die obere Reihe ist offenbar die Wurzel des arabischen Wortes [illegible] ›weiß sein‹, die in allen Modulationen von strahlendem Glanz und Weiß enthalten ist. Die untere Reihe ist nicht sofort verständlich. Die einzelnen Zeichen sind etwas gebrochen und getrennt, dennoch kann nicht bezweifelt werden, daß sie in Gänze das volle ägyptische Wort ⲠⲀⲐⲨⲢⲎⲤ· ›Die Region des Südens‹ bildeten. Man möge beachten, daß diese Interpretationen Peters' Ansicht in bezug auf die ›nördlichste‹ der Skizzen bestätigen. Der ausgestreckte Arm weist nach Süden.

Schlußfolgerungen wie diese eröffnen Spekulationen und aufregenden Deutungen ein weites Feld. Sie sollten vielleicht in Verbindung mit einem der am flüchtigsten dargestellten Geschehnisse des Berichts betrachtet werden. Diese Verbindungskette ist komplett, wenn auch auf eine nicht sichtbare Weise. *»Tekeli-li!«* lautete der Ruf der von Schrecken gepackten Eingeborenen von Tsalal, als sie den Körper des aus der See gefischten *weißen* Tieres entdeckten. So lautete auch der schaudernde Ausruf des gefangenen Tsalalianers, als er der *weißen* Gegenstände im Besitz von Mr. Pym ansichtig wurde. Und so klang der Schrei der schnellfliegenden und gigantischen *weißen* Vögel, die dem *weißen* Rauchvorhang des Südens entschwebten. Auf Tsalal war nichts *Weißes* zu finden, auch nirgends sonst auf der folgenden Fahrt in das Gebiet jenseits davon. Es ist nicht unmöglich, daß ›Tsalal‹, der Name für die Insel der Felsspalten, bei einer genauen philosophischen Betrachtung entweder mit den Spalten selbst in Verbindung steht oder sich auf die äthiopischen Buchstaben bezieht, die auf so geheimnisvolle Weise in die Felsengänge geritzt wurden:

›Ich habe es in den Berg geschnitten und meine Rache in den Staub des Felsens.‹

Zu dieser Ausgabe

insel taschenbuch 1449
Edgar Allan Poe
Der Bericht des Arthur Gordon Pym

Der Text der vorliegenden Erzählung ist folgender Ausgabe entnommen: Edgar Allan Poe, Ausgewählte Werke in drei Bänden. Herausgegeben und mit einem Vorwort versehen von Günter Gentsch. © 1989 Insel-Verlag Anton Kippenberg, Leipzig. Originaltitel: The Narrative of A. Gordon Pym. Erstveröffentlichung unter dem Titel »The Narrative of Arthur Gordon Pym« im Southern Literary Messenger vom Januar und Februar 1837 (Teilabdruck). 1838 erschien das Werk unter dem Titel »The Narrative of Arthur Gordon Pym of Nantucket« in New York. Es folgte eine weitere Veröffentlichung in der Londoner The Novel Newspaper, Part XLII, 1841 und 1902 in der Ausgabe der Complete Works.

Umschlagabbildung: Max Ernst, Collage aus ›Rêve d'une petite fille qui voulut entrer au Carmel‹, Paris 1930. Foto: VG Bild-Kunst, Bonn 1992